Singal Maadar

Singal Maadar

Single Mother

Samatar Sooyaan

To order additional copies of this book, contact:
Xlibris Corporation
1-888-795-4274
www.Xlibris.com
Orders@Xlibris.com
52522

CUTUBKA 1AAD

Aragsan hadba doc intay ka baartay armaajada dharka ay ku kaydsato bay ka wayday hoos-gashi nadiif ah oo ay saakay xirato. Maanta waa in ay baxdaa, oo soo adeegataa, waloow ay tahay xilli aad u qabow, darajada heer-kulka cimiladuna ay muujinayso tabane toban ah. Markay aragtay waqtigii inuu isa sii gurayo, surwaal hoos-gashi oo nadiif ahna aysan faraha ku heyn baa goor danbe Alle-ma qaade wiilkeeda Gambool wuxuu armaajada dalawgeeda ka soo haabtay hoos-gashi sanad iyo bar ka hor meeshaas ku dhacay oo malaha halkaas lagu hilmaamay.

Waxay ahayd sanad iyo bar ka hor, kolkii Abshir guriga laga eryey. Waxaa loogu yeeray ciidanka amniga oo gurmad degdeg ah ku yimid, iyadoo Aragsan adeegsatay lambarka gurmadka degdegga laga waco ee 911. Aragsan waxaa maskaxda ka cunay carruurteeda is-wada da'da le'eg, uuna ugu weyn yahay Gambool, waxaa xiga Hanad iyo Haatuf oo mataane ah iyo Libin, oo ah innanta keliya ee u dhalatay qoyska reer Hurre. Si karba-kabaysan waxay Aragsan jirkeeda ugu boobtay, intay boorka ka jaf-jafatay, surwaalkii hoos-gashiga ahaa ee uu qaadan jiray ninkeedii hore, iyadoo islamarkaanna nafteeda kelinmada iyo murugada la tukubaysa kula qambiyeeysa: "Maxaan sameeyaa, dhar kale oo nadiif ah ma haysto, qabowgan dhacayana hoos-gashi la'aan ma socon karo," bay isku qancisay "Taa waxaaba iiga daran," bay misna isu sheegtay: "Maalin walba dhar baan mayraa, dhar aan leeyahaynna ma dhaqdo. Dhib badanaa! Ciriiri badanaa dunidan, dumarkanna u daranaa."

"Hooyo, surwaalkii aabbe miyaad gashatay?" Gambool baa su'aalay, isaga oo la yaaban falka ay hooyadiis saakay ku dhaqaaqday. Intaas markuu yiri bay Aragsan labadeeda indhood illin kulul soo dhaafeen. Dib intay isu majiirtay ayey si qunyar ah gacanteeda jilicsan ugu masaxday ilmadii ka qoyaneed labadeeda dhaban. Haa iyo may, midkoodna uguma warcelin, wiilkeeda heeganka u ah wax walba in uu ogaado.

13

Saakay aroortii ayey kacday, shantii subaxnimo, welina waxaa afka ku soo kala haya fulinta hawlo tiro iyo tayo badan. Waa Singal Maadar! Waa saancadaaleey aan sirteeda iyo sancadeeda la sal-gaari karin. Waa garoob gayaankeed seegtay ama ganafka ku dhufatay. Xeer iyo xuquuq maxay ma mudan tahay? Nafteedu mudnaan ma ka mudnaan kartaa mudanayaasha iyo marwooyinka magaalada kula nool? Ixtiraam iyo tixgelin ma u qalantaa? Waa iska Singal Maadar, maxay bulshada ku soo kordhin aan ka aheyn akhlaaq xumo, anshax daro iyo dhaqan doorin.

Aragsan, waa in ay noqotaa naag nadiif ah oo udgoon; naag dhalaankeeda aanay ka muuqan silic agoonimo iyo saxariir rajaynimo; naag caafimaad qabta, dhal-dhalaaleysa, oo bilicsan, ragganna soo jiidata; gurigeedanna had iyo goor cuud iyo catar uu ka soo carfayo. Naag aan baali ahayn. Waa xeerka iyo qaynuunka aan dhignayn oo ay Singal Maadaradu ku dhaqmaan.

Weligeed gaari ma kaxayn. Abaddan! Baraf iyo qabow ay aragtanna waxaa ugu horeeyey goortay soo caga-dhigatay dalka Maraykanka. Waxaa ka muuqda daal, diif, murugo, iyo in ay tahay hooyo keligeed ah oo aan ku filnayn hawsha aqalkeeda. Hadday muujiso dhibka ay dareemeyso iyo itaal daridaas aadanimo, bulshadu il-xun ayey la beegsanaysaa waayo waxay burisay sharciga aan qorneyn ee u yaala Singal Maadarada, sidaa awgeed, Aragsan jabkeeda waa in ay barkataa. Shar iyo khayrba waa in ay qarsataa. Aragsan waxaa arbushay maankeeda dagaaladii sokeeye ee Soomaaliya; geeridii iyo dhaawacyadii lala beegsaday qaar ka mid ah ehelkeeda, qaxii, kufsadhadii, iyo baqdintii ay soo martay. Waxa kale oo maskaxdeeda wareemay nolosha qalafsan ee qurbaha, gaar ahaan nolosha Ameerika. Waxay la qabsan weyday cimilada marna aad u qabow, marna aad u kulul, waloow ay dalka in muddo ah dhex joogtay, kuna nooleyd. Maalin habeen ah; habeen maalin ah; gudcur iftiin sida, iftiin gudcur aad moodo; is-rogrogga saacadaha iyo waqtiyada dalka.

Saacadaha ay isleedahay xoogaa naso, nafta waxaa ka qaaday, warqado iska socda oo aqalka ugu taga. Warqado looga soo diro Xafiiska Adeega Bulshada, Isbitalka, Xafiiska Waxbarashada iyo Dugsiyada Qasabka ah, Xafiiska Xannaanada Carruurta, Xafiiska Shaqo-raadinta, Xafiiska Daryeelka Dhallaanka; Maxkamada Gobalka Minasoota, Xafiiska Kirada Aqalka, Xafiiska Gaaska iyo Xoogga Korontada, Golaha gar-gaarka Curyaamada, Ururka Dumarka Garoobka, warqado qaan-sheegasho ah, oo sax ama qalad magaceeda ugu yimaada. Waraaqo qaarkood u baahan in ay akhriso, dhuuxdo, fahamto, ka dibna buuxiso, kuna saxiixdo magaceeda oo saddexan. Xataa waxaa Aragsan ka yaabshay kolkay xafiisyada Soomaalida tagto, waxay ku oronayaan "foom ama warqad buuxi," waxayna niyada iska tiraahdaa: "Gaal iyo warqad baan isku nacay Soomaalidiinna ma barteen!"

Hibeyn

Buuggan waxaan u hibeeyey dhammaan haweenka Soomaaliyeed

Dedication

I dedicated this book to all Somali women

MAHADNAQ

Waxaan mahad-naq u jeedinayaa dhammaan dadkii gacanta iga siiyey daabacaada, qorista iyo soo saarista buuggan. Mahad ballaaran waxaa iga mudan Barfasooreyso Lidwien Kapteijns ee Jaamacada Wellesley College oo ku deeqday tallooyin wax-ku-ool ah, had iyo goorna igu dheerigelinaysay daabacaada sheekada buuggan. Waxa kale oo asna mahad ballaaran u jeedinayaa Maxamed Yuusuf Ismaaciil, Ph.D oo runtii waqtigiisa qaaliga iyo maskaxdiisaba iigu deeqay, islamarkaasna ii soo jeediyey tallooyin meel mar ah oo aan ka faa'iideystay. Mahad gaar ah waxaa sidoo kale iga mudan tifa-tirayaasha buuggan oo kala ah Axmed-Yaasiin M. Sooyaan iyo Boodhari Maxammad Warsame. Intaa waxaa ii dheer oo aan u mahad-celinayaa Maxamed Cali Wada-Mici oo ku deeqay sawirka ka muuqda jeldiga kore ee buugga.

Samatar Sooyaan
Qoraha Buugga

ACKNOWLEDGEMENT

I would like to express my gratitude to all those who contributed to and gave me a hand with the publishing of this book. I am deeply indebted to Professor Lidwien Kapteijns from Wellesley College whose help, motivating suggestions and her encouragement helped me writing this fiction novel. I would also like to thank Mohamed Ismail, Ph.D who contributed his precious time and brain power and who gave me encouraging ideas. Also, I would like to thank Axmed-Yaasiin M. Sooyaan and Boodhari Maxammad Warsame for editing this book. Thanks to Maxamed Cali Wada-Mici for the cover picture.

Samatar Sooyaan
Author of the book

Intaas waxaa u raaca xaanshiyo iidheh iyo xayeeysiin ah oo muujinaya sawiro qurux badan, kana kooban dhar iyo cunto aysan awoodin iibsashadooda, balse ay nafteeda dhibban iyo dhallaankeedaba ka qatan yihiin. Xayeeysiin ku dhiiri-gelinaysa Singal Maadarada in ay amaahan karto, weliba, intii ay doonto, lacagta doolarka cagaaran ee dhex caygaagta Ameerika. Toddobaad kasta waxay warqad ka heshaa shirkada Ammaahinta iyo Raasumaalka ee Capital oo u haysata qaan dhan labaatan kun oo doolar. Qaan jinni ku saar ah, oo aysan arag, waxnna ka dhadhamin. Abshir ayaa ku beer-laxawsaday, kana dhaadhicyey saboolnimada in ay uga baxayaan lacagtaas ammaahda ah, iyadanna qalinka ayey ku duugtay. Kolka ay meel iska dhigto buuqa iyo bullaanka carruurteeda tabaaleysan, hadanna waxaa Aragsan madax-faluuq ku riday qaanta loo haysto, mana taqaan meel ay u raad-raacdo.

Garasho la'aanta afka shisheeye iyo hab-kala-socodka wadanka iyo deggaanka ay ku nooshahay waa culeys u gaar ah Aragsan iyo qoyskeeda. Nolol maalmeedkeedu wuxuu ku tiirsan yahay af-celiso uga dab-qaada maamulka iyo dadka ay wadanka kula nooshahay. Waxay nafteeda la luudeysaa, qalbigeedana waxyeelo dahsoon u geystay horumarka dhaqan-dhaqaale, farsamo oo ay hiigsanayaan bulshada ay ku dhex nooshahay; ha yeeshee, aysan la tisqaadi karin ama aysan fahmeynba. Intaas waxaa u dheer ragga faraha badan ee isugu jira shisheeye iyo kuwa sokeeye, oo had iyo jeer ugaarsanaya, midka ay gacan weyddiisatanna sharuud uga dhigaya inay u abaal gudo. Weli iyadoo aan carruurtii aqalka ka soo saarin baa taleefanka aqalka soo dhacay:

"Halow, wa'ayo?" Aragsan, oo yaaban, niyadana ka leh: "Maraykan: waa cadaabtii adduunka! Maba imaadeen, haddaan ogahay in aan sidan noqonayo. Alla ma waxaan u haystay! . . . Ma waxaan mooday!.."

"Waa Qallanjo, Nayroobi ayaan kaa soo wacayaa, hooyadaa booliska Keenyaatiga ayaa saakay qafaashay, waxaa lagaa rabaa lacag degdeg ah oo hooyadaa lagu soo furto, haddii kale waa taqaan askarta Keenya waa musaafurinayaan oo Soomaaliya ayey ku celinayaan. Mooryaantii aad ogeyd bay gacanta u galeysaa. Meeshaan walaalay hadal badan looma baahna, taleefanka ayaa igu badanaya ee deg-deg lacag u soo dir."

"Meeday hooyadey?" Taleefankii oo aan laga warcelin ayaa mar kaliya is-jaray.

Islamarkiiba waxaa isbeddelay dhiiqa iyo dhecaanka jirkeeda kala haga; hadba dhan u roga, ficilkeeda iyo fikirkeedana maamula. Illin kulul ayaa labadeeda dhaban ku soo qubtay. Waxaa maskaxdeeda ku bilowday wel-wel iyo walaac hor leh. Intaas waxaa u dheer weliba in maanta kowda iyo barka duhurnimo laga rabo maxkamada gobalka Minasoota, si loo dhamaystiro dacwada daba dheeraatay ee u dhaxaysa iyada iyo ninkeedii hore. Naxdin iyo wal-bahaar ayey Aragsan jiq la tahay. Laabteeda jilicsan waxaa ku nin-gaxan murugo iyo wehel la'aan. Cid ay ciirsato caawa Alla ma taqaan. Dal iyo dad shisheeye bay nafteeda iyo dhalaankeedaba magan u yihiin. Hadday taleefan u dirsan laheyd Shaqllan Guud-weyn ee carruurta aabbahood dhashay, ahna ayeeyo jir-xaraar ah, waxaa hortaala: "Baarrigii aan dhalay, baalida ban-joogaysay waxba baanan maayo."

Dadka intiisa badan magac qura bay ugu yeeraan. Magac laga naxo ee sida ceeb iyo dheg-xumo. Magac muujinaya in ay tahay qof dumar ah ee madax-adag; naag gar-ma-gasho, mana-ka-baxdo ah; in ay tahay qof dumar ah oo dabeecad kulul, dul-qaad daran, aqalkana looga cararay qalafsanaanteeda iyo basar xumadeeda darteed. Qof dumar ah ee dac-daraysan, oo saygeeda iyo saqiiradeedaba daryeelan wayday, kuna darsatay macangagnimo ku saleysan anaa-talin. Intaas waxaa weliba u dheer, caweyska iyo haasaawaha oo ay ka door biday daryeelka reerkeeda. Waxaa loogu yeeraa "Singal Maadar" Mee magacii loogu wal-qalay? Magacii quruxda badnaa ee Aragsan Bulxan Xays? Aragsan waa naag jecel madax-bannaanida iyo inaan waxay damacdo lagala hadlin, waana sababta loogu baxshay magaca Aragsan. Sida yac ban-joog ah oo duurka cidlada ah kolba docday doonto ugu rablaynayso, si la mid ah bay iyadana jeceshahay inay malaha bulshada ugu dhex noolaato, waxaana taas laga dhandhansan karaa Aragsan ficilkeeda iyo fikerkeedaba. Malaha, waa sababta keentay Abshir in ay is-af-garan waayaan. Malaha waa sababta gurigeedi u dumay.

Qaar ka mid ah beesha Soomaalida ee ku nool xaafada ay Aragsan iyo carruurteeduba deggenyihiin, waxay u soo diraan Aragsan iyo dumarka ku sugan xaaladeeda oo kale habaar iyo nacallad kulul, sidii aad moodo denbi in ay ka gashay. "Amankaag badanaa! Bal maxan sameeyey?, Maxaan ka haystaa? Yaab annagaa aragnay!" marar badan bay weyddiimahaas madaxeeda ku soo noq-noqdaan. Danbigaygu waa Singal Maadar, bulshaduna waa i xukuntay, waxaana la isku raacay in la i takoor, oo maxay awalba ii hayeen. Haddana intaas kuma adkeysatee way is-haaraantaa oo gocoshadeedii dib u bilaawdaa. Hadday maanta taleefan u dirsan laheyd saaxiibteed Halgan, isbitaal bay xalay la gashay Atoor, wiilkeeda dhiciska ah. Tan kale Halgan iyadaba waa Singal Maadar, una baahan cid gacan u fidisa. Ugu danbayntii Aragsan waxay ka badin wayday inay iska soo adeegato, carruurteedana kaxaysato. In ay ka kaaftoonto baryada shan-faroodle meelaha shar la shaambinaya. Dabar xaalag bay xaaladeeda isugu soo biyo-shubatay.

Gaarigga yar ee carruurta lagu riixo waxaa is-dhaafay musbaarada isku haya shaagga lugta bidix, inkastuu si qunyar ah oo cakiran uu u dhaqaaqayo. Mar

qura si xoog leh intay u soo dhifatay Libin iyo Haatuf ayey dusha uga xoortay
gaariga carruurta lagu kaxeeyo. Gambool iyo Hanadnna gacanta is-qabsada
bay amar ku siisay, iyadoo ku qaylinaysa cod sawaxan dheer sida. Cod tusaya
Singal Maadarnimo! Waxaa Aragsan maskaxdeeda ka diryaamaya, nafteedana
gubaya wel-welka hooyadeed; waxaa ka dhex dhawaaqaya wal-bahaarka ay
ka qabto maxkamada maanta, oo aanay haysan cid garab fariisata, oo hiil iyo
hooba siisa; cid niyada u dhista oo maxkamada u raacda, ilinta ka qalajisa;
taageero maskax iyo muruq ugu deeqda, ugana miciinta hororka maxkamada
ku sugaya. Waxay fool-ka-fool maanta isu arkayaan Abshir oo aysan is-arag
muddo ku dhow laba sanadood iyo bar. Intaa waxaa u dheer, doc kale waxaa
kaga furan maxkamada wiilkeeda curyaanka ah ee loo aaneynayo in ay ka
mas'uul tahay dhibta gaartay Haatuf.

Bannaanka goortay u soo baxeen Aragsan iyo carruurteedii, waxaa dhulka
waran baraf tira badan, oo caar-caaraya ilaa kubabkeeda kuus-kuusan. Sidee
bay suurtagal ku noqonaysaa in gaarigga carruurta la dhirin-dhireeyo?,
aadanihii labada addin lahaa ayaanba saakay jaanta qaadi kareyn. Yaa u
magan ah Singal Maadarada iyo dhallaankeeda? Yaase garab iyo gaashaan u
ah? Waxaase, ha yeeshee, Aragsan iyo carruurteedaba u furan wadiiqo yar ee
barafka laga xaaray aroortii hore. Marna carruurta iyadoo cannaananaysa,
marna hiriifaysa baar-qabka reerka Gambool bay Aragsan iyo dhallaankeedaba
dhabaha cagta saareen.

In yar goortay socdeen ayaa wiilkeeda Hanad waxaa mar keliya u
sibkaday labada addimood, wuxuunna u dhacay sal-jugle, isagoo qaylo dheer
afka kala furtay. Aragsan intay naxdin booday bay cod qaylo dheer leh ku
tiri: "Bisinka!" iyadoo haabanaysa Hanad. Caku iyo cimilada Minasoota!
Naxariis daranaa, oo weliba u daranaa hooyooyinka Singal Maadarada ah!
Intay laheyd bad-baadi Hanad bay Aragsan is-buuratay, oo beer-beer u
fuushay innankeeda yar. Inkasta oo ay labada low murxeen, dhiiguna uu ka
tis iyo tas leeyahay, misna marnaba iskama dareemin xanuun xaraarad leh
ee jirkeeda shiddeeya iyo weliba dhiigga ka qul-qulaya labadeeda jilib. Yaa
Singal Maadar!

Goortay Aragsan baraf-jafatay bay misna hareeraheeda ka wayday curudkii
carruurta. Xanaaq iyo wel-wel ayaa markiiba soo hujuumay maskaxdeeda,
iyada oo leh: "Gambool! War Gambool, kumee? Xaggee ka baxay inkaar-
qabaha," oo hadalkii raacisay haddana: "Is-taaq-furullaah!" Markay dhowr
jeer u dhawaaqday ayey mar danbe hanatay curradkii carruurta, niyada iyadoo
ka leh: "Waa dhul habaaran! Naartu kolkay neefsato waxay soo afuuftaa neef
qabow, neeftaas ayaa isu beddesha baraf. Aahay! Walee waa dhul habaaranee
iska dhaaf! Barafku waa neef ka timid Samhariira. Gaaladuna waxay ku dhex

nool yiwhiin neeftii Samhariira! Kuwan adduunka ayaaba lagu ciqaabay, annaganna maciin ayaan u soo raadsanay."

Waxay dabadeed u laabatay dukaanka hilib-xalaalka halkaas oo ay ka sii gadatay hilib ari xalaal ah, xifaayado, cuud iyo luubaan ay guriga u shidato, waayo, weli waxaa maankeeda ka guuxaya shirka guriggeeda lagu qaban doono toddobaadka soo socda, oo ay odayaasha qabiilku ku jeex-jeexi doonaan xaalada ibtilaysan ee Aragsan iyo carruurteeda. Si qaab daran, iyadoo u jiidaysa gaarigii ay carruurta ku rartay, mergiyada, seedaha isku haya qar-qaryada garbaha iyo murqahanna ka dareemaysa xanuun uga yimid cullaabta gaariga qaribban, niyadanna ka leh: "Caku iyo dhul shisheeye!" bay Aragsan iyo carruurteeduba mar isku hubsadeen baskii u qaadi lahaa dukaanka Wax-walbe-hayaha, si ay u soo adeegato, una magaalo tagto.

CUTUBKA 2AAD

Abshir iyo saaxiibadii waxay dhaqso u galeen aqalka, iyagoo ka soo xarooday cimilada qabow iyo barafka aan kala go'a laheyn ee ku dul hoobanaya Minayaabulis. Mid kasta oo ka mid ah saaxibadiis wuxuu kol-kosha ku sitaa qaad garaabo ah, oo bacaysan; waxayna iska dareemayaan farxad ka dhalatay hamuunta iyo dareenka ay u hayaan qaadka, inkastoo aysan ku qanacsaneyn jaadka gaboobay ee baarixiga ah. In yar dabadeed, waxay jilibka laabteen kadiifad qurxoon oo ay Hufan ugu yaboohday Abshir laba toddobaad ka hor, goortay ka danqatay gogosha rifantay, calashay, oo weliba qurantay ee goglan qolka fadhiga. Marka la iska iloobo shiirka qaadka gaboobay iyo qiiqa sigaarka ee qolka ku baahay, waxaa haddana ka sii daran qurmuunka ka soo kahaya iskaalshooyinka iyo kabaha qolka yar la dhex tuuray.

Waxaa Abshir iyo saaxiibadiis Sade, Gardaro, iyo Geele u bilowday reyn-reynta marqaanka qaadka iyo wada sheekaysi aan soohdin laheyn, iyagoo ku belwadeynaya heesaha liillalawda ee jiheeya xadreynta ruugista iyo cunista caleemaha iyo laamaha qaadka. Caawa waxaa ragga marna tolka ah, marna dan-wadaagta ah isu keenay si ay Abshir ugala taliyaan hindisaha iyo hawraarta maxkamada uu berito isla hor-taagayo. In ay ugu deeqaan talo iyo tusaale lagu furdaamiyo ashtakada dhex taala Abshir iyo afadiisii hore, islamarkaasnna ay la agaasimaan tixaha uu doonayo in uu ku beer-dulucsado maxkamada gobalka Minasoota, weliba iyadoo uu Gardaro khibrad dheer u leeyahay is-baacsiga u dhaxeeya maxkamadaha wadankan iyo qoysaska Soomaalida. Halkii iyagoo baashaalaya ayuu taleefankii aqalka soo danannay.

"Abshir ma joogo dhaha. Naagtaas marqaanka ayey iga jiiraysaa." Midkoodna uma sare kicin in uu ka war-celiyo taleefanka, iyagoo ka doorbiday in ay sii wataan maada iyo maaweelada iyo weliba kaftoonkooda aan dheg-la-qabto laheyn. Kaftankooda isugu jira kaftan dhable iyo mid dhallanteed ahba, hadalkuna xukun iyo xad xadida aan lagu arag.

"Abshiroow, ma naag baad iska qarineysaa? Waad ogtahay, sidoodaba naaguhu feerta qalloocan ee Aadan baa laga abuuray. Marka dumar looma jixin-jixo, naxariisnna agtooda kaba dheeree," Geele ayaa ku hariifay, isagoo caleenta engaggan hadba inta far iyo suul ku qaado afka ku guranaya.

"Waa runtiis. Afkaaga caano-doofaar iyo kuwa dameerba laga dhowr! Waa kuwaa raggii bac madow dibada u wada dhigay, kana eryey guryahoodii. Maalin dhaweyd nin aan saaxiibo aheyn ayaa gabar ka soo guursaday Soomaaliya. Kansas ayuu gabadhii dejiyey. Guri qaali ah ayuu u dhigay. Wuxuu ku khasaariyey lacag dhan konton iyo shan kun oo doolar. Laba toddobaad markay la joogtay bay nin kale ka raacday," waxaa ugu garaabay Gardaro, oo u muuqda jirkiisa degdeg inuu ugu saaqay dhecaanka qaadka, isagoo ay ka muuqato ciil-qab dumar. "Ninkii wuu isku buuqay, wuxuunna hadda ku takooran yahay isbitaalka dhimmirka, waxaana loo haystaa qaantii uu ka amaahday bangiga," Gadaro ayaa hadalkii ku daray.

"Gabadha aan ka hadlayo waa qalbi qurxoon, qaab qurxoon, waana qayrkeed ka roon, aan laabteeda saxar madow lagu arag. Waa wadne-u-roon; iyadoo kale miyiga waxaa looga yaqaanaa 'caano-ma-daadiso,' Ameerikana waxaa looga yaqaan "Laab-malab" aakhiranna waxaa looga yaqaan 'Xuural-cayn.' Waa ay ka duwan tahay qumanyadii hore ee aan qabi jiray," Abshir baa ku talax-tegay.

"Qurux? quruxda aad sheegeyso isku si ma u naqaanaa? Gabadhu ma leedahay astaamaha quruxda oo ay gunta u dhigeen raggii hore, mise waa 'dhex-dhuub, lug-dhuub, misko-dheer,' oo keliya. Ma leedahay sifooyinka ay raggii hore ku sheegeen quruxda haweenka?" Gardaro baa su'aalay, oo hadalkii ku daray, inta labada lugood fidsaday, macawiistana si fiican jirkiisa ugu rogay: "Naagtu afar waa in ay u dheertahay: labada gacmood, timaha iyo surka; afarnna waa in ay u cadahay: labada indhood iyo foolasha ilkaha; afar kalana waa in ay u madowdahay: wiilka labada indhood iyo labada sunniyood; afarna dhumuc waa in ay u leedahay: labada kub iyo labada cududdood; afar kalana deeb madow oo taq ah waa in ay ku leedahay . . . Laba waa in ay u dhuuban tahay sida ay na bareen raggii hore: qoorta iyo dhexda. Hal mid waa in ay u qoran tahay, waana sanka; mid kalana waa in ay u buuxdaa, una godan tahay, welibana dhiico waa in ay leedahay, waana halka ay ishu bikaacsato." Gardaro oo marqaansan baa isaga dal-dalmay. "Rag waa raggii hore, hadalna waa intuu yiri," Weli isagoo hadalkii wata, oo ummul iyo ciil-waa la gubanaya, aadna u calalinaya caleemaha qaadka ayuu su'aalay:

"Hadday naaguhu fiican yihiin, maxaa ka wada dhigay Singal Maadar?"

"Jaallayaal, haweenka faraha ha laga qaado. War waa-wareey!" Sade oo aan in badan oran ayaa si kedis ah ula soo haaday, sidii nin hurdo ka soo baraarugay oo kale. "Waxaan maqli jiray 'Habarta odayga wax loo saar' maxaa la idinka siiyaa haweenka? Gunta iyo gebi-dhaca kulankeenu wuxuu ahaa is-wareysi tolnimo iyo war-gelin la xiriirta gar-naqsiga iyo gar-soorka berito Abshir hor yaala, balse maxaad ka hadleysaan? Waa maxay habar baa halkan ka dhacday iyo islaan baa gadhiish ah ee aad nagu wareeriseen? Raggu mar-mar waa dul xoodiyaa axwaasha haweenka, kumase xad-gudbo." Misna hadalkii raacshay: "Waad ogtihiin, nolosha Ameerika ama waa lug hay ama leg hay ama laan hay. Saddexdaas midkood haddaadan nafta ku sab-sabin buufis ayaa ku saloolanaya; anigu leg iyo lug midna ma hayo, waxaanse caawa haystaa laan cagaaran, sidaa awgeed buuq iyo basar xumo badan ma rabo jaallayaal."

"Magaca 'gabar' markaan maqlo xajiin ayaaba igu kacda. Way oo way! Waxaan noqday sida neef mallooli ah oo kale. Asaagay siddeed iyo toban bay marayaan, anna waa i kan oo halkan baan soo jiqilo weynaahay!' Gardaro ayaa ku calaacalay.

"Gardaro, waa sidee?" Geele baa xasuusiyey.

"Habeen baa riyo iyo ido loo ooday xero," Gardaro oo aad u marqaansan baa misna lakala baxay kitaabka maaweelada iyo maada "Habeenkii oo dhan iddihii waxay ka seexan waayeen qaylada, dhawaaqa, iyo bood-boodka orgi riyaha ku jiray, isagoo eryanaya r'i ka mid ah arigii xerada ku oodnaa. Subaxdii markii la gaaray ayuu wan idaha ka mid ahaa yiri: "Walaal, orgi, xaalay qayladaada iyo bood-boodkaada baan ka seexan waynay." Orgigii oo ka xun ayaa ku warceliyey: "Adigu si fudud baad wax ku heshaa, aniguse waa in aan dagaalaamo."

"Adeer," Gardaro oo hadalkii sii wata baa misna yiri: "Dumarku berigii hore afar nooc bay u qaybsanaayeen. Hadda si fiican ii dhageysta, oo caawa iga faa'iideysta. Waxaan ka mid ahay ragga fara-ku-tiriska ah oo markay belwedaynayaan xikmad ay afkooda ka soo gaaxato. Haddaba noocyada dumarku waxay kala yihiin: Gaari iyo dhabeel, dumar leh karti ay reekooda ku maamulaan, kuna dhaqaan; baalli, waa naag wax-iskuma fasho ah, dhusuqleey aan dunta iyo irbida isku duwi karin iyo naag basari ah, waa naag baxalli hagaagsan. Maanta waxaa soo baxay hablo cusub oo casri ah, oo noocyo badan. Waxaad maqli Singal Maadarad, Istiriibiso (gabar isu qaawisa ragga), Fiminiiste (feminst), Nin-is-moodo, Is-moog is-mahadisay, Ma-guursato guumeysowday, oo la leeyahay waxbay baranaysaa iyo noocyo kale oo tira badan.

"Haweenku, sidoodaba, waa walax ragga loo abuuray. Markay dhashaan oogadooda waxaa ku jira toddoba milyan oo ugxan ah. Goortay hana-qaadaan waxaa jirkooda ku soo hara saddex boqol oo kun oo ugxan ah. Haddaba, kolkay mid ka mid ah ugxamahaas bislaato waxay u soo haajirtaa qanjirka minka, ka dib halkaas waxaa ka dhasha dhibaaji," Abshir ayaa cod dhiiran ku yiri, isagoo labada indhood galka ka saaraya, inta ciil dartii sigaarka si xoog leh u jiiday, oo weliba midh kale ku daba qabtay, hadalkiinna raacshay:

"Waa shaydaamo, waxaana taas kuu cadaynaya ma dhintaan. Ragga waa ka cimri dheer yihiin, waa ka tira badan yihiin, waa ka tumasha badan yihiin. Bil walba shan iyo toban goor bay dhiig baxaan, mana dhintaan. Naflayda inteeda kale, hadday in yar oo qura ay dhiig baxaan deg-deg bay u naf-waayaan. Waa balaayo loo baahan yahay! Caawa haddaan awoodo Soomaaliya ayaan isaga laaban lahaa . . . Maxakamad? Naagtayda oo aan shan ku qabo bay i leeyihiin maxkamada la hor is-taag! Bal eega bah-dilkaas? Ma nolol baa ii taal? Naag aan shan ku qabo, shanna aan ku dhaqo, shanna aan ku furo, sidee dad shisheeye ah, oo aanan af, dhaqan, caado, hidde, iyo diin midna la wadaagin innoogu gar-naqi karaan? Xataa tolnimo nagama dhaxeyso! Hal il bay gaaladu wax ku arkaan, taasoo ah waraaqo been-been ah oo ay qorteen bay doonayaan in ay igu xukumaan. Waa yaab!

Ninkii ina Hagoog-weyne-Qalax ee indhoolaha ahaa baa markii uu dundumada taabtay laga sheegayey inuu yiri: 'Hal waa yaab, halna waa yaabka yaabkii, halna waa amankaag. Dudumada intaas le'eg aboor baa sameeya, waa yaab! Habeenkii buu sameeyaa, waa yaabka yaabkiis! Candhuuftiisuunna ku sameeyaa, waa amankaag! Hadda Ameerika markaan imid waan la yaabay; markaan arkay farsamadooda iyo ficilkoodana 'waa yaabka yaabkii' baan niyada ka iri; balse markaan arkay sharcigooda iyo maxkamadahooda habkay u shaqaynayaan amankaag bay igu noqotay, weliba sharciyada ku lug leh qoyska."

"Ameerika inta aanan iman ka hor, waxaan ahaa nin marwo qaba. Nin xaas iyo carruur leh, oo aad loo ixtiraamo, meeqaan iyo magac wanaagsan ku leh bulshada dhexdeeda. Waxaan ahaa nin la tirsado oo tolkiis ay tixgelinayaan. Maxaa caawa sedan i baday?," Gardaro oo ay taabatay wadciga nolosha uu tiigsanayo ayaa ku calaacalay. Isagoo aad u xanaaqsan, aadna u marqaansan, labadiisa indhoodna ay biyo kulul isku soo taageen ayuu hadalkii ku daray:

"Maanta waxaan ahay sagaal iyo afartan jir ama shan iyo konton jir . . . Caawa raas iyo rug midna toona ma lihi. Naagtii aan qabay waxay igu soo eriday: 'Khuuradaada ayaan habeenkii ka seexan waayey!' Ninku hadduusan khuurin ma isagaaba nin taama ah! Shan iyo labaatan sano ayaan qabay naagta sidaas ii galaysa. Ameerika waa dhul aysan malaa'igtuba il-naxariis leh ku eegin. Maanta tolkay xataa ima tirsado, qaaraanka tolka loo ururinayo la igama qaado, waayo waxaan ahay nin aan raas laheyn, oo aysan cuud iyo carruur midna toona ka danbeyn."

"Horta, ma la socotaan," Abshir oo garab siinaya cabashada Gardaro baa hadalkii raacshay, isagoo hadba fadhi beddelanaya: "Wadankan aynu ku noolnahay xuquuqda kowaad waxaa iska leh dumarka, dowladuna waa ay ku taageersan tahay. Waa Gardaro garab og!"

"Taasi waa dhab. Xuquuqda labaadna waxaa iska leh eeyga. Dadkeena kooytada ah waan ugu hoosaynaa dabaqyada abla-ableynta qowmiyadaha kala duwan ee ku nool wadankan. Eeygu wuxuu ilaaliyaa ragga cadaanka ah ee lacagta leh ee wadankan ibitileysan ku dhaqan iyo dumarkooda." Gardaro oo aad u xaraaradaysan, intuu caleentii qaadka afkiisa ka mariyey, isagoo hadba candhuuf tufanay ayuu dabadeed taqsin tubaako ah gashtay, si uu belwada uga gaaro heerka ugu sareeya baa hadalkii ku taageeray Abshir.

"Xuquuqda saddexaadna ninka cad ayaa iska leh, xuquuqda ugu hooseysa waxaa leh dadka madow, annagana kumaba sii jirno." Geele oo madaxa lulaya ayaa raacshay.

"Haweenku waa idin dhaleen, idin la dhasheen, idiin dhaxeen, waa maxay ololaha aad ku haysaan?" Sade oo dheg-weyn ka ah shirqoolka saaxibadii ay malleegayaan baa weyddiiyey, isagoo cajalada rikoorka dhanka kale u rogaya, kuna hariifaya saaxiibadiis: "Marqaanka ayaad naga dhabqaysaan. Yaa gogol idinla fadhiisan jiray. Mida kale, raggan waxaa karka iyo kulka ka keenaya oo gubaya waa xaabo magaceeda la yiraahdo 'ciil-qab dumar,' adna maxaa ku shidaya, Geele? Sheekooyin xaraarad leh innooga sheekeeya, ha ku laab-laabaninna hablaha iyo hooyooyinka. Marqaanka ayaad naga jajabinaysaan."

"Naaguhu ninkay ka arkaan jilicsanaan iyo naxariis waa ku tuntaan. Nin aan madaxooda minjo u rogin, nin maba moodaan. Ninka ay legdaan kama kacaan, waa kuwaa maanta raggii wada legday," Abshir ayaa ku cataway, isagoo aad u qiiraysan. Hadalkiina ku daray: "Garaabada waxaan caawa u soo qaatay qorsheynta iyo agaasinka hadalada aan maxkamada isla hor taagayo berrito, adna i maaweeli baad leedahay." Abshir oo yara kacsan goortuu soo xasuustay berrito in ay tahay ballantii maxkamada ayaa ku calaacalay.

"Af-jigidka intaad naga dhaafto, adba nooga sheekee qiso xiiso leh," Gardaro baa yiri.

"Nin reer baadiye ah ayaa dadkiisa oo Muqdisho deggen soo booqday," Sade ayaa ku bilaabay sheekadiisii. "Goortuu Muqdisho tegay, dadkii uu ka dhashay waxay ku dareen gabar yar, si uusan ugu laaban baadiyaha oo uu Xamar isaga dego. Ninkii muddo ka dib ayuu baadiyihii ku laabtay. Halkaas wuxuu kula kulmay qaar ka mid ah odayadii ay saaxibada ahaayeen. Dabadeedna, waxay weyddiiyeen: 'War Guhaadow, ka waran guurka magaalada iyo kan baadiyaha kee baa fiican?' Wuxuu ku jawaabay: 'Guur magaalo ayaa fiican, maxaa isaga dan ah, inkastoo mararka qaarkood gabdhaha magaalada jooga lagu wareerayo, oo aan la fahmeyn. Dhibka iigu weyn ee gabadha iga haystay wuxuu ahaa mar kasta waxay iigu yeertaa: 'Xabiibi!' anigana magacayga waxaa la yiraahdaa Ina-Guhaad Cid-Ma-Gale." Qosol bay mar la dhaceen Abshir iyo saaxiibadii, iyagoo marqaan ba'an hawada sare la lalaya.

"Gobalada dhexe ee Soomaaliya waxaa ka jiri jirtay tuulo lagu qabto beratanka legdinta," bal anna sheekadayda aan tuurtee, Geele ayaa hadalkiisa ku furay. "Waxaa loo legdami jiray qabiil-qabiil. Qabiil ka mid ah qabiilada ayaa soo dirsaday qof dumar ah, si ay ula legdanto nin asna ka socday qabiil kale. Kolkay rugta legdinta wada fuleen bay naagtii, iyadoo ay weliba dad fara badan daawanayaan, ninkii guudkiisa iyo garbihiisaba ciida dhulka taabsiisay. Ninkii laga adkaaday ceeb iyo jiciir ayaa fuushay. Nin naag 'xumi' legaday maxaa u yeela? Ninkii laga adkaaday goortii la weyddiiyey, 'War Yicib, sidee naagtu kaaga adkaatay?' Kolkuu garan waayey wuxuu ku hadlo, ceebna uu tuulada la joogi waayey ayuu yiri: 'Saddex bay naagtu igu legaday: Kabaha aan sitay oo saan ahaa, dhulka oo sibir ahaa iyo weliba naagta oo sin-saaryada si fiican u taqaanay ee walaaheysan weligeed iga adkaateen." Qosol bay mar kale ka wareegeen raggii marqaansanaa.

"Naag waxaa ka adkaan kara nin awood leh, sida, ma xasuusataan wiilkii uu dhalay wasiirkii maaliyada ee dowladdii Milateriga aheyd ee Soomaaliya? Maalin ayuu gabar yar soo kaxaystay, kolkay miic-miic u keentay ayuu har cad bartamaha magaalada Muqdisho ku toogtay. Cid weli is-weyddiisay lama hayo." Abshir oo aad u calool-xun, qaadkuna uu ku kacshay boholyowga xad-dhaafka ah ee uu u hayo carruurtiisa, soona xasuustay xumaantii dhex martay isaga iyo Aragsan, ayaa dhowr jeer ku cel-celiyey, isagoo qamuunyoonaya, madaxana kor iyo hoos u lulaya.

"Naag u samir ama ka samir," Gardaro ayaa kula taliyey saaxiibadii, oo hadalkii raacshay: "Waxaa la sheegay mac-macaanka jannada inuu dha-dhaminayo qofkii shaqaysta, haddaba jannadu waa naag, naagtuna waa janno, sidaas darteed, ninkii jannada adduunka rabow, ku jiif-jiifo bajaqdaada."

"Adeerow, Aragsan ma la heshiisid? Waa iga dhab, xaalada aan ku jiro oo kale, ma doonayo in aad ku noolaato. Sow ma aragtid sida aan u rafaadsanahay?, sidii haad waayey geed uu cago-dhigto. Rag tol ah baynnu nahay, bal caawa noo sheeg, maxaad isku heysaan adiga iyo Aragsan?" Gardaro baa codsaday.

"Waa naag u fekeraysa sida gaalada oo kale. Waxay isu aragtaa Maraykan dhalad ah, weliba siday u qaadatay dal-ku-marka Maraykanka. Waxay rabtaa in ay i feer orodo. Sanad iyo bar ka hor ayey aheyd, waan xasuustaa, baraf iyo roob isku dhafan baa cirifiyada magaalada qooyey, kolkay igu bilowday:

'Kaalay gabadha dhaybarka (xifaayada) ka beddel.' Hadalkaas markaan ka xanaaqay ayey haddana tiri: 'Fiidow miyaad ka fiican tahay, asba dhaybarka ilmihiisa wuu ka beddelaa.' Hadal anigoo aan oran baan iskaga dhaqaaqay, ka dibna waan iska shaqo tegay. Laba maalmood bay caadi iska aheyd, oo aysan ila hadlin, habeenkii danbe markaan guriga ku soo noqday, albaabka ayeyba hoosta ka xiratay. Bal kaalay adiga fur. Nakata! Waa ay diiday in aan guriga galo, iyadoo igu leh: 'Meesha aad saacadan ku maqneyd jiif u raadso!' Dabadeed habeenkii danbe waxaa ii xigtay, 'Irida ka bax, iyo Nine Wan Wan (911) . . . Dhiigga ayaa i karaya, iga dhaafa naagtaas xaaraanta ah ha igu soo hadal qaadinee, ku noqanna ha igu dhihinna."

Inta in yar aamusay, ayuu Abshir misna la yuusay: "Dhaybar beddel . . . Dhar soo dhaq . . . kadiifad soo dhaq . . . Istaarbakis (Starbucks) ma tegi kartid . . . Qaad guriga ma keensan kartid . . . BBC ma dhageysan kartid . . . Xilli danbe ma iman kartid . . . Horta ma iyadaa shan igu qabta, mise anigaa ayaa shan ku qaba? Markay igu leedahay saan ha yeelin, sidaa yeel, xaggaa u leexo . . . Ubad ay hanuunineyso miyaan anigu ahay?"

"Waxaasi ma aha wax qoys ku bur-buro, ee sheekada dhabta ah sheeg," Gardaro ayaa mar kaliya ku jikaaray Abshir.

"Markii horaba aniga ayaa soo xareysatay naag shisheeye ah, kana soo jeeda qabiil innoo cadow ah . . . Anigu hadda waxaanba goostay Soomaaliya in aan u guuro. Kaararka badeecada ayaan dalbaday . . . Lacagta waa iska marso, ka dibna Soomaaliya ayaan qabanayaa," Abshir oo marqaansan, mar walbana is-tusaya riyo mala-awaal ah iyo qorshe dhowr dabaq oo is-dulsaaran ah, ha ahaatee, lagu dhisay, laguna alifay marqaanka qaadka baa u sheegay saaxiibadiis.

"Dhulkii hooyo wax dhaama ma leh. Dhib iyo dheef, gaajo iyo dheregba. Heybad waxaad ku leedahay dhulkaaga hooyo. Anigaba waan socdaa. Lacag ururrsi ayaan ku jiraa. Baadiyaha Soomaaliya ayaan iska degayaa, gabar yar oo tolkay ah baan meelaha ka jaaba-jaabaysanayaa," Gardaro ayaa yiri.

"Meelna uma socdo. Soomaaliya? Xataa xayawaanka ma jecla in ay ku nooladaan Soomaaliya, haddii ay awoodaana qaxootinimo ayey mar hore codsan lahaayeen, marka maxay idinla tahay anigoo binaa-aadam nool oo maskax shaqeyso leh in aan u bareerayo aadida Soomaaliya? Maxaa iiga shan iyo toban ah? Shaqo, cuno, cuud, iyo caafimaad ayaa Ameerika isu-kay dulsaaran. Garabkiina Alle ha galo" Sade ayaa u jeediyey.

"Sade, saaxiib, adigu Maraykan baad noqotay," Geele ayaa ku hariifay.

"Jaallayaal, wax ma idiin sheegaa?" Sade oo isu diyaarinaya inuu sare kaco ayaa hadal ku soo gunnaanaday: "Meel uma socotaan kow dhaha, ee wadankan wax ka qabsada, howl-gabnimanna isu diyaariya. Dhaybarka (xifaayada) cid idiin xirta, idinkana beddesha sii diyaarsada. Sida gaalada wadanka ku nool oo kale, lacagta hawl-gabka sii kaydsada oo urursada; wax-ka-barta dadkan aad la nooshihiin, oo naftiinna iyo carruurtiinaba ku dhex milma bulshadan horumartay."

Doodii iyo sheekadii ragga marqaansan oo aan weli idlaan buu waagii u dilaacay. Iyagoo wada diyeeysan ayey ku ballameen is-arag danbe, si halkaas ay uga sii wadaan qorshaha aan minje iyo madax la qabto midna lagu arag, ha, yeeshee, la doonayo in lagu qaabeeyo caleenta qaadka.

CUTUBKA 3AAD

Aragsan oo xiiqaysa, marna neef xoog weyn leh soo tuuraysa ayaa guriga ku soo laabatay. Islamarkiiba waxaa deg-deg u joojiyey ciidankii booliska oo muddo dheer aqalka hortiisa ku sugayey, iyagoo cod aan naxariis laheyn ugu sheegay in ay doc isaga bayriso carruurta iyo gaarigga dhallaankaba, una dhega-nuglaato dhambaalka digniinta ah ee loo sido. Labadii sargaal waxay hor dhigeen Aragsan warqado badan oo aysan fahmeyn waxa ku qoran iyo ujeeddada ka danbaysa midna toona. Hadday xataa la kaashatay cilmi-dhegoolkii ay khibrada u laheyd, wax waa ka garan wayday hawraarta ku dhigan waraaqaha.

"Hey'ada Adeegga Bulshadu, mar kale waxay kaaga digaysaa, carruurtu hadday mar saddexaad ka caaganaadaan dugsigga sabab kaafi ah la'aanteed, in lagu dhaqaaqi doono tallaabooyin wax-ku-ool ah ee lagu daryeelayo danta carruurta dayacan. Waxaa had iyo goor dhallaanka ka muuqda rafaad iyo daryeel la'aan, mana faraxsanna. Mar-mar iyagoo qaar qaawan ayaa waddooyinka iyo aagga dugsigga lagu arkaa. Had iyo goor waa murugeysanyihiin. Waxaa la qaadi doonaa tallaabooyin loogu kuur-galayo sababta ka danbeysa murugada, aradka, iyo fir-fircooni darida ubadka ka muuqata. Digniin kama dambeys ah. Mahadsanid."

"Sidaas darteed, waxaan ka codsanaynaa waraaqahan in aad saxiixdo, si loo cadeeyo dhanbaalkan in uu ku soo gaaray, islamarkaasna aad fahamtay hadalada ku qoran warqada," labadii sargaal baa ka codsaday. Aragsan oo maankeedu uu ka dhex guuxayo walbahaarka laba-jibbaaran ee Afrika iyo Ameerika u yurura; marna il-naxariis leh ku eegaysa carruurteeda, marna canaannanaysa baa mar qalanka ka soo dhifatay gacanta sargaaladii bileyska aheyd, niyada iyadoo ka leh: "Mar un gaaladan baas ha i dhaafeen." Si xanaaq leh waxay qalinka ugu aastay dhowr warqadood oo digniin ah.

27

Ma af taqaan hey'adaha daba ordaya, mana garanayso waxay ku haystaan. Haddii talo oday la raaci lahaa, laxi waraabe ma cuneen. Inta badan aragtida guud oo ay beesha Af-Soomaaliga ku hadashaa ka qabaan xaalada Singal Maadarada waxay ku salaysan tahay: hadday waagii Aragsan lagula taliyey, naa ha *iska* eryin Abshir ay yeeli laheyd, maanta dhibkaan kuma sugnaateen, sidii iyagoo huba Abshir barwaaqo iyo baraare inuu ku nagaadin lahaa Aragsan iyo carruurteeda. Iyadoo ciil-kaabinaysa, marna kor isula hadlaysa bay u caga-jiiday dhinaca jikada. Waxaa ka daba barooranaya carruurteeda dac-daraysan, oo ay ka muuqato gaajo, xasilooni-daro, il-dheeri, taag-dari, dhiig-yari, iyo sixo daro guud oo ay gun-dhig u tahay nafaqo daro iyo fir-fircooni la'aant maskaxda iyo jirkaba. Mid diif huruud ah, oo engeggan labada dol ee sanka iyo bishimaha ku sita. Mid iska ooynaya, oo aysan garaneyn meel laga haysto iyo mid qufac iyo fal ay ka muuqato degenaansho la'aan iyo didsanaan aan xad laheyn isku darsaday.

Intaas waxaaba uga sii daran, ma garanayso cid ay kala hadasho, kala tashato, dhibta ku habsatay carruurteeda iyo meel ay u dhigto midna toona. Dhanka kale, waxaa laabteeda iyo maskaxdeedaba curyaamiyey ashtakooyinka qalafsan ee aan weli gartooda dhinacna loo ridin. Ashtako kaga furan dhinaca dowladda iyo hey'adaha u dooda xuquuqda carruurta, kuna lug leh wiilkeeda curyaanka ah iyo dacwada aan iyadana dhammaadka laheyn ee ka timid ninkeedii hore. Dacwo kale oo kaga furan Capital City oo qaan lacageed u haysta. Nafteeda walbahaarsan waxay tabaneysaa tabar yari iyo daal dheeraad ah.

Ka dibna, si naf-la-caari ah waxay isugu xoortay kursiga dheer ee qaabka daran oo dhex qotoma qolka fadhiga, iyadoo aan dan u galeyn carruurta ka daba yoomaysa. Mid dhuuni doonaya iyo mid dhaqasho gaar ah raba. "Kiniinigii birta ee dhiiga kordhin jiray iyo faytaminadii ayaan iloobay saakay in aan qaato. Waa sababta aan u daalanahay," bay u sheegtay niyadeeda basaasan. Weli iyadoo is-haaraamidaysa bay hadana cod dheer ku tiri: "Wadan aadan af iyo dhaqan garaneyn? Gaalo dhaqan xumaa! Deris xumaa! Jaar aad u leexato ee aad millix waydiisan karto xataa laguma arko!"

Aragsan ma hayso fir-fircooni iyo niyad ay carruurteeda rafaadsan ku maarayso. Waxay u baahan tahay, sida ay isu sheegayso, nasasho, xasilooni iyo cid ka daryeesha carruurtan madax-faluuqa ku riday, si ay u maamusho dareemayaasha maankeeda oo ay xaalufisay xaalada walacsan iyo wehel la'aanta haysata. Dhibka iyo dhakafaarka ka haysta laba qaaradood ee aan isir iyo ab midna wadaagin. Ruuxadeeda iyo qalbigeeduba waxay u hayaameen Afrika, oogadeeduse waxay baaqi ku tahay Maraykanka, weliba Minasoota. Aragsan oo weli dhex baraaqda kursiga dheer ee qolka-fadhiga, kana fekeraysa noloshan cadaabta ah ee Ameerika ku saloolatay ayuu taleefoonka aqalka soo dhawaaqay:

"Waxaan doonayaa in aan la hadlo Aragsan Bulxan," cod qiiraysan ayaa Af-Ingiriis ku weyddiiyey.

"No . . . No English (Af-Ingiriis kuma hadlo)," bay dhowr jeer ku cel-celisay, niyada iyadoo ka leh: "Talow ma kuwii carruurta iga qaadan lahaa baa?"

"Walaal, magacayga waxaa la yiraahdaa Saluugley, waxaan ahay af-celiso. Maanta kowdii iyo barkii duhurnimo, waxaa lagaa rabay in aad hor timaado maxkamada, mana aadan iman. Wadankan, qofku hadduu maxkamada ka baaqdo cudur-daar la'aan waa danbi weyn, waxaana hadda laguugu xukumay saddex biloodd oo xarig ah iyo ganaax dhan kun doolar, haddaadan la iman wax cuddur-daar ah oo muujinaya sababta aad uga baaqatay maxkamada." Af-celisadii oo aan haleelin in ay u dhamaystirto hadalkii bay Aragsan taleefankii is-dul dhigtay, dabadeedna oohin dhulka la fariisatay, iyadoo labada gacmood ku nabaysa labadeeda dhafoor, kuna qaylineysa: "Xaggee ka habaarnahay, xaggee balaayadan iiga timid! Ba'ayeey! Waawareey! Xaggee aadaa!"

Carruurtii markay arkeen hooyadood oo baqdin iyo argaggax la baroor
anaysa, cid ay ciirsatanna aan lagu arag bay murraara-dilaaceen, waxayna ka daba qaateen oohin baaxad weyn leh iyo qaylo aan joogsi iyo hakad lagu arag. Aqalkii waxaa is-qabsaday sawaxan sida hugun culus. Weli halkii iyadoo fadhida, labada indhoodna casaadeen; carruurtiinna ay ka garab dhawaaqayaan baa misna taleefankii soo dhacay. Aragsan waa ku dhici wayday in ay ka war celiso. Nafteeda murugaysan waxay u qaybsantay laba qaybood oo halgan kharaar iskula jira. Qayb nafteeda ka mid ah waxay kula talinaysaa, "Ka warceli taleefanka! Hooyadaa ayaa war lagaaga sidaa!" Goortay gacanta u laacday taleefankii bay qaybta kale ee maskaxdeeda murugaysan u sheegtay: "Waa kuwii carruurta kaa qaadi lahaa." Waxay fasho waa garan wayday; waxaana ku taagan talo adag iyo wel-wel daran ee nafteeda aad u saameeyey.

"Maxaa sidan la iigu ciqaabayaa?," bay is-weyddiisay. "Miyaan habaarnahay?, Maraykan ma imaadeen, Abshirna ma guursadeen haddaanan habaarneyn. Bulshadu waxay qiime iyo qaaye ii yeeli laheyd haddaan ahay naag ninkeeda dhaqaalaysata, oo baarri u noqota, una hogaansanta amarkiisa iyo hadalkiisaba. Beesha Soomaalida ayaa horay ii xukuntay, maantanna maxkamada ayaa i xukuntay," bay mar walba nafteeda dhibban kula qanbisaa.

Intay sare kacday ayey carruurtii si qarbo-qarbo ah sariirta ugu kuustay; iyadoo is-dhaafinaysa gaajada iyo dac-darada ka muuqata oogadooda. Carruurtana kii ka dhii-dhiya seexinta khasabka ah ee xaqdarada ula muuqta, laad iyo dharbaaxo ayey sariirta ku saartaa, iyadoo aan u aabbayeeleyn, islamarkaasna aan maamuli karin xanaaqa ka muuqda nafteeda. Si ba'an waxay u af-lagaadaysaa isirka iyo abnaqa ilmaheeda, iyadoo ku duleeneysa: "Reer hebel baad fir ku leedihiin. Firkood ha gubtee. Meel dheer kama aydan keenin camal xumada ee iga seexda!" Waxay carruurtii qasab ku seexisay sariirahooda, iyagoo weli afka gaajo lakala haya; ka dibna waxay taleefan u dirtay saaxiibteed Halgan. Warcelin ma leh. Misna waxay taleefan ugu yeertay Hufan, ahna gabar ay isku fil yihiin, ha yeeshee aan weli hanan arbe guri u yagleela.

"Yaa waaye?,," Hufan ayaa ku jawaabtay.

"Aragsan waaye, bal iska waran, walaalay."

"Galabta waad soo dheeraatee. War iyo wacaal, meel aad jaan dhigtayba waa la waayey. Waxaan maqlay diricyo iyo dahab rakhiis ah oo laga keenay Abuu Dabay ayaa xaafadiina lagu iibinayaa, ka waran?" Hufan baa su'aashay.

"Singal Maadar yaa wax u sheeganaya? Ma dhar cusub ayaa la iibinayaa?" Aragsan baa dib u weyddiisay, oo hadalkii raacisay: "Walaalay maxaa kuugu dhacay? Waxaan aheyn laba qof oo sida ul iyo diirkeed oo kale ah. Waa isla soo qaxnay, aqalkayga ayaad wax ka dhistay, maxaa kuugu dhacay, waa adiga iga goostaye? Aad baan u dhibaataysanahay. Waad ogtahay xaalada naag Singal Maadar ah, oo weliba Ameerika joogta. Mise adna buufiska Singal Maadarada ayaa kuugu dhacay? Horta aqalka ma waxaad u iman jirtay Abshir oo keliya?"

"Abaayo, sidaas ma aha, waan iska mashquulay . . . ee . . . ee . . . Waad ogtahay adigaba laba shaqo ayaan ka shaqeeyaa . . . Maraykanka laysma arko . . ."

"Hufan, walaalay, waan dhibbanahay ee Jimcaha ma ii iman kartaa?"

"Bal horta ii kaadi aan jedweylkayga fiiriyee," Hufan baa ku war-celisay. Aragsan waxay soo tuurtay neef xoog leh, niyada iyadoo ka leh: "Ameerika waa wadan dadka waala. Buug ayaa la isu fiirinayaa. Ma faalisaa, kuwa jinka faaliya ayaa dadka buugta u fiiriyee"

"Ma ahan Jimacadan, teeda kale ayaan kuu iman karaa. Jimcadan waxaan u dabaaldegayaa sanadguuradii aan dhashay, marka magaalada ayaa la ii kaxaynayaa; sidaa darteed, isma arki karno, laakiin . . . ee . . . Jimcada danbe ayaan isku taxaluujinayaa, haddaan waqti kuu heli karo iyo haddii kale. Aaway 'odaygii' reerka? Hadduu xataa guriga ka tegay waa inuu carruurta wax ka hayaa. Dhakhtar miyaa kuu qoray in aad keligaa heyso, xaq ma aha saas."

"Waad mahadsan tahay, iska dhaaf haddaadan Jimacadan imaan karin," Aragsan oo ka xun baa ku warcelisay, inta taleefankii deg-deg isu dul qotomisay. Hufan waxaa galay tuhun weyn, iyadoo isu sheegaysa: "Maxay tii ii soo wacatay?" Ma laha maxsuulkii ka dhashay kal-gacaylka wadnahayga baaca ah taabtay miyey talow farriintiisa gaartay?"

Qofka aad kabo ka tolanayso, marka hore kabihiisa ayaa la eegaa. Singal Maadarada aad rabto in aad ka sal-gaarto waxay damacsan tahay iyo waxa u qarsoonba, waxaa laga maraa meesha dad iyo dan u xigta. Haddaba Hufan waxay markiiba taleefan ku raadisay Halgan, si ay u ogaato waxa ka socda nolosha Singal Maadarada, gaar ahaan nolosha Aragsan. Walbahaar ayaa Hufan asiibay, way fariisan kari wayday, waxay dabadeed taleefan kula ballantay Abshir, iyadoo codsatay in ay ku kulmaan maqaayada Xiddigis ee ku taal faras-magaalaha Miniyaabulis.

CUTUBKA 4AAD

"War waxa kani waa dumar. Waad aragtay siday saaxiibkeen Arbow u galeen. Naagtan warkeeda ka bax. Waxaanba ku oran lahaa iskaba dhaaf aroos iyo dhaq-dhaqdaas, maxaa badaas ku gelshay? Jaad curdun ah oo jilicsan, udgoon, weliba wadani ah, marqaan wacan leh ayaa London ka imanaya toddobaadkan, marka lacagtan aad kula dhuq-dhuq leedahay xaflada arooska ka bax ninyahow. Mida kale, waad ogtahay adba wadaadada magaalada in ay xaaraan qadac ah ka dhigeen aroosyada labka iyo dheddiga la isku sii dhex daynayo ee saaxiib lacagta meel noo dhig aan hal habeen si xaraarad leh u marqaanee," Geele ayaa u jeediyey Abshir.

"Horta aniga nolosheyda wadaad 'xun ah' kuma xirna, waxay sheegaana kama aqaano booqashada suuliga. Tan kale Hufan waa gabar diric ah, oo caqli badan. Waa naag ilbaxad ah oo wax kala taqaana, qarashka arooskanna iyada ayaa la baxaysa. Aniga waxaan bixinayaa oo keliya dharka ay xiranayso habeenka arooska." Abshir baa ku war-celiyey, iyagoo gaariga gaboobay si qunyar ah uga soo deganaya.

"Waa ku see ninyahow? Ma waalatay, mise waad soo wadaa? Waxaad burisay xeer-hoosaadka aan dhigneyn ee u yaala ragga dunida ku nool oo dhan. Xataa ragga Maraykanka xeerkaasi way nala wadaagaan. Waa meesha keliya oo ay ragga Soomaalida iyo kuwa Maraykanka isaga mid yihiin. War naagta aad guursanayso dheri hadday aqalka keensato waa laga jebiyaa; majarafad haday la timaado ka jebi, haddii kale hadhowto waxay ku oronaysaa: 'Kan aniga ayaa keenay, kaas aniga ayaa iska leh; daabaca miiska ku goglan abootaday baa abaartii Daba-dheer toshay!' adna waxaad i leedahay alaabta iyada ayaa dhiganaysa," Geele ayaa ku hariifay.

"Walaahay waa runtaa," Abshir oo jaah-wareersan baa ku warceliyey oo yara aamusay.

Inta aysan u dhaqaaqin dhinaca maqaaxida shaaha laga cabbo, halkaas oo ay ku sugayso Hufan iyo saaxiibadeed ayuu Abshir iska hubiyey hannaanka

labiska iyo bilicda oogadiisa. Gacantiisa bidix si miyir leh intuu ugu sin-
simay timihiisa aafarada ah ee uusan in muddo ah wax saqaf ah la beegsan,
islamarkaasna kolba doc ka jiid-jiiday shaarka jactadan ee uu xiran yahay ayuu
weyddiistay Geele: "Ka waran timahayga? Sdiee waaye shaarka aan qabo? Ma
la iga garanayaa xalay in aan dhafray? Iga tiiri meesha!"

"Soomaalidu waxay tiraahdaa: 'Guur is-qoofaallin baa ka horaysa,'" Geele
ayaa u sheegay, hadalkiina raacshay, weli iyagoo taagan wadadda bar-barkeeda
si ay dhanka kale ugu tillaabaan: "Hufan maxay diric ku tahay? Ma il-baxnimaa
naagta reerkaadii ka seg-saagisay?"

Abshir ma jecla in lagala hadlo, laguna soo hadal qaado waxyaabo ku
lug leh xaaskiisii hore. Xaas iyo carruur uu u hayey jaceyl dhab ah ee ku
xiddidaystay wadnihiisa. Ma jecleysan, mana garawsan hadaladii gefka ula
muuqday ee ka soo baxay Geele afkiisa.

"Sidee loo galay Arbow?" Abshir oo iska dareemaya alaala-baq, isla-mar-
ahaantaana aan garaneyn wuxuu ka mala-baqanayo ayaa weyddiiyey, isagoo
sheekada weecinaya.

"Arbow waxaa ku dhacay jab iyo halaag. Waxaa si xun u gashay 'dhoocishii'
uu qabi jiray. Saddex biloo ayuu xirnaa, haddana waxay maxkamadu
ku xukuntay in aan lagu arki karin agagaarka carruurtii uu dhalay iyo
hooyadoodba. Haddii lagu arko isagoo xataa jooga meel u jirta ilaa shan boqol
oo mitir xabsi ayaa loo taxaabayaa, ka dibna dalka ayaa laga musaafirinayaa."
Geele oo hadalkii sii wata baa haddana yiri: "Maalin dhaweyd, Arbow ayaan
u qaaday maqaayada Fool-maroodi ee cunada laga cuno. Gaariggii annagoo
saaran bay naagtii oo jiidaysa carruurtii uu dhalay mar qura nagu soo baxday.
Dani waa seeto, markiiba waxaan ka fursan weynay inaan gaarigii ka weeciyo
dhabihii aannu haynay. Waa Singal Maadar, waad garan adba, yaa u dhawaan
kara! Naagtu markay noqoto Singal Maadar, waxay yeelataa laba xaniinyood
iyo laba geesood oo fiiq-fiiqan. Xaniin samaysa dhecaan xaasidnimo iyo
mid soo saarta dhecaanka masayrka iyo geeso garab u ah oo ay ku gumaado
ragga. Hadday na arki laheyd, waa hubaal Nayn-wan-wan (911) bay wici
laheyd oo booliiska ayey noogu yeeri laheyd, labadeednaba xabsiga ayaa nala
dhigi lahaa. Adduunyadu gabaabsi inay tahay waxaadba ku garaneysaa raggii
ayaa ka baqanaya haweenkooda! Dowladda Maraykanku waxay haatan soo
rogtay sharci oranaya haweenka Singal Maadarada ah in la siiyo taleefanka-
gacanta oo bilaash ah; mar hore waxaa loo sameeyey 'Daanyeero' la lahaa waa
gorriilayaal oo haweenka difaaca, kana ilaaliya raggood. Rag la dhufaanay iyo
naago wada baarqab ah wadankan baad ugu imaanaysaa! Iska tuko ninyahow,
waad u jeedaa dunidu waa dhammaad, anigaba dharka ayaan daahirsanayaa
maanta."

Abshir markuu dhageystay sheekadii murugada laheyd ayuu cabaar aamusay, candhuuftana dib u laqay. Juuq iyo jaaq afkiisa waa laga waayey. Si fudud waxaa naftiisa u saameeyey sheekadii naxdinta laheyd ee ku dhacday Arbow. Islamarkiiba waxaa isbeddelay muuqaalka wejigiisa, waxaana calooshiisa engeggan weerar ku soo qaaday dhecaan ku shubay gaas danqiyey dareemayaasha jirkiisa oo dhan, iyadoo si cad loo maqlayo gaaska ku hardamaya calooshiisa maran dhexdeeda. Indho gurmay oo casaan ah, tusayanna wal-bahaar iyo soo-jeed habeen intuu ku eegay Geele ayuu ku yiri: "Lambaradaas aad sheegayso waa lambarada aan adduunka ugu nebcahay. Waa lambaro inkaaran! Waan sasaa markaan maqlo 'Nayn-wan-wan!'(Sagaal-hal-hal: 911). Wuxuu ka koobanyahay saddex lambar oo kisi ah. Saddexdaas lambar, markaad isu-gayso, kala-goyso, isuna-qaybiso iyo markaad isku-dhuftaba waxaa kuu soo baxaya maxsuul kisi ah. Lamabarada kisuguna sidoodaba waa tirooyin bacawiin ah, sow ma ogid?.

Kolkaan arko meel ay ku qoran tahay 911, waan baqaa, wadnaha ayaana i ruxma. Wadadda markaan marayo ee aan maqlo dhawaaqa codka wii-waada gurmadka degdegga waa naxdin boodaa, oo didaa, sidii nin gef weyn geystay oo kale. Waxaan soo xasuustaa habeenkii boolisku aqalka iigu yimid. Waxaa ii muuqanaya wejigii Aragsan, wejigeeda ha gubtee, isagoo carro awgeed si xooggan furaha gaariga gacantiisa ugu cadaadinaya. Labada lambar, 9 iyo 11, waxay ahaan jireen lambarada aan ugu jeclaa tirooyinka kisiga ah. Waxay ahaayeen laba lambar oo ay dhabarka ku sidan jireen xiddigihii qaranka kubbada cagta ee Soomaaliya. Ha i xasuusin, hana i maqashiin maanta." Hadalkii iyagoo wata ayey Abshir iyo Geele gunta u galeen maqaayada Xiddigis ee shaaha laga cabbo, halkaas oo ay ku sugayso Hufan iyo saaxiibadeed Suleekho iyo Hibaaq.

"Waa maxay sidan? Ballan Afrikaan waaye wixiinna, immisa saacadood baan idin sugaynay," Hufan ayaa ku cannaanatay, iyadoo carrada haysa ku qarinaysa dhoola-cadeyn aan dhab aheyn, inta gacmaha hadba doc u tuur-tuurtay, si ay Abshir u raalli geliso.

Qori iyo qiiqiisa waa la isla tuuraa, dhinac isugu tuur doobabka aan weli dhadhamin mac-macaanka iyo malabka caashaqa. "Walaal Geele," waxaa codsatay Hufan, "kursigaas soo qaado," intay si qumaati ah ugu dhigtay Abshir kursigii bar-barkeeda qotomay, gacanta calaacasheeda cadna mar-marisay, iyadoo ka masaxaysa wasakh jinni ku saar ah.

"Duqa, ma iska qaadanee lee kursiga? See camal waaye 'macaallinka' sidee wax kaa noqdeen? Waxaas oo kale magaalo-joognimo xumo aa la dhahaa," Suleekho ayaa Geele ku haruuftay, iyadoo gacmaha iska marinaysa xaanshiyaha af-mariska. Geele oo dhoosha ka qoslaya baa gacan qaaday Suleekho iyo

Hibaaq. Inta isu majiiray dhanka Hufan ayuu ku yiri: "Alla dumaashidey cadowsanaa, gabdhaha maad i bartid. Magacayga waxaa la yiraahdaa Geele, waxaan ku magac dheerahay 'Raaxeeye,'" isagoo qoslaya una muujinaya hami iyo hamuun uu u hayo gabdhaha bislaaday ee jal-jalaqsan.

"Raaxeeye, abootooy!" Magac laga maskiino ma aha magacaas, Suleekho baa tiri.

"Barasho wanaagsan," mar qura bay Suleekho iyo Hibaaq ku dhawaaqeen, sidii aad moodo inay isla-ogaayeen, kuna heshiiyeen, iyagoo ku jira tar-tan ba'an oo ku salaysan is-bandhig iyo is-iibin.

Halkii waxaa ka bilowday kaftan iyo maaweelo. Hase ahaatee, Abshir ma aha nin niyad u haya hadal, sheeko, iyo kaftan, maqaayadana dhab ahaantii caga-jiid iyo sandulle ayuu ku yimid, inkastuu dareemayo inuu u baahan yahay goob uu ku cabbur-baxo, misna niyad uma hayo hadal iyo hasaawe midna. Waa maree waxaa Abshir laabtiisa hurgumeeyey, jirkiisana laga garan karaa, gaar ahaan foolkiisa meegaaran marqaankii nahda darnaa ee xalay dhafriyey. Waa marka xigtee, waxaa dhambaal-sidayaasha maskaxdiisa naafeeyey walbahaarka joogtada ah oo ay ku hayaan carruurtiisa iyo xaaskiisa ee uu goobta cidlada ah uga dhaqaaqay. Inkastuu Abshir u muuqdo nin xir-xiran, oo karaahiya ah, islamarkaana calool-adag, haddana waa nin wadnihiisu uu ku danbeeyo dhibco naxariis ah, aadna u danqada, beer-nugeylkana loogu roonaaday.

Dharaar iyo habeen waxaa boholyow xiskiisa xanuujiyey ku haya kal-gacaylka basaasay ee uu u hayo carruurtiisa iyo hooyadood. Waa nin calool-jilicsan, aadna u jecel ubadkiisa iyo hooyadoodba. Waxaa diilooday isla-hadal xun, is-cannaanasho naftiisa iyo maankiisa wax-u-gaystay. Had iyo goor, waxay eedeymo kulul iyo caddaadis gurucan uga yimaadaan qoyska iyo qabiilka uu ka dhashay. Waxay ku cannaantaan inuu yahay nin liita oo jilicsan, awoodnna u yeelan waayey carruurtii uu dhalay iyo hooyadoodba inuu daryeelo, kana dhigay baylah dayacan, oo dhul shisheeye ku rafaadsan. Marar badan waxay kula taliyeen ilmaha inuu kaga soo qaado Aragsan xoog ama xeelad kay hadba danta bido, dabadeedna, loo dhigo Soomaaliya.

Cannaanta iyo huruufka joogtada ah oo ay tolkiisa la daba joogaan, waxay Abshir naftiisa ku noqotay kadeed iyo uur-ku-taalo laabtiisa ku daxalaysatay. Bahdilka naftiisa lala beegsado waxay u horseeday midab-faquuq iyo sumcad-dil naftiisa jaah-wareerisay. Sidoo kale, waxaa Abshir ku haya cadaadis ba'an rag wadaado xag-jir ah, ha yeeshee, tol ahaan ku soo dhaweysta, had iyo goorna ku rida dhiig-kar iyo baqdin, kuwaas oo ku abhiya: "Hadday carruurtaada fasaqowdo, aakhiro adiga ayaa u qoolan, oo walee dabkii Jahannamo oo bud-bud leh ayaad ka cabbi . . . Hadday . . ." Ereyadaas kolkuu maqlo Abshir jirka ayaa dubaaxiya, waxayna naftiisa baadida ah la duur-xushaa is-eedeyn aan sal laheyn. Dabadeedna dib intuu isugu noqdo ayuu naftiisa dhibban u sheegaa: "Isaga laabo inkaar-qabtadii Aragsan aheyd." Tani waxayba u horseeday Abshir inuu booqashada masjidka iyo agagaarkiisaba ka nagaado, si uu uga fogaado hadalada aan miisaaneyn ee wadaada qaarkood ay mar walba naftiisa ku bah-dilayaan.

Waxa kale oo naftiisa waxyeeleeyey bohowlyowga uusan maamuli karin ee uu u hayo carruurtii uu cidleeyey, oo uu maan-dooriyaha qaadku ka mashquuliyey. Hilow mar-mar uu la ilmeeyo, kuna kiciya boog-calooleed iyo madax-wareer, mar-marna ku qasba inuu qaato kiniiniyada hurdada, si uu maskaxdiisa iyo dareenkiisa kacsan u xasiliyo. Wuxuu hilow u qabaa qosolkii iyo sheekadii carruurtiisa. Mar walba qalbigiisa wuxuu iska tusaa, isagoo kala celinaya caruurtii uu dhalay oo ku dagaalamaya: "Aabbe aniga ayaa garab fariisanaya iyo maayee aniga ayaa la fariisanaya." Marna isagoo dhunkanaya gabadhii uu dunida ugu jeclaa ee Libin. In muddo ah ma arag, mana maqal cid danbe oo tiraahda "Aabbe, aabbe macaane xargaha kabaha ii xir-xir."

Xanuunka ugu weyn ee Abshir ku riday sas iyo qalbi-jab, aadna naftiisa u saameeyey waxa weeye hadalkii ay ku tiri gabadhiisa Libin habeenkii ay bileysku guriga ka saarayeen, "Aabbe . . . aabbe . . . Ma soo nqonaysaa?," bay su'aashay. Wuxuu u ballan-qaaday saacado ka dib inuu soo laabanayo, maalinta Jimcahanna carwada inuu u kaxaynayo. Sanad iyo coor-coor ka dib, Abshir weli waa u soo laabanayaa Libin. Ballantii waa buriyey! Ballan laawe, waa diin laawe.

Kolkuu soo xasuusto ballantii uu jebiyey, niyadana uu ka maqlo codkii yaraa ee weliba dhuubnaa, kana soo baxay Libin laabteeda oo ay rugta dhexe ee maskaxdiisa ay sanad iyo bar ka hor sidii naastarada u duubtay ayuu Abshir ilmo kulul isku sii daayaa, sidii rajay meel uu ciirsado waayey oo kale. Maankiisa waxaa cakiray, "Nin rag ah iska dhig oo is adkee!" Ka dibna ilmada kulul ayuu isku owdaa, oo dib u riixaa. Wuxuu bilaabay naftiisa inuu kula qambiyo: "Ma aniga ayaa aabbe xun ah, oo carruurtaydii meel cidla ah uga dhaqaaqay? Ma aniga ayaa dayacay? Raggu naag waa furi jiray, maxaa aniga dhibkan gaarka ah i baday? Hadday carruurtayda aabbe la'aan gaalada ku dhex bar-baaraan, waa dhib weyn. Qabiil intay baran lahaayeen gaalada ha isaga dhex mil-maan. Laakiin qabiilkooda waa u baahan yihiin inay ogaadaan, yaase gaalada ka qabiil badan? Mayee, waa halganka nolosha. Waa iska xaal adduun! Aragsan armaan isaga laabtaa? Suurtagal ma aha . . ."

Abshir waxa kale oo uu ka walbahaarsan yahay Aragsan iyo halka ay jaan dhigtay. Mar walba niyada ayuu isaga sheegaa "Arabacadii ma iman maxkamada, maantanna taleefanka kama jawaabin, ma nin kale ayey raacday?

Daanyeerka la sheegayo miyaa talow hawdka Afrika u kaxeysatay? Carruurta miyey la dhuumatay? Talow, Carabka sheegta inuu yahay Maraykan Muslimay miyey Aljeeriya u raacday? Ma dhimatay? Carruurta miyaa laga kaxeystay?" Weyddimo waa-weyn oo maskaxdiisa dhex mushaaxaya, midoodna uusan warcelin buuxda u heyn.

Intaas waxaa u dheer, maalmihii la soo dhaafay waxaa qalbigiisa ku abuuray masayr ba'an, oo sun marriid ah ku noqday kolkuu maqlay Aragsan aqalka in ay keensatay san-ku-neefle bar aadami ah, barna xayawaan dib jooga ah. Carruurta iyo hooyadoodna ay aad iyo aad ugu bogeen. Tani waxay Abshir ku dhiirri-gelisay caleenta iyo minjaha qaadka aad inuu u ruugo, khamriganna naftiisa uu la dhowro, isagoo naftiisa ku beer-laxawsanaya, inuu isku dhaafinayo qaxarka iyo maan-wareerka ay Aragsan ku hayso naftiisa. "Aqalka iyada ayaa iga soo saartay, carruurtii iyada ayaa haysata; lacagtii carruurta iyada ayaa qaadata. Haddaan xataa shaqaysto, lacagtaan xoogsado iyada ayaa la siinayaa. Ma garanayo waxaan falo. Bal maxaa Maraykan i keenay?" ayuu naftiisa walacsan mar walba ku cannaantaa, siiba markuu aad u sarkhaamo.

Hufan waxay dareentay in Abshir murugaysan yahay; in ay maanta si-wax-ka-yihiin. Sidan ma ahaan jirin, mana aamusnaan jirin, weliba saacadaha uu la waqti qaadanayo, lana fadhiyo Hufan afka iskuma dari jirin. Wuu hadli jiray, dabuubban jiray, la kaftami jiray, ka qosol siin jiray, ka ilmeysiin jiray, dhunkan jiray oo hallaaseen jiray. Xataa gabdhaha iyo ragga Soomaalida hortooda ayuu ku hor shumin jiray, si ay Hufan u jebiso cadowgeeda qarsoon iyo kan muuqdaba. Galabta wejigiisa waxaa ka muuqda dhirif, madlluunimo iyo qalbi xumo uga timid reerkiisii hore, sida ay isaga la tahay uga maqan xaqdaro ay dowladda Maraykanku la tiigsatay ragga Soomaalida ee weliba Muslimka ah. Waxaa Hufan galay tuhun iyo walaac. "Ma jaad la'aan baa haysa? Gabar kale? Waa sidee Abshir oo i garab fadhiya ee aan hadleyn. Waa yaab! Talow ma la sixray? Haweenka Minasoota ku nool waxay barteen inay sixraan ragga noociisa oo kale ah," bay Hufan isa su'aashaa.

Ninba ceesaantii ceel gee, shimbarba shimbir loo saar, naagba nin loo nimcee. Suleekho iyo Geele waxaa isugu baxday sheekada. Geele waa nin hadal badan, kuna saleeya hadaladiisa suugaan iyo murti, taasoo raad diiran ku reebtay qalbiga Suleekho. Sidaa oo kale waa nin ku dheereeya hadalada qalbi-jileeca, af-minshaarnimada, beer-laxawsiga iyo af-gaboodsiga ee qofka aadamiga wadnihiisa taaban kara, weliba haweenka; wuxuuna ku darsaday bashaashnimo iyo fal-falaxsanaan hablaha soo jiidata. Waa nin cid kasta la kaftami kara, isagoo aan qajil iyo xishood dareemin, aadna u soo jiita gabdhaha casriga ah.

Dhibta keliya ee uu Geele la dhutinayo, waxay tahay, sida ay naftiisa la tahay, isagoo isu haysta inuu yahay nin aan waxba aqoon, labadiisa faroodna aan kala garaneyn, siiba marka ay tahay aqoonta guud, maadaama uusan weligiis waxbarasho sare fooda gelin. Arrintani waxay ku abuurtay Geele in uu gabdhaha mar walba si gaar ah uga feejignaado, weliba gabadha uu ka dareemo Af-Ingiriiska si fiican inay u taqaano, isagoo is leh, "Waxay oron doontaa Jaamacad baan dhigtaa, maxaan oranayaa aniganna? Belo idin qaaday! Gidigoodba, yaa Jaamacadaha baas cagaf-cagaf mariya. Naag kasta oo xoogaa Af-Ingiriis barataba, iyadoo minjo dhuub-dhuuban ka dhog-dhog siinaysa, sidii cantalaagii bay kuugu oranaysaa Jaamacad baan bartaa. War horta, Jaamacadahan baas oo sidii suuqa xoolaha ay naag weliba leedahay waan tagaa maxay yihiin?"

Suleekho inkastoo ay u hayso Geele dareen gaar ah, misna ma doonayso in ay ku deg-degto. Horay waxay u soo dhan-dhansatay macaanka iyo kharaarka miraha jaceylka; waxayna soo aragtay faataa-dhuglayaal dhiig baxshay wadnaheeda nugul; kuwo ugu sheekeeyey carshiga iyo cirka sare inay gaynayaan, intay ku qaadaan dayax-gacmeedka jaceylka, balse uga dhaqaaqay duur cidla ah. Iyadoo weli halkii marna lagu kaftamayo, marna lawada qosolayo baa waxaa maqaayada soo gashay Sagal oo dhexda haysata wiil madow oo Maraykan ah. "Qumayadii fiiri. Way halowday. Maraykan maxaa lagu halaabay!" Suleekho ayaa sheekadii kaga dhabqisay saaxibadeed. Inta labada dibnood maroojisay bay hadalkii ku dartay: "Siday Rooso iyo Diyaano jirkeeda ugu dhoobaysay, bafte cad ayey ku soo baxday. Sidaan maa nin lagu helaa hee? Waraabe-dadow ragga cunta walaahay lagama yaqaano."

"Waa maxay Rooso iyo Diyaano, khamriga miyey cabtaa?" Geele oo dheg-weyn ka ah hadalada ay isla dhacayaan gabdhaha casriga ah baa dib u weyddiiyey, isagoo niyada ka leh "Bajaqdaan yaa naga aamusiya aan meesha isaga tagnee, qaad fareesh ah (cusub) ayaa saacado ka dib imanaya."

"Rooso iyo Diyaano, xaaskaaga ma isticmaasho miyaa?" Suleekho baa ku jawaabtay, iyadoo dul-maraysa nolosha dhabta ah ee Geele.

"Hablaha xilligan jooga yaaba af-garanaya. Mid tiraahda aroos labaatan kun oo doolar ah ha la ii dhigo iyo mid ragga la cartamaysa oo ku leh 'Waa simmanahay, xaggee?' Gaalada waxay dhahaan dumarku waa 'XX' ragguna waa 'XY,' ragga Soomaalduna waxay dhahaan: 'Raggu waa boqol, dumarkuna waa barkeen,'" Geele ayaa u sheegay, inta si dhaqso leh u kabaday koobkii shaaha ee hor qotomay; dabadeedna deg-deg u dul qotomiyey say-sarkii, isagoo malafsanaya haraaga shaaha ee ka qoyan labadiisa dibnood.

Hibaaq waxaa qalbigeeda tashwiish culus ku reebay haasaawaha iyo xod-xodashada aan geedna loogu gabaneyn ee u dhaxeysa Geele iyo Suleekho, waxayna bilowday in ay kuud-kuudsato oo hadba kor u qaad-qaado koobkii ay ka cabtay shaaha, iyadoo qalalaase gelinaysa hadalada shukaansiga ah ee u dhaxeeya lammaanaha is-xushay, si fiicanna ay sheekada isugu baxayso.

"Hufan, walaalay, waqti badan ma haysano," bay Hibaaq hadalkii uga jartay Geele iyo Suleekho. Aamusnaan yar ka bacdi Geele baa la soo haaday:

"Gabdhihihii Soomaalida waa waasheen, waxayna isugu biyo-shubteen jir-jiroolayaal hadba midab gooni ah la soo baxa. Balaayada marna wada cad-cad, marna wada mad-madow oo aan magaalada ka mari waynay ilaan horta waxay isku soo subkeen Rooso iyo Diyaano . . . Ninkan madow sidee ku helay gabadhan Soomaalida ee quruxda badan?"

"Geele, isku xishood! Gabadha waan aqaanaa. Xamar ayaan deris ku ahaan jirnay. Wax-iskula-har ninyahow," Hufan ayaa ka codsatay oo hadalkii raacisay: "Maxaa laga rabaa hadday nin madow raacdo? Gabdho badan ayaa la saan-qaada rag Cadaan ah iyo rag Indho-yar ah, maad wax ka sheegtaan iyagaba. Soomaalidu waa cunsuriyiin."

"May, dumaashi, aragti qaloocan ha iga qaadan. Gabdhaha Soomaalida waa u jilicsan yihiin ragga shisheeyaha. Hadduu ninkaas ahaan lahaa wiil Soomaali ah waxay ku oran laheyd, 'Ii dhig aroos soddon kun oo doolar ah, korkeedana ma taabteen. Iska dhaaf jirkeeda inuu biyo-biyeestee, xataa sidaa uma fiirsheen." Geele ayaa ku adkeystay, isagoo ay ka muuqato hinaas ku raagay qalbigiisa maran.

"Macaanto, anigu waa isugu kay mid gabadhii raacda nin cad ama nin madow. Gabdhahan way inna fir-tirayaan," Abshir oo aan laba erey isku dhufan saacadihii uu goobta fadhiyey baa u sheegay. Ereygii "macaanto" wuxuu aad u taabtay qalbiga Hufan, oo dareentay weli inuu u furan yahay kedinka ay ka geli karto wadnaha dabacsan ee Abshir.

Sagal oo dhexda haysata wiilkii madoobaa ayaa is dul taagtay miiskii ay Hufan iyo saaxiibadeed dul fadhiyeen, waxayna salaan diiran u fidisay Hufan oo ay weji garatay, iyadoo iska indha-saabeysa dadka intiisa kale. "Giriin baa maanta timaha loo tidcayey, kolkii loo dhameeyey baan ku soo leexanay maqaayada, si aan qaxwe uga gadano ee aniga sidaydaba kuma saqajaamo meelahan oo kale," Sagal baa dhegta ugu sheegtay Hufan. "Oh . . . Sorry (iga raali noqo), ilaan kuma barin wiilkan waxaa la dhahaa Giriin . . ." Sagal intay xoogaa yara aamustay, nafteeda iyadoo kala tashanaysa waxay ugu yeeri laheyd Giriin: "Ninkayga Abadan! Saaxiibkay? . . . May." Waxay tiraahdo goortay garan wayday, hadalkiina ay la liic-liicayso ayuu Giriin la soo booday: "Sagal, waxaan nahay saaxiibo." Dabadeed Giriin wuxuu gacan qaaday Hufan. Gacan-qaad kal iyo laab ah wuxuu saf wareeg ah kala maray dhammaan dadkii miiska dul fadhiyey, isagoo hadba kolkuu qof gacan qaado weyddiinaya magaca qofka.

Goortuu Suleekho gacan-qaaday ka dib ayuu gacanta u taagay Geele, ha yeeshee, Geele waa diiday inuu salaanta ka qaado Giriin. Labada gacmood intuu Geele si is-dhaaf ah isu-dulsaartay, isagoo is-maahinaya, madaxanna hadba kor iyo hoos u lulaya ayuu Af-Soomaali ku yiri: "Nabad. War waa nabad heedhe gacanta ha is-daalinee!" sidii Giriin oo af-garanaya oo kale, islamarkaana Sagal ku eegaya indho-kulul oo tusaya xanaaq iyo yas. Giriin xanaaq ba'an oo lagu dheehay filan-waa ayuu mar qura la madax-wareeray, waxaana si kedis ah ugu soo qubtay wejigiisa fidsan ee lagu naqshaday timo harreed ah ee meegaaran dhidid fir-fir ah oo kuus-kuusan, una dul safan sujuuda foolkiisa koox-koox.

Kolkuu arkay Geele inuu diiday gacan-qaadkii ayuu Giriin isna ka reebtay gacantiisa qaaliga la ah inuu u taago Abshir oo bar-bar fadhiya Geele. Sagal oo aan agaasimi karin dareenkeeda ayaa afarta farood ee gacanteeda midig oo isku naban iyo suulka oo bar-bar jiifa Geele wejiga uga gacan tuuryeeysay, iyadoo cod qaylo dheer leh ugu sheegaysa: "Reer-baadiye waaxid! Jeege dheere! Badow walba Ameerika ayuu iska imanayaa."

Markiiba waxaa Sagal labadeeda indhood ku soo rogmay illin kulul, waxayna soo xasuusatay bah-dilkii ay u gaysteen qoyskii ay ka dhalatay, iyagoo Sagal u dayriyey la socodka iyo xiriirka hoose oo ay la wadaagto Giriin. Bar-bar intay isu weecisay, oo dadkii doc uga baxday bay Sagal illintii deg-deg isaga qalijisay, iyadoo weli marna af-lagaadeyneysa Geele marna kuhaameysa ragga Soomaalida. Hufan intay sare-joogsatay ayey cudduda gacanta bidix qabatay Sagal, iyadoo Giriinna kasha gacantiisa midig ku dheggan bay gooni ula dhaqaaqday labadoodaba, una sheegtay: "Sagal, walaalay raalli noqo. Dadkaan waa waalan yihiin, dagaal bay ka soo qaxeen." Raalli-gelin kale waxay u fidisay Giriin, oo aad uga dhiidhiyey heeb-sooca naftiisa loo gaystay, kana timid, siday la tahay 'Afrkaan' naftiisa ka hooseeya.

Giriin daqiiqadihii uu taagnaa dhowr jeer ayaa lakala qabtay isaga iyo Geele. Cafis iyo saamax inkastoo loo soo jeediyey misna waa ku gacan sayray. Hufan oo ku eegaysa Abshir il-nugul baa u sheegtay dhallinyaradii: "Sheekada halkaas ha inoo joogto maanta." Suleekho iyo Geele, sidii ari goossan ah, meel gooni ah intay isula dhaqaaqeen bay isla sii sheeko iyo cag qaateen, iyagoo aad u qos-qoslaya, sheekaduna ay si fiican isugu baxeyso, waxayna ku ballameen is-arag danbe oo xiise leh.

CUTUBKA 5NAAD

Waa goor fiid ah, gudcurkii habeenimo ayaa qar-qiyey gebi ahaanba gobalka Minasoota, gaar ahaan magaalada Miniyaabulis. Hase, ahaatee, magaaladu waxay dugsanaysaa iftiinka iyo dhal-dhalaalka ka soo bidhaamaya barafka cad-cad ee dhulka goglan. Goor-sheegtadu waxay heehaabanaysaa sagaalkii fiidnimo, waxayna Aragsan keligeed dhex gebrantahay qolka-fadhiga oo ay ku naqshadaysay daahyo iyo fadhi-carbeed cusub; ubax iyo dhir uu ugu deeqay ururka caawiye Haweenka Singal Maadarada ee SIR. Waxa kale oo ay aqalka jiq uga dhigtay cuud iyo uunsi fax-fax leh. Aragsan waxaa ku taagan dareen Singal Maadarnimo! Wehel daro iyo welbahaar. Si ay isaga caabbiso cidlada ay nafteedu tabaneyso, waxay daawasho ugu dhaqaaqday taleefishinka. Hadba doc iyadoo kanaalada taleefishinka u rog-rogaysa bay goor danbe isha ku dhufatay xayeeysiin dhabanna-hays iyo dhakafaar nafteeda ku riday:

"Rugta Carwada Xayawaanka, waxaad ka helaysaan Dumar-kal-kaal, weliba noocii ugu danbeeyey oo ay saynisyahanadu far-sameeyeen. Mar waa kal-kaaliye, marna waa maaweeliyaha carruurta, waxaanna loo sanceeyey kal-kaalka haweenka Singal-maadarada ah, islarmarkaanna waxaa loo carbiyey la dhaqanka aadamiga. Waxa kale oo aan idiin haynaa Keyd-aabbe. Kiradu waa qiime jaban. Haddaba ha moogaaninma, hana seeginna; nagala soo xiriir lambarka: 1-800-8760-SIR"

Aragsan aad bay ugu bogtay xayeeysiintaas ugubka ah ee aan horay loo arag, loona maqal. Marar badan bay laabteeda dheg-maqal ku soo gaareen sheekooyinka la xiriira Rugta Carwada, ha yeeshee, dhug uma yeelan, waxayna isaga qaadatay dhalanteed iyo dheel-dheel aan dhab aheyn, haddey dhab tahaynna aanba isku sii dhibin ogaanshaheeda. Afka iyadoo kala jiidaysa, iskana dareemaysa daal ba'n ayey niyadeeda walbahaarsan u sheegtay nafta inay ku maaweeliso daawashada cajalada fidiyowga arooskeeda, si ay isaga bi'iso

41

walbahaarka walhaya qalbigeeda. Waa filim gaboobay oo garaadsaday, lagana
duubay lix sanadood ka hor, arooskeedii ka dhacay Nayroobi. Naqtiin in ay
ku samayso waayo waayo iyo jacaylkii mar si qoto dheer leh ugu xiddidaystay
laabteeda, ha ahaatee, la xumeeyey.

Si nasteexo leh dib intay isugu tiirisay kursigii ay ku fadhiday bay daawasho
ugu dhaqaaqday filimkii laga duubay arooskeeda. Waqti macaan iyo waayo
tegay. Sida mowjadaha bad weynta, waayuhu marna way ku qar-qinayaan,
marna way ku qushuucinayaan. Aragsan waxay si is-tareex leh u daawanaysaa
filimkii arooskeeda, iyadoo hadba iska masaxaysa ilmada diiran ee ku soo
qubanaysa labadeeda dhaban; mar-marna ku soo cel-celinaysa filimka, si ay u
daawato bilicda iyo bidhaanta qurxoon ee ka muuqatay oogadeeda. Nafteedu
waxay ku istareexaysaa taajkii cadaa, quruxda badnaa ee habeenkaas jirkeeda
dabacsan jiqda looga dhigay iyo weliba inay laabteeda kacsan ku qaboojiso
daawashada foolka meegaaran ee Abshir.

Qosol aan dhab aheyn ayaa si lama filaan ah Aragsan afkeeda uga soo
burqaday kolkay indhaha ku dhufatay Abshir oo doolshaha arooska faraha
gacantiisa maran ku jar-jaraya, islamrkaasna Aragsan afka ugu guraya, isagoo
weliba adeegsanaya shantiisa farood iyo calaacashiisa cad. "Xaad ma leh,
xanaf wax xagata ma leh, waxaana loo xirfadeeyey fududeynta xayaatada
xubnaha isu buka. Calaacasha waa cankee!" ayuu Abshir ku maaweeliyey
dadweynihii arooska isugu yimid ee dhowrayey xarig-jarka doolshaha
arooska.

"Dhibkaas waxaa keentay Hufan, fargeetooyinkii iyo mal-gacadihii bay
soo ilowday," bay Aragsan niyada iska tiri, inta si qunyar ah kursiga isugu
fidisay. Dhowr jeer bay ku cel-celisay sawirkaas iyo hawraartaas, hadba iyadoo
ilka-cadayneysa, marna aad u qosleysa. Goor danbe waxay filimkii ka dhex
aragtay sawir dhaawacay maankeeda, kuna reebay uur-ku-taalo daran. Masawir
ku noqday utun ay weligeed sido, una keenay maseyr aysan maamuli karin.
Waa masawir beddelay Aragsan ficilkeeda, fikirkeeda, qaab dhaqankeeda, iyo
siiba aragtida ay ka qabatay nolosha qoyska, jaceylka, guurka, saaxiibtinimada,
iyo is-aaminaada u dhaxeysa lammaane isu hoyda, oo dhiig iyo dhecaan isku
darsaday, ubadna isu dhalay.

Aragsan waxay filimkii ka dhex aragtay ninkeedii Abshir oo dhunkanaya
saaxiibteed Hufan, weliba habeenkii ay u dabbaaldegayeen xafladii arooskooda,
ahna habeenkii ugu qiimaha iyo qaayaha badnaa nolosheeda oo dhan. Waa
rumaysan wayday, dareenkeedana waa aqbali waayey. Neef-tuur iyo wadne-
fugfug baa ka soo haray, waxaana ku kacay dhiig-kar iyo laab-xanuun qaab
daran. Sawirka labadeeda indhood iyo maankeedaba u muuqda wuxuu
Aragsan la noqday dhaan-dabbagaale. Wuxuu la noqday been iyo huf ay

maskaxdeeda walbahaarsan mala-awaalayso. "Abshir oo afka kula jira Hufan!? Hubsiimo hal baa la siistaa," bay maskaxdeeda kacsan ku dejisay. Dib intay u soo celisay filimkii oo socda bay misna joojisay, iyadoo ku beegtay sawirka tusaya dhunkashada xaaraanta la ah. Dabadeedna, labada calaacalood iyo labada jilbood intay isku taagtay sidii gool gaadmo u geelliman oo kale bay nafteeda caddiban hor-qotomisay quraarada taleefishinka, si aad ahna labadeeda indhood ugu dhaweysay, iyadoo weliba ilmaynaysa, si ba'anna u eegeysa sawrika ka muuqda quraarada taleefishinka.

Mar kale ayey dhugatay dhunkashadii Abshir iyo Hufan. Waa dhab! Labada dhaban, labada dibnood, labada carrab, labada fool ee ilkaha, afarta bowdood, shafka iyo hooraadada ayey isku hayaan, afkana waa iska carrabaynayaan, dhexdanna waa isku dhegen yihiin. Dhunkasho soo bandhigaysa caashaq gaboobay ee xididdeystay. Cishqi hana qaaday goor hore. "Kolee ma aha cishqi dhicis ah, waa cishqi jar-iska-xoor ah, una horseedaya jidkii Jahannamo," siday Aragsan isugu sheekayneyso. Waxaa laga joogaa lix sanadood ka hor markii filimkan la qabtay, weligeedna caawa ka hor ma arag, mac-macaankan iyo is-malabaysiga labada mataane.

Dhunkasho qurux badan, ha yeeshee, Aragsan dabka naarta uga kulul. Naxdin weynaa, ninkaagi oo naag kale la kuday! Waxay isweydiinaysaa "Maxaan intaas oo dhan u arki waayey? Ayaan daraniyaa. Alla anigaa!" Misna nafteeda kurbaysan iyadoo qancinaysa, una samaynaysa cudur-daar bay isu sheegtay: "Waqti uma helin. Baas iyo belo! Yaaba iska dhinta. Anigaayeey! Maxaan ka noolahay haddii aanba Abshir shurufle iyo Hufan huuro badan aan falkooda iyo wada-socodkooda fahmi waayey. Carro iyo ciil weynaa! Haddaanan dhegaha faraha la gashan taan ku dhigo caaqii Abshir ahaa iyo dhusuqleyda uu wato. Way oo way!" sacabka gacanteeda midig bay si xoog leh ugu tuntaa shafkeeda ballaaran; marna farta murugsatada ayey dhexda ka qaniintaa oo qamuunyootaa.

Waxay Aragsan isu sheegtay in Abshir jaceyl khiyaali ah ku maaweelinayey nafteeda, waxayna nafteeda ka dabar-jartay, laga bilaabo cawadaas aragti ay weligeed cabsaneyd: "Jaceylku in uu jiro, jiri-jiray, weligiisna jiri-doono. Cishqigu waa ma dhinte, ma dhuunte, ma dhutiye," waxayse, haatan ictiqaaday jaceyl wax la yiraahdo in uusan jirin, ninka iyo naagtunna dan iyo damac oo keliya inay isu keento. Ilmada intay iska tir-tirtay bay nafteed u sheegtay: "Naagtan baas ee aan hoosta ku watay baa khaladka iska leh, maxay u shukaansanaysaa? Abshir waa nin af-gaaban, marka iyadaa shukaansanaysa. Geyaankeeda oo wada gabar doon ah baa gebiyada magaalada wada gaaf-wareegaya, waayo Abshir? Bal maxay u dhunkanaysaa? Isaga waa nin rag ah, xataa hadduu shukaansado may diido? Waa guumeys geyaan guri u dhisa wayday! Aaheey, waan aqaan iyadoo kale. Haddey rag wayday, ma reer dhisan bay dumineysaa?"

Aragsan waa isku dhex yaacday, oo kala bad-badatay. Xowliga uu ku socdo dhiigga dhex jibaaxaya hal-bowlayaasha iyo aroorayaasha unugyada jirkeeda ayaa aad u kordhay. Laab-xanuun, mindhicir-ma-roojis, iyo neef-ku-dheg bay nafteeda ibtileysan la danqaneysaa. Waxaa maskaxdeeda kurbeysan ku kacay cabsi iyo mala-baq aysan maamuli karin. "Haddaan iska furayaa Abshir, Alla armaan Singal Maadar noqdaa? Nolol kelinimo waa hoog iyo hajrad! Illaahayba nolosha kelinimo uguma talo gelin, maxaa keli iga dhigaya?" Masayr iyo jaceyl duugoobay looma dhinto, balse saxariir iyo silac buu Aragsan u horseeday. Hoog iyo halaag aan garab iyo gaashaan laheyn bay Aragsan nafteedu tirsaneysaa.

Waxay bilowday in ay jarcayso, iyadoo iska dareemaysa qandho qaab daran, welina aan si habboon u garaneyn kobta bugta xubnaha, dhudaha, iyo unugyada oogadeeda. Qandho aan xumad sare iyo xanuun laheyn, balse ah qandho ay shiddayso xaabo masayr, boholyow, iyo kelinimo. "Raggu inkaar bay qabaan, weligoodba waa laqdaba badnaayeen, waana ogaa, laakiin saaxiibtay Hufan?" bay cod dheer ku tiri iyadoo nafteeda wareersan la faqaysa. Shaki weyn ayaa misna galay. "Maba dhici karto Hufan iyo Abshir sidan in ay ii galeen." Dib bay mar kale u daawatay cajaladii. Waa dhacdo dhab ah, dhafooradanna xanuujiyey. "Caku iyo caqli xumadeyda! Shan sano . . . Weliba waa lix sano ka bacdi. Ciil badanaa waxaan ogaaday markaan guriga ka eryey. Maxaa iga dhici lahaa xataa hadduu ogyahay in aan la socdo gogol-dhaafkii iyo khiyaamadii uu naftayda ku mardabeeyey. Immisa naagood oo kale ayuu talow igu hoos waday," Aragsan baa isaga cabatay.

In yar markay fadhiday, iyadoo dabka ka dhex qaxmaya nafteeda la halgamaysa bay mar danbe soo gocotay hadalo kaftan dhable ahaa oo had iyo jeer Hufan hal-hays u ahaa, hase yeeshee, kolkay Aragsan hadladaas maqasho nefteeda ku abuuri jiray masayr. Hufan si kajan-la-mood ah waxay u oran jirtay: "Jaceylku sidiisaba waa dan ee wax jaceyl la yiraahdo ma jiro. Jaceylku wuxuu ahaan jiray kal-gaceyl, raxmad, is-afgarad, is-gacan siin; awr wada rar iyo wada fur, wada-shaqeyn, wada sinnaan iyo damac u dhaxeeya labka iyo dheddiga, laakiin qarnigan kow iyo labaatanaad wuxuu isu rogay dagaal iyo halgan saddex geesood ah oo u dhaxeeya laba naagood iyo nin ama laba nin iyo naag ee ilaasho saygaaga yaan lagaa saqiir-suujininee." Aragsan oo masayrsan, intay mar soo haabatay fogaansho-ka-maamulaha taleefishinka bay si xoog leh ugu halgaaday Taleefishinkii, iyadoo cod dheer ku barooraneysa; mar qura ayey quraaradii taleefishinka kala daadatay.

Waxay nafteeda dhibban ku cannaanatay: "Weligayba dib ayaan wax ka fahmaa!" Oohin bay la fariisatay sagxada qolka fadhiga, iyadoo labadeeda sacab ee lagu xardhay cillaan duqoobay ee sii bar-tirmaya ku nabaysa labadeeda indhood. Halkii iyadoo weli fadhida, cid gar-gaar u fidisanna aan heysan, labada indhoodna ay gaduuteen; goomanka iyo labada dhabanna ay murxeen ayey qaadatay go'aan adag. Waxay goosatay aroortii inay tagto Rugta Carwada Laan-dheeraha Xayawaanka lagu kireeyo, oo ay ka xigto saacado qura in mar waagu wah yiraahdo, iyadoo caawa ku dhafartay dhunkashadii laabteeda dhaawacday. Hah iyo caku ninkii fidiyow iyo wax la duubo hindisay! Waa kaa Aragsan caawa qalbi iyo dareen sal-guuriyey. Cidmaa loo raacanayaa?

Si dhaqso ah, balse ay ka muuqato feejignaan daro intay isugu xaabisay h'u culus iyo kabo dugsi ah oo ay kaga gaashaamato qabowga daran iyo barafka culus ee dhulka goglan, weliba iyadoo nafteeda ugu sheekaynaysa "Carwada deg-deg u tag oo dhaqso u soo laabo, inta aysan carruurta soo toosin," bay cagta-wax-ka-dayday. Naag masayrtay maan ma leh! Ma jiif baa u yaala? Jinkeed baa dareen jilaafay. Maseyreey murraaro-dilaacday maskax iyo miyir midna ma leh. Waxay si is-dhaaf ah u gashatay kabaha buudka ah iyo jaakadka laga xirto qabowga oo ay si rogan oo is-dhaafsan u gashatay, iyadoo aan is ogeyn, kuna maqan cannaanta iyo hariifka maankeeda dhibban.

Hiirtii arooryo bay Aragsan isa-sii taagtay Rugta Carwada Laan-dheeraha Xayawaanka; waxayna la gariireysaa qar-qaryo, jirkeeduna wuxuu diirimaad ka helayaa kulka iyo tamarta ka soo burqaneysa unugyada, nudaha iyo xubnaha jirkeeda ee maseyrka la buka, marmarna ciil iyo carro awgeed la dubaaxinaya, kuna qasbaya Arragsan inay oogadeeda maamuli weyso. Weli Carwada lama furin, xataa shaqaalihii Carwada weli ma soo shaqo tegin.

Xanuun daran iyadoo la taaheysa, si qunyar ahna talaabada ula dhutineysa, taasoo ka dhalatay kabaha ay sida is-dhaafka u qabto, ha yeeshee, weli maskaxdeeda maseyrka la silicsan ay soo dhifan l'adahay halka uu ka imanayo xanuunka ay nafteeda la guur-guuraneyso bay Aragsan kedinka xiga dhanka qorrax ka soo baxa ee Rugta Carwada is-barbar taagtay. Qabow iyo dhaxan ba'an awgeed, iyadoo gowsaha iyo jiqilada isla dhacaysa bay naftteeda ciirsi biday qoqobka yar ee ku naban halka laga galo albaabka Rugta Carwada.

In yar goortay dugsatay gidaarkii, diirimaad yarna jirkeeda uu hantay, welina ay iska dareemeyso xanuunka ka haya faryareyda lugta bidix baa waxaa ku soo baxay waardiyihii Rugta Carwada, isagoo amar kulul ku siiyey degdeg in ay uga dhaqaaqdo kedinka, welibana cod dheer ku leh: "Dhilo walba halkan bay u soo shaxaad tageysaa. Waa tii shanaad ee aan caawa gidaarkan ka eryo. Yaa ogaada waa Singal Maadar iyo wax la halmaala!" Aragsan wejigeeda waxaa ka muuqda murugo lagu dhafay cabsi iyo dhafar

soo jeed, waxaana is-dhaafay xidida maskaxda. "Balanbalay oo ba'ayeey! Ciil
badanaa adduunkan! Runtii waxa i gubayaa ma aha maseyr, waxaan la karayaa,
oo la goohayaa, waa mindiyaha la ii soofeystay, laguna gooyey xiddadda
dhiigga ee isu kaaya hayey aniga iyo macaanaheygii aan jeclaa Abshir. Ma
kii iyo tii baan ka maseyrayaa? Waa af-genbi iska cad! Ilaa immisa bay talow
is-wateen, oo hoosta iska cunayeen, aniganna sidii lax dhukan oo kale aan
is-barwaaqeysigooda mooganaa?," bay Aragsan nafteeda walbahaarsan ku
xaar-xaartaa, weli iyadoo ku gaaf-wareegeysa Rugta Carwada iyo iibinta
Gorriillayaasha Singal Maadarada.

Qabow awgii ilmadii ka qoyaneyd labadeeda dhaban waxay isu rogeen
baraf dhagax ah oo ku dheggan dhabbanadeeda jilicsan, waxaana dhagax
taagan noqday maqaarka jirkeeda. "Maxaa iga dhici lahaa, haddday naag kale
i dhagri laheyd! Tii xumeyd waaye day waxa sidan ii gashay. Urtooydii aan
il-bixiyey, gurigayga aan ku heyn jiray ayaa i sirtay. Maan-gaab, iska nool baan
ahay." bay iskula guurabaastaa. Muddo gaaban ka bacdi, kolkii Rugtii Carwada
Xaywaanka albaabada loo furay, waxay Aragsan noqotay Singal-Maadaradii
ugu horaysay ee ooda laga qaado, iyadoo ay daba safan yihiin Singal Maadaro
wada sad doon ah. Singal Maadaro doonaya in ay ka madax-bannaanaadaan
gunnimada iyo gumeysigga ina-rag la beegsaday naftooda iyo ubadkooda
dayacan. Safka dheer iyadoo dhex taagan bay Aragsan gocotay hooyadeed
Garaado Hadal-ma-qaloocshe oo dhex taala xabsiga ciqaabta, dhuudhiga, iyo
gaajada badan ee Nayroobi. Il-biriqsi gudihiisa waxay misna soo xasuusatay
reerkii ay ka dhalatay oo ku rafaadsan xerada qaxootiga Xagar-Dheer.

Qar-qaryo iyadoo la gariiraysa, nafteedanna dood ba'an kula jirta bay
gacanteeda gariiraysa u riday boorsadeeda gacanta, inta si qunyar ah isaga
bixisay gacmo-gashiggii ay xirneyd. Waxay shandadda yar ka soo quftay shan
boqol oo doolar oo curraar ah iyo kun doolar oo ah qiimaha xayawaanka
nafteeda iyo dhallaankeedubu ay u baahan yihiin. Illmada ku gudban
labadeeda indhood intay isku celisay, oo kelyo-adeeg iska raadisay bay
lacagtii gacanta u gelisay hor-joogihii Rugta Carwada. "Ilaahayow iska kay
cafi! Hooyaday baa u xiran, walaalahaynna waa ka arradan yihiin, kana qatan
yihiin. Ma gef baan ka galay? anigaba naftayda iyo maankayga baa arradan,"
bay haddana niyada ka tiri, goortay lacagtaii shubtay.

Ka hor inta aan laga saxiixin heshiiska qandaraaska ayuu hor-joogihii
Rugta Carwada u sharxay: "Dumar ka nasiib badan ma leh haweenka
Maraykanka, dalalka kale lagamaba helo nafley noocan oo kale ah, haddii
laga helana, dumarka lacagta leh ayaa awooda in ay kireystaan. Haddaba,
waxaan heynaa noocyo badan oo ka mid ah daanyeerada gorriillaha ee loo
farsameeyey, loona qoodeeyey Singal Maadarada Wqooyiga Ameerika ku

nool. Nooca koowaad waxaa loo yaqaan 'Reserved Dady' ama 'Keyd-aabbe,' waa daanyeer-gorriille ah oo u dhaqma sida aabbaha reerka. Sida aad ka dhan-dhansaneyso magaciisaba wuxuu keyd u yahay ama uu beddelayaa aabbaha aqalka laga eryo ama aabbaha reerkiisa ka seeg-seega. Waa gorriille la yaab leh! Nooca labaadna waa 'Auxiliary Women' ama 'Dumar-Kal-Kaal,' waa daanyeer waxtar badan leh, in yarna ka qaalisan noocii hore; wuxuuna u dhaqmaa sida haweenka, iyadoo alaabta xasha, carruurta xifaayada ka beddesha, dharka dhaqda, dumarka ummul-bixisa, aroos-bixisa, shaash-saar bixisa; wixii ay dumarku soo mareen ka meyrta. Guud ahaan haweenka waxay la qabataa hawsha aqalka iyo layllinta dhallaanka. Nooca saddexaadna waa nooca loo yaqaan 'Ambidextrous Gorrille' ama 'Laba-Midigle' waana isku-dhaf ka kooban labada nooc ee la soo xusay, wuxuuna ka kooban yahay firka labka oo lagu dhafay firka dheddiga. Wuxuu leeyahay laba naf iyo laba maskax oo la isku dhafay. Waxa kale ee uu leeyahay falka Keyd-aabbe iyo maskaxda Dumar-kal-kaal. Marna sida 'Odayga reerka' ayuu u dhaqmaa, marna waa kal-kaaliyaha Singal-Maadarada ama aan irhaado marna sida 'Habarta reerka' ayuu u dhaqmaa."

Markay Aragsan lacagtii bixisay baa laga codsaday saddex saacadood ka dib in ay soo laabato, si loo baro, looguna wareejiye daanyeerka gorriilaha oo ay nafteeda iyo reerkeedaba muddo dheer ka qatanaayeen. Aragsan ayaa hor-joogihii Rugta carwada u sheegtay: "Waxaan u baahanay nin rag ah oo aabbe u noqon kara carruurtayda; hooyo aniga ayaa u ah, sideen u galayaa hooyo kale." Qalbigeeda kacsan waxay islamarkiiba ka dhex aragtay sawirkii Hufan iyo Abshir oo isku maran sidii ul iyo diirkeed, markaas bay Aragsan la soo booday: "Ha i maqashiin naag . . . Naaguhu waa wada naar-afuuf rag dabato ah. Aqal aan leeyahay naag danbe cag ma sii dhigi karto. Aniga ragga ayaan is-fahamnaa, naagaha maba af-garto. Keyd-aabbe ayaan door biday." Hormoodkii Rugta Carwada Xayawaanka, isagoo u sii maraya af-celisada Rugta Carwada ayuu u sheegay Aragsan: "Iga raalli noqo xumaan kama weddin."

"Maanta laga bilaabo waxaa ku leh oo aad muruqaaga, maankaaga, muuqaalkaaga, garaadkaaga, iyo waaya-aragnimadaadaba ugu adeegaysaa Singal Maadarada Aragsan Bulxan, waanna inaad iyada ka amar qaadataa," baa dhegta loogu sheegay gorriilihii. Degdeg ayuu daanyeerkii gorriilaha ahaa u aqbalay taladii loo jeediyey, isagoo karhay moorada cariiriga ah ee naftiisa lagu owday. "Guul, Garaad, Gobannimo," ayuu niyada ka yiri goortuu gartay dibada in loo wado, lagana saarayo qafiska uu karhay. Waxa kale ee uu aad ugu farxay in la siiyey qoys ka kooban Singal Maadarad iyo carruurteeda baylahda ah. Saacado ka dib, waxaa Rugta Carwada Xayawaanka isa-sootaagtay Aragsan oo daadihinaysa carruurteeda. Kolkay ka soo gashay kedinka hore ee Carwada baa loogu hambalyeeyey: "Abed ma arag Singal Maadarad ka nasiib badan! Waxaa laguu helay Keyd-aabbe, weliba noocii ugu danbeeyey. Maanta wixii ka bilowda waxaad tahay Singal Maadarad madax-bannaan. Naag ka kortay mardabada iyo madax-faradka labku ku hayo haweenka. Waxaa runtii laguu helay daanyeer gorriille ah oo hebed ah, kuna darsaday baarrinimada loo far-sameeyey garaad dheer iyo aqoon, wuxuuna leeyahay dareen aabbanimo ee uu reerka ku kala hagi karo. Waa nooca labaad ee ugu qaalisan daanyeerada gorriillayaasha ee loo sanceeyey Singal Maadarada. Aad baad runtii u nasiib badan tahay, sababtoo ah Singal Maadarada waxay u galaan saf dheer gorriillaha noocan oo kale ah, waxayna sugaan ilaa shan sanadood. Hanbalyo mar kale," hor-joogihii Rugta Carwada ayaa u soo jeediyey Aragsan.

Si miyir leh inta looga furay katiinada uga jeeban labadiisa lugood ee waaweyn, lagana soo saaray maqsinkii lagu kool-koolinayey baa Gorriille Keyd-aabbe loo akhriyey hadalo lagu talaallay maskaxdiisa isagoo d'a yar, sida Aragsan waagay yareyd maskaxdeeda loogu tallaalay xisaabta isku dhufashada, oo ay dusha uga qaybtay, muddo dheer ka dibna ay weli dusha uga xafidsan tahay si la mid ah baa Gorriille Keyd-aabbe maskaxdiisa loogu beeray Afka-Soomaaliga iyo hab ula dhaqanka qoysaska Soomaalida. Weli maskaxdiisa furan si heer sare ah bay u qaybtay afkii iyo dhaqankii la baray.

Gorriille Keyd-aabbe saynisyahanadu waxay u farsameeyeen inuu u dhaqmo, u fekero, uguna adeego hooyooyinka Singal Maadarada ah sida aabbe dhab ah oo kale, ayna ka muuqato dareenka iyo ficilka aabbe aadami ah. Gorriille waxaa duntiisa laga soohay, laguna falkay dareen la xiriira bar-baarinta ubadka. Saynisyahanadu waxay dabar-tireen, kana saareen oogadiisa nudaha jeneetikiska ee Keyd-aabbe ka dhigaya xayawaan aan caqli badan laheyn. Waxa kale oo laga dabar-jaray oogadiisa nudaha agaasima, qaabeeyana daanyeernimadiisa, waxaana lagu alkumay koromosoomo iyo unugyo aadami ah ee si gaar ah loo soo xulay, loogana baaraan-degay, una yeelaya san-saan iyo dabeecad si gaar ah loo soo qorsheeyey. Waxaa lagu beeray maskaxdiisa dunta hebednimida iyo baarrinimada. Waxa kale oo lagu beeray jirkiisa nudo siinaya garaad iyo gacaltooyo waalidnimo, siiba kal-gaceyl aabbanimo ee uu u hayo carruurta iyo hooyada mas'uulka looga dhigay. Waxaa Keyd-aabbe loo rogay bina-aadam nool oo taam ah.

Saynisyahanadu waxay ku guulaysteen in ay si gaar ah uga soocaan gorriilaha oogadiisa jiinka ku abuuri kara fahmo darida. Inkastuu markiisii horaba ahaa gorriille lab ah, misna waxaa la-laba jibaaray ragnimadiisa. Waxaa lagu abuuray nudo iyo jir siinaya dul-qaad badan, feejignaan dheeraad ah, u-kuur-gal miisaaman, dhego-nugeyl, shiddo yari, amar-u-hogaansan iyo xalinta mushkulidaha qoyska; islamarkaanna qoyska inuu ugu adeego sida ay hadba door bidaan. Keyd-aabbe tabtaa baa loo qoondeeyey. Seddexdii biloodba SIR waxay daanyeerka Keyd-aabbe ku shubtaa dhecaan fir-fircooni geliya hadba qayb ka mid ah maskaxdiisa iyo xubnaha jirkiisa ee ku xiriira qaybtaas. Waxaa loo sanceeyey ilaa xad inuu noqdo addoon u adeega aadamiga sidiisa oo kale nafleyda ah, weliba dumarka Singal Maadarada ah ee u baahan hiil iyo hooba. Gorriile Keyd-aabbe waxa kale oo lagu abuuray maskax si xad dhaaf ah u shaqeysa, islamar-ahaantaana aanay si habboon weli uga marneyn garaad yarida iyo dareenka xayawaanimada. Nafley kala garan kara, fahmi kara, cabbira kari hadalada, fekerka iyo maanka haweenka. Gorriille Keyd-aabbe wuxuu maray laba qalliin oo kala duwan, si ugu dhaqma sida aabbaha reerka oo kale, taas oo uu kaga duwan yahay daanyeerada kale ee la xareysan, kuwaas oo u badan nooca Dumar-kalkaalka.

Gorriiluhu waa daanyeer dadka lagu sooco, waana nafley aad u weyn ha noqoto xajmi iyo culays ahaanba, wuxuuna ku nool yahay qaarada Afrika. Dhererkiisu waa laba mitir iyo ka badan, kuna darsaday xoog iyo seedo ad-adag. Dadka hagayaa Gorriile Keyd-aabbe waa ka baxaad weyn yahay, kana joog dheer yahay, waxayna u joogaan jilbaha hoose iyo agagaarkooda. Culayskiisu waa saddex boqol oo kiilo iyo weliba suubis. Rugta Carwadu waxay ugu walqashay "Gorriille Keyd-aabbe," oo laga soo turjumay habka loo farsameeyey iyo nooca ay tahay hawsha middiidinka ah ee uu qoyska Singal Maadarada ugu yaboohayo. Gorriile Keyd-aabbe wuxuu leeyahay madax weyn oo uu ku fadhiyo sur gaaban. Indho yaryar oo aad moodo in god ceel ah la dhex qotomiyey, san laba dul oo waaweyn leh iyo dhogor oogadiisa ku rogan. Waa og yahay waxa laga doonayo, walow uu yahay xayawaan la fir rogay, barna aadami ah, barna xayawaan ah; hase ahaatee, aan laheyn awood uu kaga dhiidhiyo dhibka labadiisa dhafoor ka muuqda. Goor hore ayaa laga siibay unugyada dhiidhinta, xanaaqa, dirirta, af-xumada, waa nafley aan waxba diideyn. Waa biyo-ma-daadshe Singal Maadradu ay talo saartaan.

Aragsan iyo afarteeda carruur guriga ayey Gorriile Keyd-aabbe u soo daadihiyeen; waxayna Keyd-aabbe si fudud oo wanaagsan isu barteen carruurta, isagoo hadba gacantiisa weyn ee dhexda u godan ku xoodinaya maxayadooda iyo dhabanadooda kuus-kuusan, marna dhabarkiisa ballaaran ku qaadaya, una qoslaya, kana qoslsiinaya. Isagoo carruurta ku sida dhabarkiisa ballaaran, hadba wuxuu doc ula dhex ordaa Rugta Carwada dhexdeeda. Gambool, Haatuf, Hanad, iyo Libin aad bay ugu bogeen Gorriile Keyd-aabbe, iyagoo ka helay maaweelo iyo maad aysan weligood horay u hanan. Waxaa abuurmay xiriir iyo dareen sokeeye ee u dhaxeeya carruurta iyo Keyd-aabbe.

Kolkay Aragsan isha la heshay is-fahamka, sheekooyinka, bashaashnimada, qalbi-furnaanta iyo ciyaarta u dhaxeeysa Gorriille Keyd-aabbe iyo carruurteeda bay intay in yar socod gaabisay oo yara hakatay ayey dusha ka sahansatay dheesha iyo dhoola-ka-qosolka dhex yaala carruurteeda iyo gorriilaheeda, iyadoo carruurteeda la raacaysa jaleeco hooyanimo. Qalbigeeda waxaa taabtay xiriirka dhaqsashada u hana-qaaday ee dhex maray carruurteeda iyo Gorriille Keyd-aabbe. Aragsan waxaa dareenkeeda harqiyey reynreyn iyo riyaaq aysan maamuli karin. Islamarkiiba waxaa indhaheeda isku soo taagay ilmo qoyan, iyadoo marna ka xun dhibka iyo rafaadka ku habsaday nafteeda iyo carruurteedaba, marna ku qanacsan, maqsuudna ku ah, farxada iyo reynreynta dhallaankeeda ka muuqda iyo inay ugu danbeyn soo iibsatay Keyd-aabbe, oo ay muddo dheer ku hamiyeeysay mar aqalka in ay u soo heenseyso daanyeer gorriille ah, weliba nooca Keyd-aabbe, si ay uga madax-bannaanaato ina-rag iyo shidadiisa. Ragga u haysta haweenimadu cudur inay tahay! Cumaancunta gacanteeda midig oo ay ka muuqato haarta gubniin dab ah bay ku boobtay indhaheeda gaduudan, si ay uga masaxdo ilmada cusbada dhannaan leh ee isku fidisay mugga labadeeda indhood ay ku fadhiyaan, iskana hortaagay si habboon in ay wax u aragto.

Aragsan waxay nafteeda iyo carruurteedaba ku aamintay san-ku-neefle ku nidha-dilaacsaday dib-joognimo iyo hawdka buuraha Afrikada Dhexe. Nafley laga soo jilaabay Afrika, loona sanceeyey, oo loo carbiyey midiiddin inuu u noqdo aadanaha. Tallaabo markay qaadaba qoommameynta, isla-guryanka iyo ciil-waaga nafteeda gubaya waxay ku bakhtisaa, iyadoo niyada ka leh: "Yaa carruurtayda uga khayr, farxad iyo wanaag badan Keyd-aabbe? Waa daanyeer . . . aahey . . . Waan ogahay anigaba . . . Waa daanyeer . . . Balse, cidmaa uga roon? Qaad ma cuno, qamri ma cabbo, qabiil ma yaqaan, qabxad kama qaraabto, qod-qode ma aha, quuqle ma aha, qab-qable ma aha, nin amarka qoonsanaya maha, intaas waxaa u dheer sigaar ma dhuuqo. Gurigga ayuu ii joogayaa; carruurta ayuu ii haynayaa, wuu ciyaarsiinayaa, tarbiyada suuban ayuu barayaa. Yaaba u baahan Abshir marqaan-badne?

Dugsigga laga barto Af-Ingiriiska ayaan hadda bilaabayaa. Naftayda meel waa in aan ka soo saaraa. Shantaydana waan kala baxayaa dadkaas la leeyahay Afrika bay ku raafadsan yihiin . . . Hooyaday Garaado? Wax walba naftayda baan ka hor marinayaa. Markii hore ayaan ku degdegay guur iyo carruur dhal. Belaayo ha dhasho ilmo danbe! Timirtii horaba dab loo waa! Intaas ha iga ahaato. Rag iyo taladiisaba waa laga maarmay maanta, lagana madaxbannaanaaday. Yaa u baahan, oo wax ku falaya rag dareenkaaga dhaawacaya? Rag goortaad u furto albaabka wadnaha ku halaagaya." Nafteeda intay la sheekaysanayso, waxaa hadba hadalada ka dhantaala sawiro maskaxeedyo tusaya dhunkashada maankeeda dhaawacday, iyadoo hadba qamuunyoonaysa inta madaxa gorrosoto. Misna waxaa mar walba sii waala jeelka loo taxaabay hooyadeed oo bakoorad ku tukubaysa.

CUTUBKA 6AAD

Muuqaal ahaan Hufan waa gabar aan dheereyn, ha, yeeshee, macaluusha jirkeeda lagu saladay darteed u muuqata qof dheer, waxayna leedahay dibno waaweyn oo ragga hiyi-kicinaya, laguna xirfadeeyey dhabano dhalaalaya iyo weji dhuuban oo lagu naqshaday san qoran ee dhalada sare u qaloocan, laguna xiray laba dol oo bogofsan; madax kuusan sida qoonihii, oo lagu farsameeyey timo adag oo jareer ah. Timaha waxay ka xiirataa jeegada hoose ee madaxa, labada dhafoor iyo labada mergi, inkastoo ay aad u neceb tahay in ay soo ban-dhigto haarta uu ku reebay gubniin dab ah ee waagey yareyd looga dhejiyey dhalada cad iyo labada dhafoor ee madaxeeda kuusan. Had iyo goor waxay reebataa joof hunbulsan oo sida gantaalkii ka taagan qaybta hore ee madaxeeda. Intaas waxaa u raaca, waxaa loogu maciinay jin iyo burji inta badan ragga oo dhan soo jiidanaya.

Madaxeeda weligeed ganbo kuma rogin, waxayna kula kaftantaa, goorta lagu jikaaro ganbo la'aanta timaheeda "Gabdhaha la guri gaysto baa ganbaysta." Gacmo dhuudhuuban oo jilicsan iyo dhex-taako ah, laguna qotimiyey shaf taagan iyo dhiico godan bay la liig-liiganeysaa kolkay talaabada si qun yar ah ula laafyooto. Jeedaal jaleecadeeda lala jidboonayo, goortay si suuro leh iyo ha lagaa sheego u dhugato labka hareer ordaya baa weliba intaas u dheer. Baxaaliga h'u xirashada iyo socodka xaragada waxay u leedahay fir iyo dabiici ay asal ahaanba kala soo jeedo labadii iska dhalay, waxayna oogadeeda ku rog-rogtaa, markay oggolaansho ka hesho cimilada Minasooto oo aan dab yar shideyn, guntiinooyin kala gedisan, sulwaalo iyo duruuc dahabi ah, taasoo Hufan ka dhigtay gabar la san-saan takooro, fartanna si gooni ah loogu godo.

Had iyo goor walbahaar waxaa ku haya miisaanka iyo culayska jirkeeda, inta badanna wax ma cunto maalintii oo dhan, marka laga reebo habeenkii oo ay isku hubsato yoogo barafowday iyo miro macaan, siiba miraha saytuunka, niyada iyadoo ku haysa hadday dhimato afartan maalmood gudahooda, haraaga mirahaas oo weli caloosheeda ku jira janada Fardowsa inay u hoyaneyso. Tani waxay ka dhigatay Hufan qori qalallan oo dhuuban. Waa innan cusub oo casri ah, oo weliba hadal loo dhiibay; dareenkeeda iyo fikirkeedanna si fiican u cabbiri karta. Mudaddii ay Suleekho wada dhigan jireen machadka sare ee caafimaadka waxay uga sheekeyn jirtay in ay wada socdaan nin fiican oo yaqaana sida hablaha loola dhaqmo.

Saaxiibteed Suleekho oo ay kawada baxeen Machadka Sare ee Kal-kaalisooyinka Caafimaadka ee Minetonka, waa gabar loo hibeeyey joog isku-qotoma, iskuna sar go'an sida saqaftii oo kale; indho dugul ah iyo ilko cad-cad oo siman, marka laga reebo dhoolasha hore ee lagu naqshaday dabar casuuri ah; waxayna marar badan fooda is-dareen dhakhtarkeeda ilkaha, iyadoo ku jajuubaysa inuu helo dawo ama xeelad uu ku dabar-tirayo midabka qajac-qaribka ah ee dilooday bilicda afkeeda iyo ilkaheedaba. Intaas waaxaa u dheer timo takh madow ah oo ilaa barida raaraca, luqun dheer oo dhuuban oo dadab looga dhigay laba kalxanood oo fiiq-fiiqan, si cadna u muuqda. Waa gabar dabeecad fur-furan, aadna loo daneeyo.

Suleekho san-saankeeda iyo baxaaliga dhismaha jirkeeda, waxay mar-mar ku abuurtaa Hufan hinaas kulul oo ku qasba inay ka feejignaato saaxiibteed. Suleekho waxaa lagu yaqaanaa qoob-ka-cayaarka xafladaha iyo aroosyada, iyadoo ku dheereysa niikada iyo lulida jirka. Sidoo kale, waxay ku caan-baxday Suleekho inay tahay gabar u xaydatay halganka xuquuqda haweenka Soomaalida, iyadoo had iyo goor eedo iyo dhaleeceyn kulul ee ku saabsan axwaasha dumarka u soo jeedisa ragga Soomaalida.

Caawa waxay jirkeeda ku hubaysay dhar bilicsan oo soo ban-dhigaya bidhaanta quruxdeeda. In door ah goortay fadhidaba, hadba waxay dhugataa saacada ka lulata gaceenteeda dhuuban. Cimilada Minasoota waa heer sare maanta, waxayna caawa la haasaawaa tegaysaa ninka isa-siiyey, naftiisanna raacshay, xil iyo xoolo wuxuu haystayna dul dhigay nafteeda, inkastoo ay laba qalbiyeeynayso, dushana ay u saaran tahay fardo wada daran, kala daran, isuna daran.

Mandarada suuliga bay dhowr jeer ruuxadeeda hor gaysay, iyadoo marna timaheeda hagaajinaysa, marna dibnaheeda subkaysa. Waxay isku taagtay canbuur gaaban, oo jirkeeda ku dhegen, islamarkaasnna muujinaya gaadadeeda, laabteeda, iyo bowdaheeda bal-ballaaran, iyadoo ka hoos xiratay keesheli midab cas. Intay is-hortaagtay saaxiibteed Hufan bay u sheegtay: "Quruxda haweenku waa qayb ka mid ah hubka haweenku iskaga dhiciyo waraabe-dadowga weebaayada la wareegaya. Raggu waa dhagar badan yihiin. Hadday arkaan doofaar goono xiran afka ayey la gelayaan. Naag walba waa ugaarsanayaan."

"Walaahay, 'Caraweelo' Maraykan ah baad ku soo baxday. Laakiin haweenka Soomaalida waxay u baahan yihiin 'feministayaal cusub' oo wax ka beddela xaaladooda," Hufan baa u sheegtay, inta si fajac leh u fiirisay saaxiibteed Suleekho.

"Waa runtaa. Dumar aan ka shiidaal qaadano ayaan u baahanahay. Nolosheena oo dhan ina—rag baa qaabeeya, oo go'aan ka gaara. Maanta aniga iyo adiga Maraykan in aan u soo qaxno ina-rag ayaa u sabab ah. Weliba waxay u badan tahay raggaas ajasheena iyo nolosheenaba qaabeeyey, in aysan waxna qori karin, waxna akhrin karin. Maalin dhaweyd, ina-adeertay, nin ayaa baadiyaha ku dilay, muxuu u dilay? Ma garaneysaa? Gabadhii goortuu la aqal galay, subaxdii ayuu xabad ku dhuftay, isagoo u dilay laba sababood: Ma aheyn gabar ugub ah; mana gudneyn! Dhurwaayadii labka ahaa waxay kala qaateen mag. Cid is-weyddiisay ma leh. Xataa magtii lakala qaatay haweenka waxba lagama siin," Suleekho oo xaraaradeysan baa ku hurguftay saaxiibteed, inta soo tuurtay neef xoogan oo sida niyad-jab.

"Waxaan u baahanahy 'Araweelooyin casri ah! Hadda waxaan akhrintiisa dhameeyey buug la yiraahod *'Iska Jir Cadowga Kula Jira,'* wuxuuna tamareynayaa hablaha qarniga kow iyo labaatanaad." Hufan baa cod gaaban ku tiri, oo hadalkii ku dartay:

"Adiga, waxaad ka hadlaysaa naag lagu dilay kaymaha Soomaaliya, halkan hadda aan joogno waa Maraykan. Sow aniga af-celiso ma ahi; habeen dhaweyd isbitalka ayaa la iiga yeeray. Markaan tegay rugta gurmadka deg-degga, waxaan u tegay naag foolanaysa, oo haar iyo wareflaynaysa, madaxanna dhulka la dhaceysa, xanuunka iyo kaarka foosha awgeed. Dhakhtarkii markuu damcay inuu naagtii ka dhaliyo ayuu ninkeedii is hor taagay, isagoo leh 'Afadayda dhakhtar lab ah' kama dhalin karo, waa in loo keenaa dhakhtarad dheddig ah! Intii la doon-doonayey dhakhtarad bay gabadhii dhiig-baxday, waxaana halkaas ku naf waayey hooyadii iyo saqiirkii ay uurka ku siday. Hadda dacwo ayaa ninkii ku socota. Ninkaasi wuxuu sheeganayaa *wadaad*. Diin igu cusub!"

"Ina-rag, waa gun, weliba ka hooseeya nafleyda iyo cayayaankaba. Intaas waxaa u dheer raggu waa ka gablan garaadka iyo dareenka lixaad ee aadanaha oo waa la gaaf marshay, ma garatay?, caqligooduna maba dhaaf-siisna inta u dhaxeysa labadooda lugood. Ilaahay goortuu haweenka abuurayey waxay ka baryeen: caqli, carruur, iyo cimri dheer oo caafimaad qaba; ragguna, waxay ka baryeen: damac dumar, darrow, iyo dareen daro. Waa sababta keentay in qaarkood ay ka muuqato gudcurka nolosha," Suleekho oo aad uga xumaatay qisadii loo sheegay baa ku taabatay saaxiibteed.

"Haddaan xataa isku dayno in aan wax ka qabano arrintan, bulshada ayaa nagu kacaysa; haweenka naftooda ayaa ugu horeeya kuwa naga soo horjeesanaya. Waad ogtahay rag wadaado isku-sheega, balse ujeedo kale leh, ayaa haweenkii meel ku xirtay, maalintii oo dhan waxbay ku dhuraan, oo ku akhriyaan . . . Laakiin, sideedaba, haweenku meel kasta waa lagu gumeystaa. Bal fiiri Ameerika, naagaha waa la iibshaa. Wadankaanba rag baa sutida u haya, meeye haweenkii? Waa inta aan iskala shaqeyno isbitaalada iyo dukaamada Targatka iyo JC Penny oo keliya," Hufan baa ku andacootay.

Aamusnaan yar dabadeed bay misna Suleekho la soo haaday, fiker ay weligeed ku taameysay mar in ay u soo ban-dhigto saaxiibteed, iyadoo ku leh: "Horta ma la socotaa raggu in ay haweenimadeenna ka xunyihiin, kana masayrsan yihiin? Waa wax iska cad. Waa noo ciil-qabaan, ha la yaabin! Waa gun ciil laabta ku guntaday. Waxay ka xun yihiin, oo maseyr ka hayaa ilmo-galeenkeenna. Annagu min baannu leenahay, waa foolanaa, carruur baan dhalnaa, waan nuujinaa . . . bar-baarinaa . . . rabaayadeenee . . . Qof nool oo bulshada waxtar u leh baan soo saarnaa. Hadba sida aan ka dhigno ayuu ilmahaas noqonayaa. Sow ma ogid? Ragga oo dhan sac-sac aan caqli laheyn baan ku bar-baarin karnaa, haddaan doono. Marka, raggu way ka xun yihiin, kana hinaasaan awoodaas haweenimo. Intaas waxaa u dheer, ma heli karaan haweenimadeena, mana awoodi karaan, si kasta oo ay yeelaanba. Haddaba, ina-rag gunnimada iyo garaad yarida waxay uga bixi la'yihiin waa maseyr, hinaas, xin, xaasadnimo iyo cuqdad ay u hayaan dumarnimadeena. Allow yaa ogaada, mid kasta oo ka mid ah niyada wuxuu ka leeyahay 'Yaa mar uur-qaada, ilma-dhala, ilma-nuujiya, ilmo-ababbiya . . .'" Qosol bay la dhaceen Suleekho iyo Hufan.

"Tii waxay fashay ma maqashay? Guriga ayey keensatay daanyeer Gorriille ah, Hufan ayaa sheekadii kaga weecisay wadiiqadii lagu waday.

"Gorriille daanyeer ah? Acuudiyow!" Suleekho baa ku warcelisay, iyadoo iska dhigeysa qof aan horay u arag, una maqal Gorriilayaasha Singal Maadarada.

"Ma nin bay wayday, waaba tubay taanee! Maxaa daanyeernna u soo arkay? Laakiin, gar ayaan ku siinayaa, anigaba goriille iska dhaafee 'maroodi haameysan' xataa waan soo xareysan lahaa, haddaan Singal Maadar ahay. Hase ahaatee, iyadaaba 'ina-rag' ka madax-bannaan. Nasiib badanaa!" Suleekho oo weli ku mashquulsan labiskeeda baa ku warcelisay hadalkiinna ku dartay:

"Alla abaayooy, waan inkaarnahay walaahay ama il iyo dhejis baa ila haray, waayo ninkaan jeclaadaba, dhowr maalmood haddaan la socdo waan ka xiisa dhacayaa, mid kale anigoo cayrsanaya ayaan is-arkayaa. Kolkaan dareemo ninku inuu i doonayo, oo daacad ii yahay, sharuudo adag ayaan hor dhigaa iyo suuro aan meel dheer i gaarsiineyn ayaan ku xakameeyaa, ka dibna mid aan rabin, anigoo daba ordaya ayaan iska war helayaa. Ma garanayo meel ay iiga timid ayaandaradan i haysata."

"Il, inkaar, iyo habaar waxba kama jiraan. Nin walba geedkii uu beerto mirihiisa ayuu gurtaa," Hufan baa ku war-celisay, iyadoo ka yara khal-khashay ereyga 'inkaar.'

"Cayuun, habaar iyo inkaar way jiraan, maxaad saas u leedahay? Miyaadan weligaa maqal qoyskii tirada iyo tayada is-baday ee il-qumaynimo lagu muday? ka dibna, badweynta Hindiya lagu guray, iyagoo weliba xayn-xayn isugu xiran.

Hadaladaas aad bay u taabteen Hufan wadnaheeda jilicsan. Hufan goortay mar kasta maqasho ereyo ama sheekooyin ku lug leh habaar, inkaar, il, dhejis, nabsi, kuhaan, asmo, sixir, aad bay uga danqataa. Dhab ahaantiinna, sheekadan ku saabsan qoyskaas la halaagay iyo kuwo kale oo la mid ahba Hufan dhegaheeda iyo dhugteedaba kuma cusba oo marar badan bay horay u maqashay. Iyadoo is-dhaafinaysa ayey rikoorkii sheekada misna dhanka kale u rogtay oo tiri: "Suuqa waxay ii gelisay Hufan ayaa ninkaygii sixirtay. Nin maashee kaas? Ninka aan waayey meel aan ka maro, oo igu waashay waayee day!"

"Waxaas ha u bixin. Raggu geel buu kala qaadaa, dumarkuna rag bay kala qaadaan."

"Adiga, ka waran Geele?" Suleekho baa talo saaratay.

"Horta Raaxeeye dheh! Waad ogtahay adba, waa iska ookay, waase sal-fudud yahay, hadal badan yahay, balse waa nin naxariis badan siduu iila muuqdo. Horta ma ogtahay haweenkii hore ragga waxay u qaybiyeen siddeed nooc oo kala kaan-kaan ah, waa noocee Raaxeeye? Ma soo baartay, oo weyneeso ma ku eegtay wuxuu galo, wuxuu gudo iyo guntiisa hoosaba? Waxaa jira ma-toshe iyo ma-tashiishe; rag iyo rag kal-kaal, rife iyo rise, qod-qode iyo qundul. Ragga intaas ka baxsan ma aha owlaadeena" Hufan oo dhoola-cadaynaysa ayaa ku jawaabtay, oo hadalkiina raacisay: "Ma jecli ragga naxariista badan. Waxaan ka helaa faras waalan, oo hadba doc iila duula, sida geenyadii nebi Yuusuf."

"Ma waxaad rabtaa sac-sac rag sheeganaya oo labada jiqil kaa garaaca," Suleekho oo ka xumaatay hadalada saaxiibteed baa dib u su'aashay, hadalkiina ku dartay: "Faraskaas waxaanba u wataa waa hadal badnida. Sigaarka iyo qaadka in aan ka gooyo ayaan rabaa."

"Saynisyahanadu waxay dhaheen naagaha qaba ragga sigaarka cabba boqolkiiba sagaashan iyo sagaal waxaa ku dhaca carsaanyow, sow ma ogid? Hadday carsaanyow ka bad-baadaanna, waxaa ku dhacaya Mingis ama

Boorane. Iska jir cadowga kula jira!" Raggu sidoodaba been-been ayaa lagu soo aqal geliyaa, ka dibna runta ayaa lagu dhaqaa," Hufan ayaa u jeedisay, oo hadalkii u raacisay, inta diraca iyo googorada jirkeeda ku hagaajisay:

"Saddex jaad oo ragga ka mid ah waa la iska dhowraa: Qaadle, marna waa hurdaa, marna qaad ayuu u fadhiyaa; Qalinle, khuraafaadka uu qoro ayuu qalbiga dumarka ku qalibaa iyo Qallin-duure, isna waa wadaad reer ka qad ah, had iyo goorna tabliiq ayuu ku maqan yahay, halka looga baahnaa afadiisa inuu la tabliiqo. Mida kale, sideedaba wadaadnimadu waa cudur. Wadaad hadaad aragto, Muslim ama Masiixi midkuu doono ha noqdo, iska ilaali, 'si-un-bay-wax-ka-yihiin!' Wax aan la garaneyn bay qabaan. Dhammaantoodna hal mid bay ka siman yihiin: 'haweenka unbaa lagu saladay: jirkeeda baa muuqda; dhakhtar nin ah kama dhalin karo, wax kale kamaba hadlaan aan ka aheyn gabdhaha. Bal maxaa haweenka daba-dhigay?; sidaas ay tahaynna naag walba wadaad un bay daba ordaysaa oo hadal iyo hilbo wadaag la tahay. Waranle iyo wadaad midna haweenka uma wanaagsana."

"Wadaad ha dhihin, waxaad dhahdaa 'wadaad-xume'" Suleekho baa tiri, hadalkiinna ku dartay: "Naa taas waxaaba iiga daran soddohday baa magaalada joogta. Allaa anigaa! Nasiib darinayaa yaakhay. Kii kan ka horeeyey habar-yartiis oo soo korsatay baa magaalada ku haysay, kana waa kan. Rag hooyo la'aan ah oo aan iska buuka-buukaysto ayaan rabaa," Suleekho ayaa ku beer-dulucsatay Hufan.

"Haweenkii hore waxay ku maah-maahi jireen: Saddex baa rag u liita: Ma dhugte, Ma dhaqde, iyo Ma dhageyste. Marka, hadduu saddexdaas ka badbaaday, maxaa ka macne ah soddoh?" Hufan baa kula talisay.

"Soomaalidu waxay tiraahdaa soddoh ama god haa kaaga jirto ama goob dheer ha kaa jirto." Suleekho ayaa ku warcelisay.

Sheekada oo si fiican isugu-dhacaysa baa waxaa aqalka ku soo garaacay Qummane Qaboobe oo labisan dhar isku-joog ah oo aad u qurxoon, waxaana oogadiisa ka muuqda dhal-dhalaal iyo kalsooni xad-dhaaf ah ee uu u hayo naftiisa haameysan.

"Dhegta is-qabo! Waad cimri-dheertahay, haddaan lahaa Qummane ayaa imanaya. Gabadhan waxaa la yiraahdaa Suleekho, waa saaxiibtay aan isku dhaarano," bay Hufan u sheegtay Qummane," iyadoo shanta farood iyo calaacasha ku fiiqaysa saaxiibteed.

Mar ayey is-gacan qaadeen Suleekho iyo Qummane. Labadoodaba waxaa markiiba naftooda wareemay dareen dhadhan daran ee ku salaysan hawo iyo damac aan meel fog jirin ee uu midba midka kale u hayo. Waxay isku noqdeen sida bir-lab togane ah iyo mid tabane oo ay isu soo jiidayaan tamar dahsoon ee salka ku haysa aragtida iyo dhal-dhalaalka midba midka kale oogadiisa uga muuqda. Halkii ayaa lawada fariistay, waxaana u bilowday maaweelo, madadaalo, iyo kaftan dhable ku saleysan reer magaalnimo. Qummane iyo Suleekho waxay is-dhaafsadeen sheekooyin iyo hadalo aan kala dhicin, wuxuuna isugu sheegay in uu yahay nin ganacsade ah.

"G.D, miyaa?" Suleekho baa su'aashay.

"Kollee waa doob, yaase kala garanaya, raggu waa wada qaar Guur Doon ah iyo qaar wada Gaabsi Doon ah." Hadalkii iyagoo wata ayuu Qummane suuliga ka soo laabtay oo in yar salka dhigay, isagoo hadba eegaya saacada ka lulata jubbada uu xiran yahay ganaceeda bidix, una muujinaya gabdhaha inuu yahay nin aad mashquul u ah oo "muhiim ah," dunida oo idilna kala haga. Wuxuuse aad uga xun yahay saaxiibkiis Careys oo uu kula ballamay aqalka inta uu joogo, dhowrkii daqiiqadoodba mar taleefan inuu u soo diro, si uu ugu muuqdo nin mashquul ah oo hawlaha dunida kala haya. Xataa wuxuu Careys kula ballamay, marna Af-Soomaali in uu kula soo hadlo, marna Af-Ingriis. Qummane waa ku hungoobay saaxiibkiis, had iyo goorna taleefanka ayuu dhugtaa, niyada isagoo ka leh: "Xataa mar qura ima taleefan iima soo dirin, *fakin dheh!*"

Ujeedada Qummane waa mid qoto dheer, buurahanna ka quwad badan. Waa is-cun-cunayaa, waxaana foolkiisa ka muuqda carro shayddaan, isagoo sidoo kale ka xun ina-adeertiis Hufan oo nin kale aqalka u joogta. Inkastuu yahay nin aan agaasimi karin dareenkiisa, misna waxaa beddelay fikirkii uu ku socday bilicda iyo basarka Suleekho. Afar sano ka hor gabadhii loo doonay ayaa caawa nin kale u xareysan, weliba uur meher-ka-dhac ah sida.

Qummane waa nin dheer oo dhuuban, lehna midab dhuxul madow ah, had iyo jeerna dhukureysta; isagoo dagaal adag kula jira bidaarta hoolatay koonbada hore ee madaxiisa kankoonsan. Wuxuu wataa gaariba gaarigga uu ka qaalisan yahay; wuxuuna inta badan isaga dhex gooshaa gobalada dalka Maraykanka, isagoo had iyo goor dadka u sheegta inuu yahay nin baayac-mushtar ah; ha yeeshee, beesha Af-Soomaaliga ku hadasha ee ku nool Maraykanku waxay ku xantaan madiidin u adeega Hey'ada Danbi Baarista-FBI, taasi oo Qummane ka dhigtay far-soo-taagan oo dadka si gaar ah uga faquuqan. Soomaalida intooda badan lama sheekeystaan, waana ka baydadaan, iskana fogeeyaan waxayna u soo diraan habaar iyo inkaar ba'an.

In yar goortuu fadhiyey ayuu Hufan ka codsaday si gaar ah inuu keligeed ula showro. Isagoo Suleekho u ilka cadaynaya ayuu ku yiri: "Gabadhaan baan afka-jug isku siinaynaa ee naga raalli noqo. Mida kale, caawa waan isku qoranahay. Wax yar i sug." Gacanta intuu qabtay Hufan ayuu qolka jiifka ula qul-qulay, isagoo ku leh: "I dhegayso, adeerkay Xaad ma ku soo wacay?"

"May, maxaa dhacay?" Hufan baa dib u su'aashay.

"Ninkan xaaraanta kuugu haysto isaga soo tag. Ma aadan muteysan sidan in aad u noolaato, weliba adiga oo Amerika ku nool. Nolol iyo naf kuuma hayo ninkan. Waa qaadle, ma shaqeyste, khamriile . . . Naag kale ayuu qabaa. Waa nacab shisheeye, oo weliba ka dhashay qabiil inoo cadow ah. Haddaad diido, isboonsarka hooyadaa iyo walaalahaa, waan joojinayaa, mana la soo qaadayo. Waad ogtahay adba in aan awoodo, mise waa beentay? Dowladda ayaan kuu sheegayaa in aad . . . ." Hufan oohin bay sariirta la fuushay, iyadoo ka walacsan qoyska ay ka dhalatay oo ku raafdsan xeryaha qaxootiga ee Keenya, ayna u ballan qaaday Maraykan inay u soo rari doonto; weliba toddobaadyadii tegay dhowr jeer bay booqdeen safaarada Maraykanka ee Nayroobi. Hadba, waxay dib isaga riixdaa dhawaaqa oohinteeda, iyadoo garbasaarta ay huwan tahay afka ku nabaysa. Hufan waxay u laabatay musqul yar oo dhex qotonta qolka-jiifka. Qummane markiiba dibada ayuu u soo ruqaansaday, wuxuuna horay ka bilaabay Suleekho in uu maaweeliyo.

Goortuu in yar salka dhigay, shukaansi aan xaraarad macaan laheyn, oo weliba sal looga dhigay xirfad boola-xoofteyn ku dhisan ayuu Qummane la qaad-qaaday Suleekho, isagoo maseyr la bel-belaya. Intuu sare kacay ayuu farta ka saaray Suleekho warqad yar oo lagu xardhay cinwaanka iyo taleefanka hoteelka uu degen yahay. Indho muujinaya xeedha jecli, beerka jecli, isagoo la carrab-laalaadinaya ayuu Suleekho u sheegay: "Iga soo waca lambarkaas, caawa oo dhan hoteelka ayaan joogaa," ka dibna cagta-wax-ka dayey.

Kolkay Suleekho isku qancisay labiskii ugu danbeeyey bay macsalaamaysay Hufan, iyadoo daaqada ka dheehatay gaarigii Geele. Weli Geele oo dhex fadhiya gaariga hor qotoma guriga baa indhaha ku dhuftay Qummane oo aqalka ka soo baxaya, kuna foorinaya codka hees Maraykan ah, isagoo aad ugu dheeraysanaya jabaqda codka foorida. Islamarkiiba Geele dareen baa lagu taagay, wuxuuna gocday: "Waa Jaajuuskii Abshir uu ka cabanayey. Waa kii Soomaalida xir-xiray." Geele oo niyada iskala hadlaya ayaa misna il-waadsaday Suleekho oo hadba jaanta si qunyar ah ula soo kabax-kabax leh; haddana tuhun kale ayaa galay, "Qummane iyo Suleekho?"

"Hanaan qurux wanaaga iyo agaasinka oogadeeda. Waaqloow tan ha i waydaarin!" ayuu Geele niyada ka yiri.

"Ma kaa soo daahay? Iga raalli noqo, waa xaajo dumar," Suleekho baa codsatay.

"Waxaas ha u bixin, caadi waaye," Geele ayaa ku warceliyey.

Geele ma aha nin il-bax ah oo kala haga magaalada Miniyaabulus, aqoon dheerna u leh goobaha dhallintu u ban-baxdo goortay waqti wacan wada qaadanayaan, weliba goobaha xod-xodashada iyo tamashleynta ee maaweelada iyo mac-macaanka lagu maneystay. Waa nin Allow sahal ah. Inta badan

Geele waqtigiiisa wuxuu ku qaadan jiray jaad ruugis iyo goobaha fadhi-ku-dirirka, halkaasoo uu ka jeedin jiray casharo ku lug leh siyaasada iyo qabiilada Soomaaliya ku hardamaya. Hase, ahaatee, siduu Geele uga go'ay goobaha fadhi-ku-dirirka, waxaaba lagu xantaa inuu noqday sac-sac aan tolkiis ku xirneyn, kana war heyn waxa ka socda dhulkiisa hooyo, weliba qabiilka uu ka dhashay. Geele wuxuu go'aansday xaalada naftiisa ay ku sugan tahay inuu wax ka beddelo, wuxuuna goostay inuu guursado, Soomaalidana isaga dhex baxo, siiba goobaha fadhi-ku-dirirka.

Xod-xodashada iyo la waqti-qaadashada hablaha, waa jedwel ku cusub noloshiisa, wuxuuna bilaabay dhowrkii biliood ee la soo dhaafay, ka dib markii dagaal kharaar ka dhex qarxay jufada uu ka dhashay Geele, oo bah-bah iyo jees-jees hoose huf iyo eber isaga dhigay, waxayna iska laayeen odayaal iyo dhallinyaro; bir-ma-geydo ka kooban carruur iyo dumar fara badan, welibana marna dhiig iyo xidid wadaag isu ahaa, marna ood-wadaag aan xoolahooda lakala horin isu ahaa.

Dhegta waxaa dhiiga loo daray dhowr rag ah oo uu Geele aqoon gaar ah u lahaa, si gaar ahna agtiisa qiime iyo qadarin gaar ah uga mudnaa. Kolkay dhacday dirirta lagu hoobtay ee dhex martay jilibka uu ku ab-tirsado Geele ayuu go'aansaday inuu fowdada iyo dagaalada u dhaxeeya qabiilada Soomaalida isaga haro, oo uu nolol cusub bilaabo, isagoo naftiisa ku cannaanaya: "Intaas ha iga haato."

Maalintaas laga bilaabo Geele wuxuu bilaabay inuu wax ka beddelo noloshiisa. Wuxuu ka caaganaaday booqashada goobaha fadhi-ku-dirirka, wuxuuna naftiisa ka tir-tiray, kana mamnuucay fallanqeynta iyo lafo-gurka qabiilada iyo qab-qablayaasha dagaalka ee Soomaaliya. Wuxuu gananka ku dhuftay qaaraankii uu beesha ugu deeqi jiray, isagoo u guuray xaafad ka baxsan magaalada, halkaasoo aysan degeneyn cid ku abtirsata magaca Soomaali Maryooley. Geele wuxuu tuuray dharkii uu gashan jiray; wuxuuna beddelay hanaanka hadalka, socodkiisa iyo hab labiskiisba, isagoo had iyo jeer iska dhowra inuu u labisto san-saan laga dheehan karo Soomaalinimadiisa.

Wuxuu bilaabay inuu xirto sil-silado waaweyn, dhego-dhego, koofiyado iyo jaakado waaweyn, si aan loogu tilmaansan Soomaalinimo, islamarkaana aysan la hadlin dadka garta inuu yahay Soomaali. Wuxuu beddelay siduu hadli jiray, wax u cuni jiray, timaha u xiiran jiray, niyada isagoo ka leh: "Waan ka baxay Soomaalinimada la sheegayo! Ilma haddaan dhalana, xataa ma sheegan karaan magaca Soomaali, mana ku hadli doonaan afka abaarta, afka faqriga iyo aqoondarada."

Baabuurkiisa Tooyootada wuxuu labadeeda dhinac ka lulay calanka Maraykanka. Gaariga dushiisa, dhinacyadiisa iyo dabadiisaba waxaa ugu dhegen, kuna taxan calaamado iyo hal-ku-dhegyo uu ku muujinayo inuu yahay nin dhalad ah oo *Maraykan* ah: "God Bless America; Support Our Troops; United We Stand, Impeach Bush!" oo sida qiiro wadaninimo ee uu ku muujinayo Maraykanimadiisa iyo qaran jaceylka uu u hayo dalka iyo dadka Maraykanka. Cida keliya ee Soomaali ah ee uu kol-kol la soo xiriiro, lana socdo waa saaxiibkiis Abshir. Bilihii tegay waxaa aqalka la degenaa Gardaro, oo uu Abshir ku soo xiray, kuna qal-qaaliyey si ku-meel-gaar ah inuu ula sii deganaado, maadaama aan Gardaro lagu arag rug iyo raas uu cag iyo cirib dhigto midna toona.

Dabadeed Geele wuxuu bilaabay ugaarsiga hablaha, weliba gabar "Xalaal ah oo dhexda dhuujisata, ayna is-fahmi karaan," siduu niyada isaga sheegayo. Wuxuu ka soo baxay noloshii fadhi-ku-dirirka aheyd, wuxuuna u xuub-siibtay nolol cusub, isagoo dareemaya haatan inuu fahmay qiimaha iyo qaayaha ay noloshu ku fadhido.

In door ah goortuu gaariga waday, hadalo kaftan la mood ah isagoo ku xaar-xaaraya Suleekho, niyadana ka leh "Nin jeceyl wadaa, waa jaan-jaan. Maxaa ii soo arkay qarashkeedana?" ayuu mar danbe dul tegay caweys camirin. Halkii ayuu gaariga hor dhigtay. Kedinka maqaayadii caweyska kolkay is-hortaageen, ayaa loo sheegay caweyska in loo qoondeeyey dad khaas ah, weliba nooca "lab-lab iyo dheddig-dheddig" oo keliya. Geele intuu isku yar-yaaraday sidii bisad uu roob ma-hiigaan ah ku hoobtay oo kale, aadna u dhididay ayuu cagta-wax-ka-dayey, gacanta isagoo ku dhegan Suleekho. Mar waxaa ku qos-qoslay labkii hor dhoobnaa caweyska hortiisa.

Goortii danbe waxay caga-dhigteen maqaayad Fiyatnaameys ah; ha yeeshee, Geele iyo Suleekho ula muuqatay "Maqaaxi Shiineys ah." Wixii xunbaa Xaawaa leh, wixii "indho-yar" lehba waa un u Shiineys! Maqaayada waxaa lagu qurxiyey, siiba goobta fadhiga layr madab cas leh; ubaxyo kala kaan ah; miisaskanna waxaa ku sharaxan, laguna bidhaamiyey shumac loo jaan-gooyey lammanaha isu-jidbeysan. Maqaayadii markay galeen, goobtii ay fariisan lahaayeen waxaa u hoggaamisay iyadoo dhoola-cadayneysa gabar bilicsan, aadna u jin yar. Qaarka sare ee jirkeeda intay hoos u dhigtay bay u shiday shumac isu ifiya qalbiyada isu-haraadan ee is-doonaya.

Shumucu wuxuu u taagan yahay labada wadne ee is-ballansaday, isuna haya kal-furan iyo dareen sal looga dhigay cishqi dhab ah. Suleekho jiriirico ayaa oogadeeda ku jab-jabtay, waxayna iska dareentay reynreyn iyo xasilooni saaqday laabteeda jilicsan. Nafteeda jaah-wareersan waxay aad

ugu qanacday deggaanka ay caawa hiigsanayso, halka Geele is wayddiinayo
"Shumac? Jinka ayaaba loo shidi jiray," wuxuuna gocday Maama iyo
Yoose, oo ay aayadiis had iyo jeer ka furdaamin jirtay dhibanayaasha uu
jinku silic-dilyooday, iyadoo u shidi jirtay shumac iyo foox ay ku qiiqiso
jinka.

Adeegtadii siday u soo jagaf-jagaf laheyd bay lammaanaha isku maran
hor qotomisay lix macalgadood oo kala ceyn ah; saddex qaaddooyin yar-yar
ah iyo saddex qaaddooyin waaweyn oo is-wada le'eg, siday Geele indhihiisu
ula muuqdaan. Afar fargeetooyin kala jaad-jaad ah, shan mindiyadood oo
kala dhumuc iyo dherer waaweyn iyo laba fandhaal oo dhuub-dhuuban.
"Waxaan oo malgacada ah? Bal adba! Ma neef baan qalanay, Ibtilo weynaa!"
Geele ayaa niyada ka yiri, inta yara nuux-nuuxsaday. Intaas oo dhan waxaaba
uga daran, naftiisana shiddo weyn ku haya adeegsiga malgacadaha iyo
fargeetooyinka. "Keebaa lagu bilaabaa, malgacadda? Fargeetada? Mayee,
malaha waa mindidida?" Wuxuu xasuustay shantii farood iyo calaacashii uu
raashinka ku rifaaqi jiray. "Gacanta midig miyaa fargeetada lagu qabsadaa mise
tan bidix? Bidixda waa xaaraan soo tii la lahaa?" Muddo goortuu naftiisa la
guryamayey, welina uusan la hadlin Suleekho oo hor fadhida; isagoo misna
niyada iska leh "Caloosha Suleekho kuus iyo kan-koon kama muuqdo, uur
sow ma laheyn? Bal u kaadi! Uur-qaadi ogaa? Ma jin baa gabadhu, jinka ayaa
iska dhal-dhala baa la lahaa?"

"Raaxeeye, maxaa kuugu dhacay? Aamusnaan ayaaba kaa soo hartay
caawee," Suleekho oo kuusadka biyo ka rognaysa baa su'aashay.

"Kama helo cunada 'Shiineyska' ee adiga awgaa ayaan u imid. Nin wax
jecel waa sida hooyo ubad fadhiid ah ku curatay," inta isha ku xaday gacanta
ay mindida ku hayso.

"Aniga dartay caawa u cun," hadda ka dib waan ka tashan doonaa.

"Waa la iiga daran yahay waxaas ee ka waran juuc-juucii uurka weli ma
iska dareentaa?"

Suleekho hadalka ayaa ku dhegay goortay maqashay "uur," waxaana galay
dareen. Uur? Doqoni weligeedba meel lagu kala kacay bay haybsataa.

Warcelin iyadoo aan ka bixin buu Geele haddana la soo booday: "Walaalay,
Suleekho, waad i garanaysaa anigu nin 'belo ah' ayaan ahay! Ninka adiga ku
soo xero-galiyey. Dhaqasho iyo dhallaan baan kaa doonayaa. Soddonkii ayaan
sii caga-cageynayaa, haddaananba ka weyneyn, mana doonayo gablan in aan
noqdo. Adigana dumar baad tahay, dumarkana in ay iska xaroodaan baa u
wanaagsan inta aysan cantar-baqashoobin."

"Ha deg-deggin. Degdegguna ma fiicna, weliba guur sebankan jooga wax
lagu deg-dego ma aha," Suleekho ayaa tiri, oo hadalkii raacisay: "Bal fiiri,

waxa Singal Maadar magaalada dhooban. Daanyeer gorriille ah inaan soo kiraysto ma doonayo ee saaxiib cago-dhigo."

"Naag suuro badan ee sebenkan! Ma doonayo adiga oo calool-kankoonsan aroos in aan kuu dhigo ee aan haddaba iska kaa xareysto, inta aysan calooshu buur bannaan taal noqon. Ubad meher-ka-weyne ah ma doonayo."

"Cay haddaad rabto guurso, ammaan hadaad rabtanna ka fagow guur iyo wax la mid ah, ma fahamtay, marka waxaa kuu fiican inaadan guur ku ordin, waayo caydaada ayaa bannaanka imanaysa." Suleekho ayaa isaga caabbisay. Geele ayaa hadalkii qaatay, niyada isagoo ka leh: "Leketsanaa bajaqdaan!" Inta indhaha aad ugu beegaya ayuu yiri:

"Waa maxay deg-degga aad sheegayso? Danteed ma taqaan maro duug ah horteed bay idlaataa. Marka Suleekho, walaalay dantaada garo, arrintan aan kuu soo bandhigay waa fursad qaali ah ee ka faa'iidayso, haddii kale goor danbe ayaad ka qoommameyn doontaa. Hadduu curradkayga guur la'aan ku dhasho, wuxuu noqonayaa, sida dagaal-oogayaasha Soomaaliya oo kale, iyagaba bisinka looma qaban." Geele oo quud aan jirin u qoryo guranaya baa misna ku jawaabay.

"Waxba kama qabo, noloshuba waa qoys," Suleekho oo ka calool-xumaatay hawraartii Geele u mariyey, indhaheedana biyo kulul ay isku soo gadaameen baa ku warcelisay, waxaana si aad ah u danqay wadnaheeda doqonka ah, hadalada aan saxarka madow lagu arag ee Geele laabtiisa ka soo burqanaya. Deg-deg intay u kacday bay suuliga ku oroday, halkaas bayna oohin la fariisatay oo si fiican ugu baroortay, iyadoo nafteeda ku cannaanaysa: "Xaggee la iga maray? Maxaa iga qaldan?" In yar ka bacdi bay soo laabatay, goortay bool-bare iyo barafuun bafta isaga soo dhigtay, labada dibnoodna xamuurad cas isaga soo murxisay.

"Alla ku jecliyaa," Geele ayaa u sheegay, intuu Suleekho gacanta ka shumiyey, oo hadalkii raacshay: "Ninkii ku jecliyaa ku dhaha, ku jantay," baa loogu jawaabaa. Caku iyo hablahan qurbaawiga wada noqday oo aan weedha ila rog-rogi karin! Naag dhab ah in aan kaa dhigo ayaan doonayaa, cusbo iyo bis-baas ayaad adna is marineysaa. Suuraha aan qiimaha laheyn, waa cudurka deken-dekenka ka dhigay hablaha Soomaalida."

"Naag dhab ah? Hadda naag been-been ah miyaan kuula muuqdaa?" Suleekho ayaa cod quus ah oo gaaban ku weyddiisay.

"Gabadhu, sideedaba 'Naag dhab' ah ma aha: Mar haddaysan calool-kuusan oo kankoonsan, oo buur bidhaan le'eg daadihin. Mar haddaysan gal-galan, oo godlan, labada ibna caano ka dhiijin; Mar haddaysan nabaska dabacsan oo naas nuujin; mar haddaysan ka muuqan jil-jileeca, kal-gaceylka iyo muunada hooyanimo."

"Balaayo ku dhiijisay!" intay dhoola cadeyn aan dhab aheyn u muujisay, bay misna tiri: "Waxaad rabtaa dugsigga sare intaad ka boodo, Jaamacad in aad bilowdo, ha dhowtina Jaamacada waad ku dhacaysaa. Guur sidaas ah gun ma leh, guul-daro baa naga raacaysa. Haanta gunta ayaa laga unkaa!" Suleekho oo is-adkaynaysa baa ku warcelisay. Weli iyagoo sheeko ku shirbaya bay adeegtadii isa soo dul-taagtay oo weyddiisay wax kale in ay u baahan yihiin iyo in kale.

Lacagtii markuu baxshay bay Suleekho iyo Geele u gudbeen shaleemada, iyagoo dhexda is-haysta. Waxay fariisteen safka ugu danbeeya golaha maaweelada iyo madadaalada ee lagu daawada aflaanta. Filimka intuu socday oo dhan way isku mashquulsanayeen; marna is-dhunkanayeen, marna is-ur-ursanayeen; mar kalana dhegta isugu sheegayeen hadalo kaftan iyo gacaltooyo sokeeye lagu dhafay. Hase ahatee, Geele wuxuu aad uga wel-welsan yahay uurkii ay Suleekho siday iyo halka uu ku danbeeyey; marna waxaa gala shaki ah inuu noqday nin sida shahwo fuundo ah. Halka Suleekho maankeeda iyo xiskeedaba uu ku maqan yahay Qummane Qaboobe iyo ballanta Jayson.

CUTUBKA 7AAD

Muslimiinta ku kala nool dunida afteeda dacal waxay afka iyo uurkaba ku hayaan ciida weyn ee fooda ku soo haysa. Maalinta ciidul Adxaaga. Xaafadaha Soomaalidu deggen tahay waxaa laga dareemayaa isu-qaban-qaabinta dabbaaldegga ciida. Suuqa bacadlaha waxaa is-dhex yaacaya hooyooyin iyo aabbayaal carruurtooda u iibinaya dharkii iyo alaabadii ay ku ciidi lahaayeen. Goortay Aragsan hal-haleel uga soo baxday suuqa bacadlaha, iyadoo aan haleelin dhowr tillaabo in ay sii haabato baa waxaa si lama filaan ah ugu soo baxday rafiiqadeed Halgan, oo ay wehilyaan Maandeeq iyo Ramag, iyagoo dandaaminaya digsiyo iyo bir-taawayaal waaweyn oo ay ku diyaarinayaan mac-macaanka ciida.

"Aqalka lagaamaba helayo, marar badan ayaan ku soo wacay," Aragsan baa tiri.

"Kaarka Cayrta ayaa iga lumay. Beryahanba Xafiiska Adeegga Bulshada ayaan ka daba laabanayey. Walaalay, adigaba isla-wareegto ayaad noqotay, yaaba ku helaya." "Caawa ayaan ku soo maraynaa, nabadeey, waan deg-degsanahay," Halgan baa ku war-celisay.

Mudadii ay Aragsan aqalka keensatay Gorriille Keyd-aabbe waxaa ku dhacay isbeddel laga dareemi karo muuqaalkeeda iyo maankeedaba. Aalaaba waxay Aragsan liidi jirtay nafteeda, qoyskeeda, Soomaalinimadeeda, iyo dumarnimadeedaba; ha ahaatee, waxaa haatan yara kordhay aragtida wanaagsan oo ay ka haysato nafteeda shideysan iyo weliba kal-gaceylka gaarka ah oo ay u qabto carruurteeda baylahda ah, waxayna iska dareemeysaa in ay noqotay aadami nool, welibana hooyo laga hibeysto ee bulshada meeqaan iyo qadarin kula dhex noolaan karta.

Aragsan intay u sii laafyoonaysay aqalkeeda, iyadoo jiideysa gabadheeda Libin bay isha la heshay lammaane is-wata, isuna-hoyda sida ay Aragsan maskaxdeeda mala-awaaleyso, oo daadihinaya carruurtooda, iyagoo ay ka muuqato dareen tusaya qoys dhisan, oo isu haya kal-nugeyl lagu dhayey jaceyl qoto dheer ee sal looga dhigay is-faham, kala danbeyn, iyo is-ixtiraam, islamarkaana ku wada nool farxad iyo reynreyn. Reer kuwada nool xayaato qurxoon iyo is-dhaqasho mudnaan mudan.

Inkastoo ay waddadu isku darsatay dherer iyo dhumuc ballaaran, misna ma noqon wado ku filan oo wada qaada, si ay isu dhaafaan Aragsan iyo innanteeda oo dhan ka soo socda iyo qoyskii kale iyo carruurtooda oo dhinaca kale ka soo xaragoonaya. Aragsan qalbigeeda waxaa soo jiitay bilicda wanaagsan, heybada, iyo is-kal-kaalka ka muuqda qoyska wada socda, kana kooban laba waalid iyo carruurtooda. Maankeedu wuxuu hiyi-raacay oo la daba dhigay reerka maan-dooriyey xiskeeda.

Goortay lammaanihii iyo carruurtooda dhinaca bidixda uga bayreen Aragsan iyo gabadheeda, si ay isu-dhaafaan bay Aragsan iyo gabadheeda Libin, waxay iyaguna tallaabada u qaadeen dhanka bidix, iyadoo weliba indho rafaadsan oo laga dheehan karo hinaas ku mudeysa lammaanihii iyo carruurtooda. Mar kale, ninkii iyo qoyskiisa waxay Aragsan iyo gabadheeda uga leexdeen dhanka midig. Aragsan iyo gabadheedanna, si kamma' ah, waxay mar jaanta u wada qaadeen dhinaca midig, weli si la yaab leh, iyadoo u fiirineysa lammaanihii iyo carruurtooda. Waxaa dhacay iska-hor-imaad, iyagoo aad isugu soo dhawaaday, indhahanna dhowr il-biriqsi si ba'an isaga eegay. Markiiba waxaa dib u ruqaansaday qoyskii iyo carruurtooda.

Carruurtii mar keliya ayey qosol la daateen, meesha labadii waalid ay la fajaceen eegmada iyo indhaha gaduudan ee dabka lagu shiday oo ay Aragsan la raad raaceyso. Waa hawadii iyo hunguriggii Aragsan. Weligeedba waxay ku hammiyi jirtay mar inay hanato jalaqsane dhaqasho iyo dhallaan ay wadaagaan, is-fahmi karaan, islamarkaanna waddada ay la mushuuxi karto, isku meelna ay wax kawada cabbari karaan. Aragsan ma noqon naag kala jecel shilkii isku dhaca ahaa, waxaanna maskaxdeeda weli arbushaya bilicda uga muuqata qoyska qalaad. "Ayaan daranaa naftayda!" niyadeeda kurbaysan intay u sheegtay bay dhabaha cagta saartay, iyadoo hoos ka guryameysa.

"Acuudu Billaahi! Akhrud! Allow isheeda naga duw! Dhulkii ayaaba nagu filnaan waayey. Cuqdaa iyo caraadaa cun!" naagtii ayaa ku taabatay saygeeda, dib inta u qooransatay Aragsan iyo gabadheeda oo sii caga-jiidaya. Deg-deg intay aaburka uga xoortay daasad milix ah oo ay suuqa ka soo iiibsatay bay ka daba sayrtay Aragsan iyo gabadheeda oo sii socod-luudaya, cod dheer iyadoo ku leh: "Qumanyo! Isheeda bannaanka! Baxarka bannaanka! Belaayada bannaanka!"

"Ha la yaabin ee naga keen. Soomaalidii qurbaha u soo dhooftay oo dhan waxaa ku dhacay buufis iyo dal-teb. Qalbigeedu waa maqan yahay. Waaba ay na jiiri laheyd. Allow yaa ogaada waa Singal Maadar!" ayuu ninkii u sheegay ooridiisa, inta hoosta ka boobay Aayaatul-Kursi.

Aragsan markay guriggii tagtay, waxaaba ka shidan muusig uu ka soo yoomayo jabaq quwad weyn leh, ciyaar qoob-ka-ciyaar ahna waxay u socotaa odaygii reerka Gorriille Keyd-aabbe iyo carruurtii looga tegay, iyagoo hadba oogada jirkooda jejebinaya, laxanka muuisganna isla lulaya. Muusigii bay Aragsan dhakhso u damisay, waxayna dhallaankii amar ku siisay: "Marti baa imaaneysa, guriga ha la nadiifiyo. Dhaqsada haye!" Ma doonayso inay Gorriille Keyd-aabbe ku cannaanato carruurta hortooda; hase ahaatee, indhaha oo qura bay ka eegtay. Inkastuu yahay daanyeer gorriille ah oo lagu tiriyo nafley la farsameeyey, kana soo jeeda xayawaan fir iyo dhaqan ahaanba ka duwan Aragsan, weligiisna dib-joog ahaan jiray, misna Gorriille Keyd-aabbe waa nafley wax kala garanaya.

Gorriille Keyd-aabbe kolkuu dareemay in ay Aragsan carreysantahay ayuu is-calool-xumeeyey. Inta dib isaga riixay ilmada isku soo taagtay labadiisa indhood, madaxanna hoos u laad-laadshay ayuu meel iska fariistay, isagoo dareemaya buuqa iyo cannaanta carruurta loo gaystay mas'uul inuu ka yahay.

"Keyd-aabbe, waa inaad qolkaaga ku xarootaa," Aragsan baa u jeedisay, inta farteeda murugusatada ku beegtay wejigiisa, iyadoo u tilmaamaysa qolkauu guriga ka deggenyahay.

"Hooyo, noo daa, ha nala joogee," dhallaankii baa weyddiistay.

"Waa xaq-daro sidaad iila dhaqmayso. Nafar aadami ah kolkuu aqalka imanayo, 'xabsiga' ayaad igu xiraysaa," ayuu Gorriille Keyd-aabbe cod naxdin leh ku yiri, hadalka isagoo jar-jaraya, ereyadana aan si hagaaagsan isugu xiri karin. Wax jawaab ah, isagoo aan ka sugin Aragsan ayuu deg-deg u galay qolkii uu degenaa.

"Xaqdaro? Waa bilaa xaqdaro! Xaggee buu ku arkay duni gar iyo gar-soor ku socota? Hadday dunidu cadaalad ka jirto miyaan Ameerika iman lahaa? Miyaan dalkaygii iyo dadkaygii ka soo qixi lahaa? Garsoor haddayuu jiro, miyaan Singal Maadaroobi lahaa? Haddayba *bahashu* jirto miyaan kelinimo dareemi lahaa? Gar iyo gar-soor haddayuu jiro miyaan daanyeer dib-joog ah soo kireysan lahaa," Aragsan oo ay ilmo qoyan labadeeda indhood isku soo taageen baa niyada isaga sheegtay, intay boor-nuugaha aqalka lagu nadiifiya, si xoog leh u mar-marisay kadiifada aqalka goglan. Niyada weli iyadoo iskala qambiyeysa bay misna tiri: "Laba xiniinyood waa isku mid. Tabtii Abshir ayuu u dhaqmayaa, col iyo cadaabe candhada idin gooye!"

Ammin yar gudaheeda waxaa aqalka ku soo garaacay afar nin, oo qabiil ahaan Aragsan la xijiyo; ha yeeshee, aanay dhiig iyo dhecaan sokeeye midkoodna la wadaagin. Rag tolkeed ah baa maanta talo ruugaya, kana tashanaya aayaha carruurteeda iyo nafteedaba. Tol waa tolane, talo aan la rog-rogin, waa lagu rogmadaa. Tolkii isu yimid isla markiiba waxay fariisteen qolkii ay u diyaarisay, iyagoo durbadiiba bilaabay inay isla jeex-jeexaan xaajada Singal Maadarada iyo sidii laga yeeli lahaa.

In yar goortay fadhiyeen, iyagoo isla gorfeynaya xaajada Singal Maadarada baa waxaa dhegahood soo gaaray qaylo-dhaan iyo baroor xooggan. Libin ayaa lagu soo booday, waxaana hab-dhiska neefsashadeeda weeraray cudurka neefta. Waxaa isku taagtay neeftii, naqaska ayaana ku dhegay. Si ku-meel-gaar ah waxaa isu-xiray hunguriga cad iyo qul-qulka marinada hawada ogsijiinta, iyadoo labadeeda indhood ee cad-cad cirka ku eegaysa. Aragsan naxdin bay la baroorATAY markay aragtay gabadheedii yareyd oo nafta la xarbinaysa, sida kalluun ay baddu la soo caariday oo kale.

Ashkir oo ka mid ah raggii fadhiga ku jiray iyo Aragsan waxay Libin ula carareen cusbitalka Carruurta ee Miniyaabulis, siiba qaybta gurmadka deg-degga. Dhakhtarkii wuxuu markiiba afka iyo sanka uga xiray Libin af-shareer siisa hawo ogsijiin ah, wuxuuna amray Ashkir iyo Aragsan in ay qolka-sugida camirtaan. Ashkir kolkuu ilwaadsaday hufnaanta iyo maarAYNTA isbitaalka, weliba qalabka casriga ah ee isbitalka lagu qalabeeyey, waxaa galay qiiro wadaninimo ee uusan abedkii iska dareeemin, isagoo niyada ka leh: "Yaa naga qabta qab-qablayaasha dagaalka? Waa kuwaa asaageen nolosha ayey fahmeen." Weli isagoo isku-maqan bay kal-kaalisadii caafimaadka ka codsatay waddada doc inuu uga bayro, iyadoo islamarkaasna gacanteeda midig u fidinaysa Aragsan bay ku tiri:

"Jeesika, baa magacayga la yiraahdaa, waxaan ahay kal-kaalisada qaabilsan daryeelka Libin," markay gacan qaaday Aragsan, ayey Ashkir gacanteeda jilicsan u baacisay.

"I am Muslim . . . No woman . . . No greeting (waxaan ahay nin Muslim ah, sidaa darteed diintayda iima saamaxayso in aan gacan-qaado naag qalaad)," Ashkir ayaa ku qarxiyey kal-kaalisadii. Jeesika aad bay uga murugootay diidmadaas qayaxan, waxaana saaqay xubnaha oogadeeda dareen sida tiiraanyo lagu dheehay qajil iyo waji-gabax. Wejigeeda goobaaban iyo dhabanadeeda jilicsan waxaa ku soo ururay dhiig fara badan oo ka soo hayaamay wadnaheeda nugul, una yeelay midab dhiin cas ah. Si hal-haleel ah bay halkii uga dhaqaaqday, iyadoo ku socota tallaabooyin dhaar-dheer oo muujinaya carro iyo niyad-jab, iskana dareemeysa "Jac iyo baaruud" dam iyo dagaandig in looga dhigay.

Ashkir iyo Aragsan qolkii fadhiga bay wada fariisteen. Labadooda waxaa u dhaxeeya miis yar oo qurxoon, waxaana miiska dul qotoma dheri dhooba ah, oo uu dhex suran yahay ubax been abuur ah. Ubax laga unkay caag iyo cinjir la falkay, la iskuna xaskulay, kaas oo niyada u dhisa socotada, macaamiisha, iyo bukaankaba daqiiqdaha yar oo ay ka war dhowrayaan warcelinta takhtarka. Waxa kale oo miiska dul tuban majallado ka hadlaya caafimaadka iyo xanaaneynta carruurta, midkoodse kor uma qaadin, mana kala furin. Yaa dan ka leh, yaase af-garanaya. Ashkir waxaa sujuuda foolkiisa balllaaran ka muuqda bar madow oo hoolan, oo weliba jilif-dhacsatay, astaanna u ah, sida uu naftiisa ku qancinayo, cabsida Eebbe iyo caqiidada uu aaminsan yahay, niyad-jabna ku ah gaalada aan Eebbe aamminsaneyn, oo weliba Muslmika neceb.

Wejigiisa waxaa ku beegan taleefishan tusaya filim sawir-gacmeed ah, runtiinna aad u soo jiitay Ashkir qalbigiisa kakan iyo naftiis xir-xiran ee had iyo goor wayraxsan, halka ay Aragsan dhabanadeeda ka mayrayso ilmada aan soohdinta laheyn ee ka soo qul-qulaysa labadeeda indhooda. Wuxuu Ashkir la ilka-cadeynayaa filimka sawir-gacmeedka ee maskaxdiisa reynreynta ku abuuray, inkastuu carruurtiisa had iyo goor ka hor-joogsado daawashada aflaanta noocan oo kale ah, isagoo u sheega in aysan u fiicneyn akhlaaqdooda iyo diintooda suuban. Waxaase, naftiisa haqab-tiray falaxsanaanta iyo fal-samida Aragsan. Weligiis intuu arkayey niyada ayuu ku hayey: "Mar inuu u wacdiyo Aragsan, kuna hago wadiiqada mus-taqiimk ah, islamarkaasna iska afareysto, kol hadday keligeed tahay, Singal Maadarna tahay. Iyadoo kale waxay noqonaysaa suubis, kor-saar ku ah afadayda dhabta ah," ayuu Ashkir iskula faqi jiray intuu Aragsan arkayey.

Meesha intay wada fadhiyaan mar-mar ayuu hadalo naftiisa shukaansi ula muuqda; ha yeeshee, Aragsan "quursi iyo qadarin la'aan" la ah ayuu ku tuur-tuuraa: "Waxba ha ka wel-welin, way buskoonaysaa. Inshaa-Allaah . . . Adigu ma ii fiican tahay? . . . Dhakhtar fiican ayaan aqaanaa, kuwan dhakhtaro ma aha, waxba ma yaqaanaan. Horta ma ku dayday inaad gabadha siiso, xil-diid, xabbad-soodo iyo malab? Qofka neefta qaba wax weyn bay u taraan; daawooyinkan ay gaaladu qoosheen waxba ma aha, xataa ma naqaan 'caga-yare' in uu ku jiro in iyo kale."

Joogaa maqan! Dhug iyo dhaayo Aragsan uma hayso oraahda carrabka iyo ciridka Ashkir ka soo burqanaysa. Qalbigeedu wuxuu u socdaalay Abshir iyo Hufan, marna wuxuu sefed ku noqday Libin iyo laxawga nafteed xumeeyey, mar kalana wuxuu qalbigeedu qarda-jeexayaa Keenya iyo kadeedka ku haysta qoyskii ay ka dhalatay. Erey gun-gaaban iyo mid gun-dheer midna toona uma celin. Shib iyo shanqar la'aan baa ka soo haray! Si qumaati ah dharkii ay xirneyd intay oogadeeda ugu duwday bay dib kursiga isugu tiirisay, iyadoo muujineysa jir-ka-hadal tusaya "juuq iyo jaaq" ha ii oran.

"Cuno waan soo iibin lahaa ee cuntadooda waa 'xaaraan.' Cunada way isaga qasantaa," Ashkir baa ugu calaacalay Aragsan. Labada gacmood weli isagoo ku haya cabbitaankii uu soo iibiyey, lana dul taagan Aragsan ayuu dhakhtarkii carruurta, oo ay weheliso kal-kaaliso Suleekho ayaa soo caga dhigtay qolka sugida bukaanka.

"Magacayga waxaa la yiraahdaa dhakhtar Andersoon," intuu gacan qaaday Ashkir, isagoo u haysta arbaha reerka, ka dibna si xushmad leh Aragsan u gacan qaaday. Ashkir wuxuu aad uga tiiraanyooday gacan-qaadkii dhex-maray Aragsan iyo dhakhtar Andersoon, mana qarsan dareenkiisa, wuxuuna Aragsan ku guulay indho baqdin galiyey, isagoo weliba qamuunyoonaya. Dhakhtarkii oo aan war iyo wacaal u heyn dagaalka dahsoon ee goobta ka socda ayaa goortuu warbixin kooban siiyey ka codsaday Aragsan gabadha inay dhakhtarka ku soo celiso toddobaadka soo socda, si uu mar kale u eego xaaladeeda.

Aragsan iyo Ashkir oo dan-daaminaya Libin kolkay ka anbabbaxeen kedinka isbitalka ayuu Ashkir misna lakala baxay kitaabka xod-xodashada, waxaana u cadaatay sida keliya ee uu ku qarda-jeexi karo moorada ku xeeran shakhsiyada Aragsan inay tahay isagoo kala hadla carruurta iyo waxbarashadooda, marna niyada isagoo isaga sheegaya: "Naagta gaalka gacan qaaday! Tan waa luntay waa in aan 'Muslinimada' ku soo duwaa."

"Carruurta dugsi ma dhigtaan?"

"Haa," bay Aragsan ku jawaabtay, iyadoo tusaysa hadal badan in aysan rabin.

"Waxaan ka wadaa dugsi-quraan ma dhigtaan?" Ashkir baa dib ugu qeexay.

"May, mar-mar bay teg-tegi jireen meel halkaas ah, haddase cidna ma geyso. Cabdikhaaliq ayaa geyn jiray . . . isna . . . ee . . ."

"Walaa Xowla, Walaa quwa! Itaqulaah Ukhtii! Waa inaan ilmaha deg-deg u geynaa dugsi quraan," inta Aragsan ka eegay daaqada haadka.

"Waa laguugu cadaabayaa, aakhiranna adiga ayaa laguu haystaa carruurtaas haddeysan quraanka baran," ayuu hadalkii u raacshay.

"Macallinka adduunka ugu calool-jilicsan, ugu anshax wanaagsan, oo aan dileyn, cadaadineyn, cannaadeyn baa guriga u jooga," bay Aragsan niyada isaga sheegtay, iyadoo aan hadal iyo huuhaa niyad u heyn.

Kolkuu cagtiisa ciilka la jaraneysa cuskiyey joojiyaha gaariga ayuu Ashkir ka soo haabtay shukaanta baabuurka qalin biirre ah oo gaboobay. Inta qalinkii dhowr jeer si xoog leh ugu xoq-xoqay warqad calashay oo dhammaad ah, si uu u hubsado inuu qalinku wax qorayo iyo in kale, ayuu goor danbe ka codsaday Aragsan lambarka taleefanka aqalkeeda. Aragsan cabbaar ayey laba qalbiyeysay, ka dibna waxay amartay Gambool oo hortaagan daaqada baabuurka: "Adeer u qor taleefanka," iyadoo aqalka sii galaysa, gabadheeda yarna laabta ku sidata.

CUTUBKA 8DAAD

Waa siddeedii fiidnimo, waxaana carruurta ka soo jeeda curradkii reerka Gambool oo tebaya hooyadiis iyo Hanad oo labada indhood isu keeni wayey gaajo, welwel iyo didsanaan ka dhalatay xasilooni daro naftiisa ku habsatay.

Isagoo guntan xifaayadii saakay aroortii loo xiray, ayna ku guntantahay tahay saxaro qoyan iyo mid engegan ayuu Haatuf dul jiifaa kursiga dheer ee qolka fadhiga, waxaana bar-bar taala masaasad maran ee uu ka hiinsaday caano baq ah. Guri iyo gabbood waxaa Haatuf ka dhigtay durri iyo calool-bax inta badan ku soo noq-noqda. Intaas waxaa u dheer curyaanimada fadhiidka ka dhigtay, kana hor-joogsatay waxyaabaha ay qabtaan carruurta asaagiis ah. Aragsan way qarracantay, waana uur-xumaatay kolkay indhaha ku dhufatay fool-xumada, wasakhda, iyo dan-darada ka muuqata carruurteeda iyo aqalkeeda agabka ah.

Gabadheeda Libin si miyir leh intay u bar-bar seexisay Haatuf oo isna dul jiifa kursiga dheer ee fadhiga bay deg-deg ugu dhaqaaqday baadi-goobka gorriile Keyd-aabbe. Kolkay furtay qolka uu ku hoydo bay aragtay Keyd-aabbe oo weli fadhiya kobtii ay maanta duhurkii uga dhaqaaqday. "Ba'ayeey, neefkan amuu igu bakhtiyaa! Caymiskiisa ayaan bixin la'ahay, asna halkan ayuu ii baraaqaa." bay cod qaylo dheer leh ku tiri, iyadoo aad u kacsan, labada indhoodna biyo kulul ka sii dayneysa. Gorriille Keyd-aabbe aad buu u calool-xun yahay, uguna carreysanyahay Singal Maadarada, waxayna ula dhaqantaa si ka duwan habka ay ula dhaqanto ragga dib-jooga ah iyo kuwa dugsi-jooga ah ee had iyo goor ugaarsanaya.

Jikada intay u laabatay ayey soo noqotay iyadoo ku leh: "War kaalay wax cun bahalyahow. Belaayo ku qaadaye! Xoogiisa iyo xiskiisa isuma qalmaan," iyadoo si qaab daran ugu taagaysa madiibad weyn oo ay ku sido hilbo mad-madow, oo si gaar ah loo quudiyo: xubinta beerka oo baxnaanisa boggiisa buka; xubinta wadnaha oo walbahaarka wadnihiisa ka weecisa; xubinta maskaxda oo maskaxdiisa miyirisa; xubinta carrabka iyo caloosha oo ka caabbiya cudurada naftiisa ku cartamaya. Soor u gaar ah Keyd-aabbe.

Gorriille Keyd-aabbe laba erey isma barkin.

Isagoo hamaansanaya, labadiisa sacab oo isku guntan intuu la dhacay shafkiisa ballaaran ee lagu kash-kaashay duf iyo timo rifan ah ayuu si qunyar ah salka dhulka dhigay. Dhareer culus ayaa mar ka soo bulqday labada qowlal ee afkiisa ballaaran, kolkuu meel dheer ka il-gartay qaafiriga cunada lagu siiyo oo ay Aragsan gacanta ku hayso. Gorriille Keyd-aabbe waxaa gubaya, maskaxdiisana ku gufaysan qorshe uu doonayo inuu ku hantiyo Singal Maadarada iyo carruurteedaba.

Mar-mar waxaa Keyd-aabbe ku kaca oo naftiisa arbusha dhiiqa iyo kiimikooyinka ku shubma dhudaha unugyada jirkiisa oo si qaab daran u saameeya ficilkiisa iyo fekerkiisaba, waxayna Keyd-aabbe ku sandulleeyaan marna inuu u dhaqmo sida aadami xayawaan ah ama xayawaan aadami oo kale. Marna waxaa laga dareemaa fal-dhaqan dhex hee-haabanaya xuduuda u dhaxaysa xayawaanimada iyo bina-aadanimada, taasoo keenta in la fahmi waayo dhugiisa iyo dhaqankiisa, hawraartiisa iyo hamigiisaba. Intaa waxaa u dheer saddexdii biloodba mar in dhiigga laga beddelo, laguna shubo dhiig cusub, haddii kale waxaa qaribmaya shaqada xubnaha oogadiisa iyo dunta unugyad jirkiisa laga dhilay. "Aabbe, noo sheekee," Gambool iyo Hanad baa weyddiistay gorriille Keyd-aabbe. Aragsan mar qura bay naxdin booday, waxaana tin ilaa cirib jirkeeda oo dhan ku ja-jabay qaman-dhaco daran, markay maqashay carruurteeda oo leh "aabbe." Waxayse, nafteeda walhan ku qancisay farxad qosol-ku-jab ah. Gowsaha iyo labada jaqalood bay si adag isugu qabatay, si ay dareenkeeda u xukunto, niyada iyadoo ka leh: "Garaad, Guul, iyo Gobannimo."

Inta sare joogsaday oo gacanta bidix sare u taagay ayuu Gorriille Keyd-aabbe ku maanseeyey: "*Garaad, Guul,* iyo *Gobannimo,*" wuxuuna amray Aragsan iyo carruurteedaba inay sare-joogsadaan, kana daba hooriyaan murtidaas naftiisa ugu fadhida qiimaha iyo qaayaha ballaaran.

"Sheekooy, sheeko."

"Sheeko xariir," Gambool iyo Hanad baa ku warceliyey, iyadoo la tebayo codkii libqay ee Libin iyo kii Haatuf ee caawa la waayey.

"Shinbir baa duushay. Shillin baa aragtay. Gafaney u sheegtay, Oo maxay u sheegtay?

Waxay u sheegtay sheeko-xariirtan: Waxaa jiri jirtay naag yaab badan oo mucjiso ah. Naagtaasi waxay waagii hore ku nooleyd Afrika, ka dibna waxay u soo dhooftay Ameerika oo ah halka aad haatan joogtaan. Waxay aheyd naag xoog badan oo murqo waaweyn leh, islamarkaasna magac-dheer iyo mansab beesha ka mutaysatay," inta Gorriille Keyd-aabbe cududda gacantiisa midig isku soo laabay, isagoo muruqa gacantiisa tusaya Gambool iyo Hanad. Shib ayaa mar lawada yiri, carruurta iyo hooyadood waxay dhug iyo dhegba u jeediyeen sheekada Gorriile Keyd-aabbe, oo ku mashquulsan xoq-xoqashada iyo kala hufida dufta jirkiisa ku daboolan. Sheekadii ayuu misna sii waday: "Naagtaas magaceeda waxaa la oran jiray Same-wado, waxayna dhashay shan carruur ah, laakiin waxay aheyd beylah oo carruurteeda ayaa dayacay, oo daryeeli waayey, si aad u fool-xunna ula dhaqmay. Same-wado goortay u soo qaxday Maraykanka waxay iska dareentay kelinnimo iyo wehel daro. Maalintii danbe waxay soo iibsatay laba eey iyo laba bisadood . . .

"Eeyga soo ma cunaayo yaan-yuurta?" Gambool oo aad u xiisaynaya sheekada baa mar qura la soo booday.

Gorriille Keyd-aabbe sheekadiisa ayuu iska sii watay: "Same-wado waa naag madi ah, xataa aan laheyn agab kale aan ka aheyn labada eey iyo labada bisadood. Dhibaatada ugu weyn ee Same-wado haysatay waxay aheyd waa ka duwaneyd aadamiga dunida ku nool oo dhan. Weligeed waxay isu aragtay inay tahay naag muuqaal iyo maanba u caafimaad qabta, oo baraare iyo bash-bash ku nool ilaa ay ka soo qaxday dalkeeda. Ka dibna waxay aragtay dunida oo far-takooran kuwada fiiqaysa. Falkeeda iyo hab dhaqankeedaba wuu ka gedisnaa aadanaha intiisa kale. Yaab iyo amankaag! Waxay Same-wado uga duwneyd aadamiga kale sidan: Kolka la gaaro xilliga kulaylka, oo ay dhirtu ubaxaysato, dhulkuna carro-rogto, cimiladuna ay kol-kol daadihineyso qoyaan engaggen oo nasteexo geliya nafleyda oo dhan Same-wado hawada noocaas ah nafteeda waa ay dhibsan jirtay.

Run ahaantii, xilliga xagaagga oo ay dadku ku diirsanayaan kulka cimilada diiran, Same-wado waa ay ku dhaxamootaa. Waxay xilliga kulaylka dareentaa qar-qaryo oogadeeda qalibta, iyadoo xirata h'u culus oo ay kaga gaashaamato qabowga abyanka ah ee nafteeda kisiga ah lagu saladay. Waxay xilliyada kulaylka gashataa koofiyad culus, sul-waal hoos-gashi ah oo dhumuc adag, dhaxantanna oogadeeda ka dhowra, gacmo-gashiyo tayo culus iyo weliba kabo buud ah oo harag dhuux adag laga tolay, dhaxantanna ka dhowra cagaheeda iyo lugaheeda dhuub-dhuuban.

Magaalada markay marayso qalabka warbaahinta iyo dadweynaha ayaa daba yaaca, iyagoo la yaaban islaanta qabowga la rafaadsan, halka dadka intiisa kale ay kuleyl la taag daran yihiin. Yaab iyo fajac! Heer-kulku kolkuu gaaro derajo dhan boqol ama ku dhow-dhow ayeyba ugu sii daran tahay. Waxay dareentaa qabow aad u daran, iyadoo shidata gir-gire ay ku hubsatay dhimbilo qamxaya, maadama aalada aqalka kululeysa xilliga qabowga aysan shaqeyneyn." Gorriille Keyd-aabbe, inta calaacasha gacantiisa bidix afka iska

mariyey, oo weelkii uu cunada ka laystay dib isaga riixay, isagoo sheekadii sii
wata ayuu hadana yiri:

"Waa yaabee, xilliga qabowga ee uu barafku dhulka goglan yahay,
naflayduna aysan qabow awgiis madaxa sare u qaadi karin, Same-wado
waxay dareentaa kuleyl diiran oo jirkeeda gubaya, waxayna xirataa garays,
dirac, surwaal, canbuur, goono, ama dhar kale oo fudud, islamarkaana waxay
wadooyinka ku socotaa caga-cadaan. Cagaheeda cad-cad bay kula dul-socotaa
barafka qabow ee dhal-dhalaalaya dushiisa. Guntiinno Saari ah, iyadoo guntan,
oo weliba kaba dacas ah qabta bay magaalada iska dhex tamashlaysaa, oo si
bashaash iyo bilicsanaan leh ugu dhex xaragootaa, meesha ay dadku hagooggan
yihiin h'u culus oo ay kaga gabbaaddsanayaan qabowga guracan ee lafaha iyo
dhuuxa jirkooda garaacaya. Islaan yaab leh!

Dhakafaar iyo dhabanna-hays baa bulshadii Maraykanka iyo dunida
inteeda kalaba ka soo haray. Maxay qabtaa naagtu? Maxay ka samaysan tahay?
Wadaada bud-la-boodka ah, isuguna jira Masiixiyiin iyo Muslimiinba waxay
isku raaceen Same-wado in ay tahay islaan khalqi khilaaf ah. Waxa kale oo ay
isku raaceen inay ka mid tahay astaamaha muujinaya gabaabsiga adduunka,
iyagoo meel walba kaga wacdiya: 'Wataa Same-wado! Dunidu waa gebo-
gebo ee dadoow buunkii aakhiro goor dhow dhageysta. Ku caqli iyo cibro
qaata, Same-wado,' halka saynisyahanada adduunku ay ku andacoonayaan:
'Falka Same-wado wuxuu lid ku yahay xeerarka iyo qawaaniinta aqoonta
sayniska. Waxay burisay shuruucda ma-dhaafaanka ah ee sal-dhiga u ah
nolosha aadamiga.' Same-wado waxay noqotay keligeed oo far-soo-taagan ah
iyo dunida inteeda kale oo dhan. Maskiin! Waa waalatay, oo isku buuqday.
Dhibta haysata waxaa u dheer cid ugu garaabayso ma leh hab dhaqankeeda
iyo hab fikirkeeda ugubka ah.

Goobtay Same-wado istaagtaba, gar iyo gardaraba, waxaa dusha looga
tuuraa eed iyo dhaleeceyn kulul, sidii iyadoo isu keentay dhibta nafteeda
hoolatay. Dadka qaarkoodna waxayba ku sheegaan Same-wado in la inkaaray,
oo ay gaboodfalkii iyo nabsigii ay gashay laga goynayo. Waxaa nafteeda
hagardaameeyey, heyb-sooca ay dadweynuhu iyo dowladduba ku hayeen.
Xilliga kulaylaha, goobtay cagta dhigtaba tin ilaa cirib waa la baraa, iyadoo
lala yaabo dharka tayada iyo tirada culus oo ay gashan tahay, laguna tuhmo
argaggaxasinimo ama loo garto inay tahay Same-wado, weliba Mulsim ah.

Ugu danbeyntii dowladaha Yurub iyo Maraykanku waxay qaateen shir ay
ku go'aansadeen in la daba-galo Same-wado, iyagoo ictiqaadsan inay tahay
hawtul-hamug u adeegta ururada argaggixisada ah, haddeysan u adeegin
argaggixisadanna in ay ku lug leedahay falal lid ku ah danaha reer Yurub
iyo Maraykanka; sidaa darteed, waxa ay is-tuseen in ay lagamammaarmaan

tahay in ciidanka sirta ee Maraykankut iyo kuwa Yurubiyaanka oo wada jira ay iska kaashadaan daba-galka Same-wado, kana sal-gaaraan. Intaas waxaa dheer, si wada jir ah waxay u go'aansadeen in yar oo tuhun ah haddii ay ka dareemaan fikirka iyo falka Same-wado deg-deg in loo carqaladeeyo, welibana bur-bur iyo budo laga dhigo. Meeshii laga filayey in ay u gar-gaaraan Same-wado, kana hor joogsadaan hororka dibin-daabyeeynaya nafteeda, iyagaaba cadowgeeda hubeeya, uguna yabooha cudud iyo cuud lagu qul-quladaynayo Same-wado nafteeda.

Waxay ogaadeen aqoonyahanada iyo ciidmada sirta ee Maraykanku, waxa keliya oo ay Same-wado ka cabsato inuu yahay tukaha madow ee duula. Tuke indho-aadami leh, laba-jeeni oo bina-aadam ku aadan daadihinaya, balse, waa yaabee, duula islamarkaana tiigsada hab-dhaqanka iyo qawaaniinta baallaleyda duusha. Taasi waxay ku deeqday goobtii ay Same-wado cagta dhigtaba ama ay degtaba in ay ku sii daayaan tukayaal loo carbiyey la dagaalanka Same-wado. Intaa waxaa weliba raaca, waa tuke af-Soomaaliga ku hadla." Gorrille Keyd-aabbe, oo aad uga qiirooday sheekada yaabka leh, welina isticmaalaya maskaxdiisa qaybta u hagta fikirka iyo falka aadanimada ayaa hadalkii sii watay, isagoo leh:

"Dhibaato kale oo haysatay islaanta Same-wado waxay aheyd waa cawaan; waxna-ma-qorto, waxna-ma-akhriso. Sidaas ay tahaynna waxay la gor-gortamaysaa, la caraatameysaa cawa iyo maalinba dad in badan ka horeeya. Waa dadka had iyo goor ugaarsanaya, cadowna u ah nafteeda, maadaama ay dunida inteeda kale ka san-saan iyo baaxalli duwan tahay . . ."

"Sidee Same-wado ugu soconaysaa barafka? qabow waaye, waana lagu kufayaa? Maalin hore aniga iyo hooyo waxaan ku kufnay barafka?" Hanad baa su'aalay.

"Adeer, Same-wado barafka waxay ugu dul-socotaa sida aan ciida ugu dul socono si la mid ah amaba ka sii fiican, iyadoo weliba caga-cad; waxaase dhibaata ku haya kulka. Xilliga kuleylka waa waqtiga keliya oo ay Same-wado dhaxamooto, socodkuna uu ku adag yahay," Keyd-aabbe ayaa ku jawaabay, oo sheekadii sii anba-qaaday:

"Dunidu sheekana kuma maqal, shaahidna kuma arag, naf sidan oo kale ah. Tani waxay u horseeday Same-wado in dunida oo dhan ay daba-gasho, si ay uga faa'iidaystaan, ugana manaafacsadaan. Hase ahaatee, taasi si fudud bay ku heleen, maxaa yeelay Same-wado waa islaan asaasaqday, oo aan laheyn garaad ku filan oo ay nafteeda ku maamusho; ma aha hooyo leh aqoon iyo agab u naxa, una danqada nafteeda; mana laha carruur iyo cid kale oo ay ciirsato ee nafteeda daryeela. Same-wado ma haysato tol dhiig ahaan xiga ama qaraabo-qansax kale ee garab iyo gaashaan u noqda. Waa cad bislaaday oo bannaan cidla ah kala waran, cidmaa cafineysa? Cadow iyo sokeeyaba, midba sida uu doono ayuu nafteeda u calafsadaa.

Haddaba, maalin maalmaha ka mid ah, waxaa jiray qabow aad u xun. Gaadiidkii iyo nafleydii dalka oo dhan ayaa shaqeen waayey. Wax dhaqaaqa oo madaxa kor-u-qaada waa la waayey, marka laga reebo Same-wado. Iyadoo iska caga-cad, oo shanta farood iyo cagaheeda cad-cad barafka dhulka tuban kula qoraafeysa, timahanna ay u ganaanan yihiin, islamarkaasna xiran dirac dabacsan, kana dul gashan funaanad cad oo ay dusha uga sawiran tahay calanka Soomaalida ee lagu dheehay xiddigta shanta geesood leh bay Ciidanka Danbi Baarista ee FBIda iyo Hey'ada Ciidanka Sirta ee CIAda oo aan midba mida kale war iyo wacaal u heyn Same-wado wadadda ka ugaarsadeen. Waxay gacanta u gashay hey'ada CIAda. Good yar oo madow inta afka looga nabay, garbaduubna loo xiray baa gaari qafilan, oo gudcur ah, oo aan la arkeyn jinni iyo insi cida saaran iyo cida wada midna toona baa gunta loo dhigay. Same-wado waxay ula carareen shaybaarka ugu weyn Maraykanka ee lagu baaro hanaan dhaqanka, maskaxda, iyo dhambaal-sidayaasha aadamiga.

"Asal ahaan, dalkee baad ka timid?" Dhakhtarkii oo aad u yaaban baa weyddiiyey Same-wado, oo in yar ka hor ka soo baraarugtay suuxdintii gaabneyd ee xiskeeda fadhiidka looga dhigay.

"Soomaaliya," bay ku warcelisay, oo hadalkii ku dartay, iyadoo argaggaxsan, hadba hareeraheeda dhuganaysa: 'Maxaa dhacay? Qaxootinimo baan wadanka ku joogaa.

"Saami dhiig ah baa lagaa qaaday intii aad suuxsaneyd. Sal iyo baar waxaa loo eegay, iyadoo si tifatiran, oo sal looga dhigay u-kuur-gal aqooneed loo baaray dhiigii lagaa qaaday. Abid ma aynaan arag mucjisadan oo kale," dhakhtarkii baa ku wargeliyey, isagoo kolba madaxa doc u lulaya, inta iska dabciyey af-shareertii u xirneyd.

"Intaad miyir-maqneyd waxaa ku baaray qaar ka mid ah dhakhaatiirta iyo saynisyahanada adduunka ugu aqoonta badan. Haddaan tafaasiil kaa siiyo baarista dhiigaaga, waxaa anfariir nagu riday nudaha dunta jirkaagu ka samaysan yahay, xubnaha iyo unugyada uu jirkaaga ka dhisan yahay . . ."

"Maxaa dhacay, ii sheeg haye?," Same-wado, oo indha-cadaynaysa baa qaylo dheer dhakhtarkii afka goosatay.

"Waxaan kaa helnay cudur . . . ee . . . Runtii ma oran karo cudur, mana naqaan waxa ku haya, welina waan fahmi la'nahay. Haddii dhan laga eego waa cudur. Cudur haddaan ugu yeero waxaan burinayaa qaawaaniinta u dhigan cudurada. Aqoonyahanadu weli ma garan dhibta ku haysata waxay tahay, waxaana shaki uga jiraa bina-aadam nool oo dhab ah in aad tahay iyo in kale.

Jirkaaga gudihiisa waxaa ku hardamaya deris-ku-nool, goorayaan, quurawaale, shillin, kutaan, qandhiso, takar, uxo, dhuudhi, dhigle, dhuug, koronkorro iyo caya-yaan kale oo tira badan. Xataa waxaa kuugu dul-nool cayayaanka biyaha bada hoostooda laga helo, marka weli waan garan la'nahay sidaad u nooshahay, adigoo uur-ku-jirta ku sida cayayaankan faraha badan ee dhiigaada iyo dhacaankaada jaqaya," inta mar kale madaxa lulay dhakhtarkii. "Waan la yaabanahay sida aad ku bad-baaday, welina tuhun ayaan ka qabnaa noloshaada in ay sii socon doonto iyo in kale."

"Immisa sano ayaad jirtaa?" Dhakhtarkii oo weji-tubaya baa mar kale su'aalay.

"Ma garanayo da'dayda dhabta ah. Mar-mar meelaha waan ka maq-maqlaa kor in aan u dhaafay toddobo iyo toban kun oo maalmood."

"Waxba kaama qarinayo, waan kaa shakinay, waxaan mala-awaalnay, annaga oo adeegsaneyna qawaaniinta iyo xeerarka aqoonta Xiddigiska, in aad fir wadaagtaan nafleyda ku dhaqan Waxara-xir, Farrraare, ama Cir-jeex midkood, halkaas baa la oddorasay in ay ku sugan yihiin nafley dhaqankaaga iyo fikirkaaga oo kale leh. Dunidan kuma noola qof da'daada oo kale ah, adkaysina u leh cayayaanka dhiigga iyo dheecaanka kaa nuugaya, oo weliba beddelay noloshaada, hab-dhaqankaaga, afkaaga, iyo fikirkaaga gebi ahaanba. Cayayaanka qaarkood waxay jirkaaga, weliba halbowlaha weyn ilaa wadnaha ayey ka dhisteen sal-dhigyo iyo is-gaashaanbuureysi ay adagtahay in loo helo dawo lagu dhayi karo. Xataa haddii loo jaro cadka ay duleysteen, ma aha kuwa si fudud ku dabar-tirmaya."

"Soomaalida oo dhan ma sidan baa?" Mid ka mid ah dhakhtarada dul-xoonsan bukaanada ay soo bililiqaysteen oo weli dul-taala sariirta baa dib u su'aalay. Same-wado oo yaaban ayaa sare-joogsatay, iyadoo weliba diyeeysan, aadna uga xanaaqday hadaladii dhakhtarada, ha yeeshee, maskaxdeedu ay u turjumatay dhereg-dhacsi, daac-daacsi iyo quursi nafteeda lagu bah-dilayo.

In yar markay dhaqaaqday, iyadoo jaah-wareersan, gees-geesna u socota, kana sii baxaysa qolkii dhakhtarada bay tiri: 'Nin bukaa boqol u talisay.' Waxaad tahay takhtarkii kontanaad ee igu yiraahda: 'Bukaan sidan oo kale ah weligay ma arkin! Laakiin dhakhtar xal ii sheegay weli ma arag. Hooyo nool oo la yaqaan ayaad soo af-duubateen, dhiigeeda iyo dhecaankeeda muudsateen, haddana mucjiso ayaad ku sheegaysaan. Waxba ma qabo, Soomaaliduna waxba ma qabaan, adinka ayaa wax qaba."

"Qab-weynida qiimaha jaban ee aan meel shishe kuu qaadeyn, waa astaanta u gaarka ah nafleyda ku dhaqan Waxara-xir. Kollee meel dheer kama aadan keenin," dhakhtarkii baa Same-wado ku jikaaray.

"Belaayo ma qabo. Dhibaatada i haysataa waxay tahay, nabadgelyo idinkama helayo. Xilli walba naftayda ayaad shanta farood kula jirtaan. Horay baa loo yiri: 'Indho quraanjo iyo caqli gaalo midkoodna lama arko!' Sirta aad ii maldaheysaan qoto-dheeraa?"

"Maxay ka rabaan Soomaalida? Qaxooti maa nahay?" Gambool ayaa sheekada ku dhabqay. Keyd-aabbe halkii ayuu sheekadii ka sii watay, isagoo leh: "Same-wado guriga markay ku noqotay, waxay la kulantay eeydii iyo bisadahii aqalka u joogay oo bakhtiyey; waxaase, ha, yeeshee, u cadaatay in la siiyey hilbo sumaysan. Same-wado aad bay uga xumaatay falkaas, waxaana galay wel-wel. Dib intay isu soo rogtay, iyadoo weli qabta kabihii dacaska iyo diracii khafiifka ahaa, baraf aad u badana uu dhulka iyo cirka is-haysto, dadweynahanna looga digayo in magaalada ay ku soo fool leedahay duufaan qabow oo halis ah, bay saldhiga booliiska isa-sii taagtay. Booliskii kolkay u dacwootay bay jeelka u taxaabeen.

"Booliiska *miin* (qabiid) waaye, maalin dhaweyd xataa hooyo way qabteen, laakiin ma ay xirin," Hanad baa xasuusiyey, inta hooyadiis qunyar u milicsaday.

"Af-Ingiriiska afkaaga hooyo ma aha, wadankee baad ka timid," taliyihii xerada baa weyddiiyey.

"Soomaaliya," bay ku jawaabtay, iyadoo aad u naxsan.

"Yaa laayey xayawaankii aqalka kuu joogay?"

"Bal adba!" intay shanta farood iyo calaacasheeda oo iswata ku halgaaday taliyihii booliiska. "*Taliye, waa naagta idaacadaha iyo taleefishada laga sheego ee uusan qabowgu karin, kulleykana ku dhaxamoota,*" baa dhegta loogu sheegay taliyihii rugta ciidanka bileyska.

Taliyaha ciidanka, waxaa isha midig ugu xiran jaan madow, wuxuuna wax ka arkaa hal il oo keliya. Inta badan ciidanku waxay ugu yeeraan 'Muusha-Diyaan.' Ku xigeenka taliyaha booliiska lugta midig ayaa maroorsan, taasoo ku deeqday goortuu soconayo dhanka midig inuu u liico, waxaana loogu yeeraa 'Lugeey.' Qolkii iyagoo weli dhex taagan, kana munaaqashoonaya waxay ka yeeli lahaayeen Same-wado ayuu soo galay sargaalka rugta ciidanka ciqaabta ugu sareeya, isna waxaa qariban wadnaha, waxaana daba-jiitameya, kuna rakiban jirkiisa aalad kala hagta qul-qulka iyo sifeynta dhiigga wadnaha, una qaybisa dhiiga haamaha wadnaha iyo xubnaha kale ee jirka; waxaana loogu yeeraa 'Wadne-fow-fowle,' iyadoo la maqlayo fow-fowda codka mashiinka ku rakiban qalbigiisa xargagan. Waxaa weheliya laba sarkaal oo uu midkood xubinta beerku ay maran tahay, loona yaqaan 'Beer-kurus,' kan kalana ay ka lulato gumad ka haray gacantiisa midig, waxaana u xiran gacan bir ah oo la farsameeyey. loona yaqaan 'Gacan-law.' Saaraakiishii waxay Same-wado ku xirteen qol gaar ah, waxayna ugu dhaqaaqeen jir-dil iyo kufsasho, iyagoo ku qaylinaya "Soo tuf sirta aad sido. Sheeg cida laysay xayawaanka!"

Gorriille Keyd-aabbe oo sheekadii dhexda marinaya ayey Halgan iyo saaxiibadeed albaabka soo garaaceen, waxayna Aragsan iyo carruurteeda u hibeeyeen mac-macaanka ciidul Adxaagga. Carruur agoon la mood ah, kana arradan ehel iyo arxan sokeeye ee u wehel yeela, oo ay la wadaagaan farxada iyo reynreynta ciida. Caano-nuug dhabano iyo madaxyo kuus-kuusan oo aqalka isaga xareysan.

"Aaway Keyd-aabbe?," Halgan baa su'aashay, iyadoo dareen-kacsan. "Ciid Mubaarak baan oran lahaa ninkaas sharafta mudan, Alle ha sharfee! Isaga la'aantiis lug iyo gacan yaa kuu kala furi lahaa?" Aragsan oo yara wel-welsan, islamarkaasna gacanta ku dhegen Gorriile Keyd-aabbe, una muuqata inay talo iyo tayo saaratay, aadna ugu faansan baa gorriiliihii hor keentay saaxibadeed.

"Gorriile Keyd-aabbe waaye magacayga . . . Wanaagsan Barasho!" inta gacantiis ballaaran ee dhexda u godan u taagay Halgan.

"Barasho wanaagsan," Halgan baa tiri, niyada iyadoo ka leh "Daanyeerow kadabkaa b'a! Walee waa 'isagii!' Gaalo, inaakari idinku dhacday . . . Waa kuwaa, xataa xayawaankii adami u rogay!"

Hadal badan isagoo aan oran, aadna ugu faraxsan hablaha uu bartay, ayuu Gorriille Keyd-aabbe deg-deg ugu laabtay qolka loo jaan-gooyey, isagoo ay dabayaacayaan carruurta uu bar-baariyo ee uu aabbaha ku-meel-gaarka ah u yahay, iyagoo weliba ku leh: "Adeer sheekada noo dhammaystir."

"Habeen danbe ayaan idiin dhamaynayaa. Iska seexda hadda. Marti ayaa aqalka joogta."

"Muxuu qoonsaday? Muxuu nooga carrooday?," Haweenkii ayaa is-daba dhigay.

"Waa dabcigiisa. Waa nin xishood badan, oo af-gaaban," Aragsan baa ku jawaabtay.

"Immisa ayaa lagaaga soo kireeyey 'Faraskan'? Waa noocee?Ramag baa su'aashay.

"Lacag yar kama bixin, laakiin caymiskiisa ayaa qaali ah," Aragsan baa u sheegtay.

"Aniga ayuu igu fiicnaan lahaa. Soo carruurta kuuma hayo? Soo ma jecla ciyaalka?"

"Carruurta wuu hayaa, wuuna la cayaaraa, waxna wuu baraa. Farxad iyo reynrreyn ayaa ka muuqata goortay Gorriille Keyd-aabbe la joogaan. Waa sheekh caalim ah! Wadaadada waran la boodka ah ee jaah-wareerka nagu riday waa ka fiican yahay. Qab-qablayaasha dagaalka ee dalkii naga soo eryaday, iyagana waa ka fiican yahay, waayo waa nin nabada ku hirta, oo qalbi-nugul. Maalin dhaweyd kurreyga xunka ah ee aan dhalay baa daqar yar gaaray, Gorriile Keyd-aabbe waa booyey! Aad buu uga danqaday dhiiggii ka daatay wiilka xunka ah."

"Shalay waxaan tegay Rugta Carwada Xayawaanka, wixii Gorriile joogay oo dhan waa la laystay. Singal Maadarada magaalada ayaa kala boobay, hadda saf baan ku jiraa sida aan ku hanan lahaa daanyeeradaas gorriilaha ah midkood. Yaa mar un aqalka keensada, ha ii adeegee," Halgan ayaa tiri, hadalkiina raacisay. "Ilaahoow ii soo sahal, haddaan helo, neef ayaan qalayaa! Aammiin dhaha!"

Inkastoo aysan Aragsan u heyn kansho ay kaga warceliso weyddiimaha talan-taaliga ah ee saaxiibadeed ka soo burqanaya, misna waxaa maankeeda soo jiitay hadalada isugu jira xanta, kutira-kuteenta, iyo wararka xiisaha leh iyo kuwa aan xiisaha laheynba ee ku saabsan waxyaabaha ka socda nolosha Soomaalida Minasoota, gaar ahaan dhacdooyinka khuseeya Singal Maadarada. Wixii cusub caalamkaa jecel, wararka magaalada waa ku cusub yihiin dhegaha iyo dhugta Aragsan. Singal Maadarad takooran!

"Habeen danbe waa mara-saarkii Hud-hudo, mana raacaysaa?" Halgan baa codsatay, hdalkiina u raacisay: "Hadda ka dib waxaad mar-marsiinyo ka dhigato ma leh, maxaa yeelay nin ayaad leedahay, weliba nin aad adiga sutida u hayso baa ku jooga. Kii hore qashin-qubka ayaad ku dartay," qosol bay hablihii la daateen.

Kaftankii iyo sheekadii oo meel sare haweenkii u maraya bay Aragsan jikada u laabatay. Ka dibna, qolka fadhiga waxay ku soo noqotay iyadoo dabaq ku sida cabbitaan ay ugu talagashay saaxiibadeed. Salka markay dhigtay, Aragsan oo muujinaysa daal faraweyn bay Halgan tiri misna: "Gabadhan waxaa la yiraahdaa Ramag. Marar badan baad sheekadeeda maqashay."

"Barasho wanaagsan," Aragsan ayaa u jeedisay, hoos iyadoo isugu canaannaneysa: "Naago barashadooda ma daayo miyaa aniganna!?"; ka dibna su'aashay Ramag: "Ma heshiiseen adiga iyo odaygaagga?"

"Heshiis aa! Ha i maqashiin axadkaas inkaarta qaba. Shan carruur ah ayaan u dhalay, Maraykanka goortaan soo galnay ayuu habar cadaan ah oo belwad badan iga door-biday. Naagtaas ayuu aqalka ugu xaraysan yahay. Waa la-hayste! Marar badan curradkayga ayaa wadada ku arkay, isagoo habarta cadaanka ah gacanta haysta, miyey sixirtay? Horta gaaladu sixir ma yaqaanaan?" intay dib u dhugatay Halgan.

"Maxay u aqoon waayeen, sixir iyo saxariirba iyagaa laga soo gaaray!" Wax yar markay fadhiyeen ayey Aragsan iyo Halgan faq gaar ah isula dhaqaaqeen.

"Berrito maxkamada ayaa la iga rabaa, waa markii labaad, haddaan tegi waayo waa xabsi daa'in; waxaan u baahanahay qof caruurta aqalka ku sii suga goortay dugsigga ka soo rawaxaan," Aragsan baa codsatay.

"Aniga igu duub carruurta, guriga ayaan u fariisanayaa," Halgan baa niyada ugu dhistay.

Mid kasta oo ka mid ah saddexda hablood ee soo booqday Aragsan si gooni ah bay u maqashay, si guudna waa u wada maqleen guri dhiska Hufan iyo Abshir ay u qorya-guranayaan; ha yeeshee, Halgan oo ka dhigeysa sir dahsoon oo laga qarinayo gabdhaha kale baa gooni ula goosatay Aragsan oo ku tiri: "Ma maqashay horta, kii iyo tii in ay is-guursanayaan?," iyadoo hadalka ka qarinaysa gabdhaha kale ee weli taag-taagan daarada qolka martida, isuna diyaarinaya mar in ay jaanta rogtaan.

Goortay Aragsan maqashay "guur" waxaa islamarkiiba si kedis ah wadnaheeda u wareemay dareen ay la uur-xumaatay. Naxdin awgeed waxaa si lama filaan ah gacanteeda degdeg uga siibtay massaasadii caanaha aheyd oo ay u diyaarinasay gabadheeda, iyadoo leh, "Maxay iska guursanayaan kollee haday is-furayaan?," iskana dhigeysa hadalkaas inuusan raad weyn ku reebin dareenkeeda iyo maankeedaba. Caanihii sagxada ayey ku bulcadeen. Si dhaqso leh intay u foorarsatay Aragsan bay is-tiri soo haabo massaasadii, iyadoo aad u jarayneysa, misna mar kale ayey ka fara-baxsatay dhaladii caanaha aheyd, weli iyadoo aan qaarka sare ee jirkeeda kor u soo qaadin. Halgan oo ay dabada kaga jiraan saaxibadeed ayaa markiiba nabadgelyeeysay Aragsan: "Nabaday abaayo, waad ii jeedaa: Sac baa qoob igu haya. Ilaaheey ha caafiyo Libin, waan deg-degsanahay. Ciid Wanaagsan!"

Waxaa horin-horin u soo weeraray Aragsan wadnaheeda, sanbabadeeda, beer-yarideeda, xameetideeda, mindhiciradeeda, iyo hal-bowlayaasha iyo aroorayaasha oogadeedaba dhecaano ka soo qul-qulaya qanjirada maskaxdeeda qalootay, kuna abuuray welwel iyo baqdin. Waxaa mar kale gubaya qalbigeeda ayaanka daran masayr lagu daray dareen ay u hayso caashaq gaboobay, oo ku dalxaystay laabteeda. Waxaaba taas uga sii daran ma qeexi karto wacaalka ku abuuray laxawga iyo dhuuriga ku habsaday nafteeda, inkastoo ay niyada ka ogtahay halka laga maray. Maskaxdeeda waxay ka xaqirtay, kuna dafirtay in ay qirato meesha uu ka soo jeedo lahanka ay laabteeda la calwinayso, iyadoo iska dhaa-dhincinaysa "Jaceyl iyo masayr ima hayo. Ma tii iyo kii baan ka masayrayaa? Allow ha igu jirrabin!"

Waxay mar hore niyadeeda ka masaxday Abshir iyo mansabkiisaba. Magaciisa iyo muuqaalkiisaba inay duudsiso, wax-kama-jiraan ka dhigto. Caloosheeda iyo uurkeeda ayey ka duub-duubatay, sidaas ay tahaynna Aragsan goortay maqasho magaca "Abshir" oo keliya oogada ayaa dubaaxisa,

wayna yara didaa, waxaana mar qura jirkeeda isku taaga jiriirico qalafsan oo
jirkeeda bel-belisa. Aragsan waxay qaaday xanuun daran oo nafteeda buufis ku
abuuray. Kolkay iska hubisay saaxiibadeed in ay muuq lib-dheen bay Aragsan
dareenkeeda ooda ka rogtay, oo si fiican ugu oggolaatay nafteeda shiddaysan
in ay cabbur baxdo iskana baroorato.

Nafteeda waxaa gubaya, isuguna tegay masayr iyo jaceyl ay xaqirayso,
kelinimo iyo baqdin, dal iyo dad-teb, isla-hadal iyo wehel la'aan joogta ah,
welibana ay u dheer tahay aammin darada iyo kal-sooni la'aanta ay u qabto
nafteeda iyo bulshada ay ka soo jeedo. Waxay dareemaysaa dadka oo dhan
cadow inuu u yahay, kana soo hor jeedo. Singal Maadar lawada neceb yahay!
Dunida oo dhan iyo keligeed! Waxaa dhismay cadow mala-awaal ah, use
muuqda nafteeda ibtilaysan, maadaama, siday isu sheegayso ay ka gashay gef
iyo gabood-fal bulshada Soomaalida, weliba beesha ku ab-tirsata ina-rag.

Waxaa abuurmay cadow dhab ah iyo mid dhalanteed ah, waxayna
garoobnimadii ku darsatay iyadoo guriga keensatay gorriille u adeega
nafteeda iyo carruurteedaba. Waxay ka kaaftoontay geyaankeed iyo tolkeedba.
Waxay lunsatay gacaltooyadii ay u haysay aadamiga, waana tan Aragsan ku
sandulaysay nafteeda iyo aqalkeedaba inay ku aamminto xayawaan dib-joog
ah. Talo in ay saarato san-ku-neefle aadamigu sanceeyey, kuna soo bar-baariyey
dhaqan, caado, iyo diin ka duwan dhaqanka ay ka soo jeedo. Waxaa si ba'an u
hurgumeeyey Aragsan nafteeda guurka xaq-darada ula muuqda ee u dhaxeeya
Abshir iyo Hufan.

Xanuun badanaa noloshu! Dhagar badanaa aadanuhu, oo noloshu
kharaaraa. Weliba dha-dhan daranaa xayaatadu markay ku hagardaameeyaan
labada qof ee aad adduunka oo dhan isku aammintay, kana dooratay dadka
intiisa kale oo dhan. Ninkii ay caashaqday, qalbigeeda iyo nafteeda u quurtay
iyo gabadhii ay isku aamintay. Saaxiibteed ay dhib iyo dheefba wada wadaagi
jireen, iyagoo isu ahaa isa-suran-xumaha iyo samaha xayaatada isu-neefaya,
iskana neefiya. Xanuun weynaa goortay saaxiibtaa ku minjo-xaabiso, islmar
ahaantaanna bili-liqaysato noloshaada oo dhan. Waxaase Aragsan dareenkeeda
fadhiid ka dhigay aqal-galka labada "axad" oo ay maanta dunidu ugu neceb
tahay.

Mar walba waxay niyada ka tiraahdaa, intay qolka fadhiga ee gudcurka ah,
cidladanna ah dhex fariisatay, iyadoo faraha iskala hadalaysa: "Bal naag kale
muu guursado, dumar wuxuu Ilaahey badshay? Muxuu ku jeclaaday Hufan
furuq ha dilee!? Muxuu u doortay Hufan, guri inuu u dhiso, aniganna igu
nacay? Waxaan u dhalay carruurtaas quruxda badan. Hufan igama qurxoona,
igamanna garaad iyo karti badna, waa maxay haddaba naagtaas wuxuu ka
helayo ee uusan aniga iga heleyn?, maxaa iga qaldan talow? Fool-xumo iyo

dhega-adeyg baan isku darsaday, waa sababta uu iiga cararay . . . Reer hebel baan ka dhashay ayuu igu nacay, mise tolkiis baa igu diray? Mayee . . . Waa khamriile . . . Jaad cun badan, ma isagaa qoys dhaqan kara . . . Muxuu ka heli tii lugaha baastada laheyd? Laakiin iyada waa iga fiican tahay, waayo lugaha ayey u dhaqeysaa . . . Kollee wax-un-baa naftayda ka qaldan ee maxaa iga qaldan?

In ay naftayda wax ka qaldan yihiin waxaaba ii cadaynaya waa sababta Abshir uu iiga cararay, dadka kalana igu naceen. Singal Maadarnimadu, aniga ma dooran ee maxay bulshadu igu takooraysaa, hadeysan naftaydu sac-sac aheyn? Maya aniga ayaa doortay, haddaan Abshir ka yeeli lahaa wax walba ee uu ii sheego, kana danbeyn lahaa, una dhega-nuglaan lahaa, baarri u noqon lahaa, qaadka iyo qamriga isaga ogolaan lahaa, caawa garabkayga ayuu fadhin lahaa. Waan cadaabanahay . . . Naarta dunida ayaanba jiq iri, anigoo aan tii aakhiro arkin . . . Anigaa! . . . Ciil badanaa . . . Sababta Soomaalida iyo gaaladaba ay farta iigu fiiqayaan waa Singal Maadarnimada. Xataa gaalada wadanka deggen waa i quursanayaan goortay ogadaan Singal Maadar in aan ahay. Xafiiska Cayrta waxayba igu dhahaan: 'Ma hal nin oo keliya baa dhalay carruurta mise rag kala duwan?' Waxaana u sabab ah Singal Maadarnimada. Dowladda Gobalka Minasooto, barnaamij gooni ah bay Singal Maadarada u hindistay; xataa waxaa loo abuuray daanyeero caawiya, taas waxay cadeyneysaa Singal Maadarnimadu inay tahay iin sun ah oo haweenka gasha. Haweenimadu waa cudur, Singal Maadarnimaduna waa cudur laba-jibaaran . . . Yaa iska dhinta!

Waan ogaa Abshir mar in uu iga tegayo, ha yeeshee, Hufan ayaa ku naafaynaysa isma oran. Tol tayo leh oo aan uga ashtakoodo ma garanayo, iyagaaba malaha ku lug leh, oo reerkayga geba-gabeeyey. Xataa haddaan ka ashtakoodo yaa i dhageysanaya? Naag Singal Maadar noqotay, bal yaa hadda wax igu falaya? Cidmaa wax ku falaysa naag afar carruur ah jiideysa? Yaa i raba? Nin danbe oo i shukaansanaya, kedinkana iiga soo galaya walee ma jiri doono ee maxaan sameeyaa? . . . Hooyaday xataa ima rabto, cid kale intaanba la gaarin; waa tan iga goosatay markay maqashay Abshir in aan eryey; wixii rag iyo dumar, carruur iyo ciroole, qaraabo iyo qaraabo-qansax gurigeyga habeen iyo maalin marna ku soo yaaci jiray, marna ka sii yaaci jiray, marna aan shaaha u karin jiray, maanta waxay igu takoorayaan Singal Maadarnimo, maxaanse uga baahanahay? Yaa ii maqan oo aan ciirsadaa? Kollee nin kale oo i doonayo ma jiro. Maxaan laakiin nin uga baahnay?"

Jacaylkii Xaawo iyo Aadanba waxaa arbushay ee kala dilay, kana soo saaray jannadii bilicsaneyd, barwaaqadii iyo nasteexadii ay higsanaayeen wuxuu ahaa nin la yiraahdo Shayddaan aadane ah. Cishqigii dhabta ahaa ee dhex-maray

Cawrala iyo Cali Maax, waxaa dhabar jabiyey aadami sheyddaan ah. Jacaylkii
Boodheri iyo Hodanba, waxaa falqado ka dhex abuuray aadane Shayddaan
ah. Cishqigii xaraarada kululaa ee dhexmaray Julie iyo Romea waxaa cadow
ku noqday aadane. Marka aadanaha weligiisba waxaa laga dhex helaa dad
xun, oo u dhaqma sida sheyddaanka oo kale amaba ka sii xun.

Jacaylkii dhuuxaystay ee Abshir iyo afadiisna waxaa, siday Aragsan
nafteeda jajuuban u sheegeyso, xaalufisay shaydaamadda Hufan iyo dowladda
Maraykanka! Waayo dowladdu ma aha in ay ogolaato guurka ninkaas iyo
naagtaas oo xaaraan weligood kuwada noolaa. "Waa ninkaygii! Aahey! Waa
guur xaaraan ah! Ma aha ninkaygii, waa taan iska eryey. Runta marka loo
hadlo waa aqal-gal xaq-daro ah. Weliba Xaaraan ah. Bal xataa magaalo kale
may isku guursadaan; goof aan iga fogeyn ayuu guri uga taagay. Wax kale
iskaba dhaafee, xataa Ilaahey ma jecla Singal Maadarada.

Singal Maadarnimo waa cudur; waa habaar, waa danbi iyo ku xad-gudubka
xuquuqda bulshada, waa basaas iyo abaar, quursi, xan, fara-ku-taag, daba-gal,
dac-daro, dawersi, dacwad joogta ah; garoob-takoor; xabsi ka carar, maxkamad
joogta ah, dhallaan la dhuumo. Mar waa u babac dhig hagar-daamada iyo
hanjabaada dowlada, oo carruurtayda ugaarsanaya, marna waa ka gaashamo
abhinta iyo huruufka waalidka, tolka, qaraabada iyo kuwa wadaado isku
sheegaya. Dhib badnaa . . . Laakiin Abshir waan kala degenahay weli isma
furin? Waa in aan iska furaa sida ugu dhaqsaha badan," bay Aragsan ku
cannaanataa nafteeda cadiban, iyadoo dhex baraaqda qolka mugdiga ah.

Kolkay Aragsan ku dheeraatay kuhaanka nafteeda qariban, iyadoo
weli keligeed dhex fadhida qolka martida, ilmaduna ay ku soo qul-qulayso
labadeeda dhaban bay markii danbe ku oroday musqusha, halkaas oo ay la
fariisatay hunqaaco dhalanteed ah. Hunqaaco aysan garaneyn waxa ka keenaya,
kuna qasbaya in ay matagto. Caloosheeda waxaa ka soo rogmaday biyo kulul
oo cad iyo xab liig-liigmaya, oo horay u soo dhaafay hunguriga madow ee ku
rakiban dhuunteeda dhuuban. Waxay dareemeysaa kaar iyo bel-bel gubaya
caloosha iyo beer-yarida jirkeeda. Waxaa dubaaxinaya haniyaha-wadnaha;
waxaana dikaamaya xididadda yaryar ee dhiigga iyo coobbaha weyn ee ku
xiran wadnaheeda walbahaarsan. Aragsan oo beerka iyo bogga kala fujin l'a baa
suuliga si tar-tiib ah uga soo xamaaratay, sida halaq xuub-siibanaya oo kale.

In yar goortay fadhidaba, labada calaacalood intay ku nabto afkeeda
engeggan iyo bishimaheeda jilfaystay, iyadoo iska dareemaysa hun-qaaco aan
dhab aheyn bay ku carartaa musqusha. Qoyaan yar goortay iska waydo bay
qolka-fadhiga dib ugu soo laabataa. Waxay dareemaysaa alaala-baq, wel-wel,
iyo gaas walaaqaya caloosheeda, mana qeexi karto halka laga haysto, iyadoo
weliba kas cad u og, halka laga wareemay. Ubad mujuq ah, oo xanuun la

dhawaaqaya, aanse garaneyn meel laga haysto, hadduu garanayo meesha laga haystanna aan qeexi karin halka ay tahay. "Waxaa igu goobtay cudurka Singal Maadarnimada iyo nolosha qalafsan ee qurbaha, haddaan dalkayga joogi lahaa, miyaan sidan dareemi lahaa," bay nafteeda ku beer-la-xawsataa.

Goor-sheegtadu waxay sii caga-cagayneysaa saddexdii aroornimo, welina Aragsan indho isma gelin, waxayna maqlaysaa dhawaaqa iyo guuraha xoogsatada shaqada u jarmaadaya iyo guux teel-teel ah ee ka imanaya gawaarida dhif iyo naadir wadadada dhex jibaaxaya. Keligeed iyadoo weli qolka fadhiga ee gudcurka ah dhex fadhida, iskana dareemaysa baqdin aysan garaneyn waxay ka baqaneyso, jilbaha iyo labada jiqilna is-gashatay, si ay kul diiran u siiso oogadeeda dhaxanta la jarcayneysa baa waxaa u yimid Gorriille Keyd-aabbe oo ka seexan waayey shanqarta iyo jabaqda baroorteeda.

"Waan fahmayaa dhibta aad ku jirto, marka waxaa ila fiican in aad iska . . . ," Gorriille Keyd-aabbe oo aan weli hadalkii afkiisa ka soo idlaan intay Aragsan soo haaday bay si kulul ugu guushay:

"Waxaad fahmayso ma leh ee iga aamus 'xayawaanyahow!' Nin baad tahay, ma adigaa dareemi kara, fahmi kara, dha-dhansan kara dareenkayga? Weliba waad is-ogtahay . . . Agoon iyo rajay baad tahay aan cid kale laheyn."

Mudadii uu Gorriille Keyd-aabbe la joogay qoyska *reer* Aragsan waa markii ugu horaysay oo ay ku xanafayso ereyga "xayawaan," hase ahatee, Gorriille Keyd-aabbe dheg jalaq uma siin, inkastuu aad uga xumaaday weertaas ka timid Singal Maadaradii carbuunatay. Waa naag uu u hayo cishqi gacaltooyo oo dhab ah, kuna xiddidaystay gododka iyo boholaha wadnihiisa baaxada weyn.

"Berrito maxkamad baad leedahay . . . Waa xilli danbe . . . Iska seexo; aniganna waan ku raacayaa. Marqaati ayaan kuu noqonayaa," Gorriille Keyd-aabbe ayaa u sheegay.

"Waxaan kaa rabaa in aad ka taqaluusto Abshir iyo naagta xunta ah ee uu hoosta ku wato." Neef xoog weyn leh intay soo tuurtay bay misna tiri: "Waa carruurtayda aabbahood. Iga daa! Dhib iyo rafaad waan is naqaanaa ee iska seexo."

Gorriille Keyd-aabbe weligiisba baarri ayuu u ahaa Aragsan. Ilaa maalintay ka soo iibsatay Rugta Carwada niyada ayuu ka jeclaa, wuxuunna ka mid ahaa naflayda tartanka adag ugu jirta Singal Maadrada lawada damcay. Mar walba wuxuu iskula qanbiyaa "Kolee waxay igu oranaysaa xayawaan .baad tahay, weliba daanyeer baad ka sii tahay ee ha la hadlin! Bal u kaadi, oo iska sug. Jaceylku waqti uu ku kifaaxo ayuu leeyahay, sug waqtigaaga. Waqtise iima harin. Dharaar iyo habeen rag baa hoosta uga maran."

Dhafar soo jeed goortay ku waabariisatay Aragsan bay carruurteeda u dirtay dugsiyada waxbarashada qasabka ah. Inkastoo ay dareemeyso daal iyo soo jeed habeenimo oo loo geeyey walbahaarka maskaxdeeda wiiqay, haddana maanta waa in ay maxkamada tagtaa, iyadoo weheshanaysa daanyeerkeeda. Muddo ka badan afar biloood, maanta ayaa ugu horeysa cagteeda cad oo ay dibada dhigto. Dagaalka sokeeye ee u dhaxeeya Aragsan iyo ninkeedii hore iyo dagaalka kaba sii kharaar ee u dhaxeeya Aragsan iyo nafteeda u qaybsan dhowrka shakhsiyadood ee kala dabeecadaha iyo dookha duwan siduu u bilowdayba weligeed ma booqan goob ay h'u qurxoon u qaadato, kuna soo waqti qaadato. Waqtigeeda waxay intiisa badan ku qaadataa ababbinta carruurteeda iyo dagaal ay midna iskaga dhicinayso Abshir, midna ay iskaga difaacayso Hey'ada Adeegga Bulshada ee u han-qal taagaya inay ka fara-maroorsadaan dhallaankeeda. Waxaa Aragsan ku furan mowjado iyo duufaano jaahwareershay nafteeda.

Aragsan waa gabar joog dheer, looguna deeqay biixiyo waaweyn oo muuqaal ahaan u ekaysiinaya gabar ka d'a weyn hablaha la d'ada ah. Indho waaweyn oo god ku jira, laguna xiray san dhuuban oo kamas godan leh iyo dhabano buc-buc ah baa Aragsan loo hibeeyey. Midab dhiin ah oo indhaha nafleyda soo jiidanaya iyo timo dhaar-dheer oo dhabarka iyo garbaha ku fadhiya ayaa ka daba dhacaya, kolkay tallaabada qun yar ula laafyooto. Inkastoo ay tahay hooyo afar carruur ah korsata, misna jirkeeda, joogeeda, iyo jaanteedaba kama muuqato, weliba markay joogto meelo ka baxsan jewiga aqalkeeda.

Aragsan oo is-haaraamiyeysa ayaa isku hubsatay goono madow oo gaaban, iyadoo had iyo jeer isu sheegta in ay ku qurxoon tahay goonooyinka midabka madow leh, soona bandhigto kubabkeeda dhumucda waa-weyn leh, waxayna ka dul xiratay shaar cad oo gacmo-dheere ah iyo ganbo madow. Shaarka garabkiisa bidix waxaa ku sawiran Gorriille labada gacmood ku haya ubad yar oo madow, kana difaacaya horror duur-joog ah oo weji raggeed leh, soona weeraraya ubadka, waxaana sawir-gacmeedka ku hoos qoran far yar yar oo hal-ku-dhegeedu yahay: "Garaad, Guul, iyo Gobannimo!" Aragsan inkastoo ay jeclayd in ay qaadato sadkii dahabka ahaa ee uu Abshir lix sano ka hor u soo iibshay markuu aqal gaystay, misna mar danbe bay gocotay tabal-caaro in ay u siisay Halgan saaxiibteed. Kolkay nafteeda qancisay bay hadana u labistay Gorriile Keyd-aabbe; waxaynna amartay in uu gashto jooga isku midabka ah ee dul saaran madaxa sariirtiisa, ka dibna wuxuu isku hubsaday indho-gashi madow.

Daanyeerkii Keyd-aabbe mandarada ku naban derbiga suuliga intuu is-hortaagay oo in cabbaar ah is-eegay ayuu is-cajibiyey, niyadana isaga sheegay "Sidii bina-aadam la iiga dhigayba qurux baa iga soo hartay. Bina-aadanimadu wanaagsanaa! Haddaan gartay sababta ay gabdhaha aadamiga ah ii fiir-fiirinayaan! Ismaba ogeyn, sidan in aan u qurxoonahay." Musqusha wuxuu ka soo baxay isagoo is-bidaya qurux iyo kal-sooni dheeraad ah ee uu u hayo naftiisa. Aragsan indhaha markay ku dhufatay Gorriile Keyd-aabbe oo labisan, intay cabbaar eegtay, oo mar ka sii jeesatay bay niyada ka tiri: "Daanyeer, waa un daanyeer!"

CUTUBKA 9AAD

Marka la iska indha-saabo qabowga daran ee ku habsaday Minasoota, gaar ahaan Miniyaabulis, misna waxaa wejiyada dhageysatayaasha isugu soo baxay dhageysiga maxkamada laga dheehan karaa fiigsanaan iyo cabsi dheeraad ah, waxaanna naftooda argaggax ku abuuray ciidanka tirada badan ee dhowraya badbaadada maxkamada iyo baarista xad-dhaafka ah ee lala beegsaday dhageystayaasha waqtigooda u horay ashtakadan ugubka ah. Qolka dhageysiga dacwada, waa qol weyn oo afar gees ah, iskuna sar-go'an. Waxaa sagxada qolka dacwada lagu goglay kadiifad lagu naqshaday midab isku dhafan oo ka kooban buluug iyo gaduud takh ah, kana turjumaya astaanta lagu garto calanka Maraykanka.

Derbiyada daarada qolka meerinta ashtakada, waxaa lagu dhayey hal-ku-dhegyo iyo hal-haysyo isugu jira qaran-jaceyl, midnimmo, iyo guubaabbooyin lagu boorinayo waxqabadka hab-gar-soorka iyo cadaaladda wadanka. Waxa kale oo ka muuqda gidaarada deydka maxkmada sawiro gacmeedyo tusaya dhowr oday oo ay bulun-bulyada aboorku ku hoolatay gudcurka godka aakhiro; ha yeeshee, loo tirinayo raggii borroosinka u aasay abla-ableynta iyo soo dhirin-dhirinta hab-dhiska cadaalada iyo garsoorka Ameerika, siiba gobalka Minasoota. Gar-soorayaasha, gar-yaqaanada, iyo xogheynta maxkamadu saf qura ayey ka soo jeedaan, iyagoo dul fadhiya madal farshaxan gaar ah lagu naqshaday. Meel in gaaban u jirta kobta garsoorka maxkamadu yaal, waxaa qotoma calanka Maraykanka, oo ka samaysan cinjir lagu rogay ramal adag, islamarkaasnna lagu nin-gaxay bir qiro weyn leh.

Dhanka bidix ee qolka waxaa ka muuqda gor-gor u heellan inuu haado, lagana sanceeyey qol-foof laga xaskulay hargo dhumuc adag leh, waana astaanta lagu garto madax-bannaanida iyo awooda ay dowlada Maraykanku tiigsaneyso. Sibirka ilaa saqafka qolka ashtakada waxaa ka muuqda dhal-dhalaal iyo bilic qurxoon, iyadoo lagu hafiyey nalal sida ilays tan weyn, si ay u jabiyaan uur-xumada arxanka daran ee dadka qaarkood haleesha xilliga qabow ee gudcurka jiilaalka. Fadhiga maxkamadu wuxuu u qaybsan yahay saddex waaxood oo dherer iyo ballac ahaanba isl'eg, loona jaan-gooyey hanaan saddex geesood ah. Waax kasta waxay leedahay fadhi u gaar ah, waxaanna fadhi kasta sii kala qob-qoba wadiiqooyin yar-yar ee u dhexeeya kuraasta fadhiga. Seddexda waxoodba waxaa loo qoondeeyey dhageystayaasha dacwada.

Qareenada iyo macaamiishoodu waxay fadhiyaan goob u gaar ah. Kuraas iyo miisas waxaa loo dhigay bartamaha qolka dacwada, iyagaoo ka soo jeeda dhanka bari, kana beegan wejiga dadweynaha, ha yeeshee, ku sii jeeda cadceed dhaca galbeed, kuna beegan kobta ay garsoorayaasha iyo xogheynta maxkamadu ay fadhi-dhigteen. Inta u dhaxeysa goobta garsoorka maxkamadu fadhiyo iyo dhegeystayaasha waxaa dhex qotoma kursiga marag-furka.

Aragsan iyo daanyeerkeeda Keyd-aabbe sagaalkii iyo barkii subaxnimo ayey isa-sii taageen rugta maxkamada sare ee gobalka Minasoota. Halkaas waxaa ku sugaya qareenkeeda Jefersoon Beter, kal-kaalisadiisa, iyo af-celiso u kala af-naqda Jefersoon iyo Aragsan, si ay isu af-gartaan. Aragsan iyo daanyeerkeeda, kolkay galeen dhismaha weyn ee makxmada, waxaa markiiba la amray in ay buuxshaan warqada is-diiwaan gelinta, ka dibna waxaa loogu dhaqaaqay jirkooda baaris muddo jiitameysay.

"Waxba ha ka wel-welin maxkamada," Jefersoon baa u sheegay, oo raacshay hadalkii: "Goortaad hor fariisato maxkamada, waa inaad muujisaa dareenkaaga dumarnimo iyo dareenkaaga hooyanimo. Waa in aad is-oohisaa. Waxaa lagaa rabaa in aad beer-dulucsato, soona jiidato laabta iyo kashka golaha ashtakadaada go'aaminaya, kana kasbataa qalbi-nugeyl saameyn ku yeelan kara go'aankooda, ma i garatay? Iyagaba waa nafley. Laabtaada wanaag u sheeg, guusha gacanteenna bay ku jirtaa, waxaanna fure u ah hadba sida aad u matasho ruwaayada aad masraxa isla hor-taageyso. Su'aalaha aan ku weyddiin doono oo keliya ka jawaab, erey kale yaan afkaaga laga maqlin inta aad maxkamada hor fadhido. Haddaad hadlayso ama aad su'aal qabto, aniga igala tasho. Su'aalaha ay ku weyddiin doonto xeer-ilaaliso Anna Wiiner intaad garanayso ka war-celi, waxa aadan garaneyn ku dheh 'ma garanayo amaba ma aqaan,' xataa haddaad taqaan, balse aadan dooneyn in aad ka jawaabto. Wax kasta ii sheeg, waxba ha iga qarin. Halkan waxaan u joogaa adiga, carruurtaada iyo goriilahaada in aan difaaco," Jeferson baa hadal ku soo gunnaanaday.

Aragsan waxaa wejigeeda ka muuqda il-dheeri, daal iyo diif. Nafteeda cadiban waxaa wax u gaystay isla-qambintii, guurabaaskii iyo is-canaannashadii xad-dhaafka aheyd iyo weliba soo-jeedkii xalayto; waxayse aad uga sii welwelsan tahay maxkamada iyo dadka tirada badan ee saakay la hor joojinayo, lagana doonayo qalbigeeda iyo qoyskeedaba in ay si furan uga sheekeyso.

Nafteeda, shar iyo khayrba in ay ka hadasho. Waxaa intaas u dheer weliba oo ay Aragsan la dhakafaarsan tahay la kulanka Abshir. Fool-ka-fool waxay maanta u hor fariisanaysaa, afartooda indhoodna ay is-duurayaan ninkii laba sano iyo coor-coor ka hor ay aqalka ka eriday, inkastoo ay marar badan isku cannaantay "aqalka inuu iska joogo baa ii rooneyd, waayo cadowgeyga ayaan ku jebin lahaa."

Jaah-wareer waxaa ku abuuray Aragsan dhismaha maxkamada ee quruxda iyo qirada lagu maneystay. Dhakada sare ee dhismaha duqoobay ilaa dhulka hoose bay had iyo goor milicsataa, oo isha la raacdaa, iyadoo muujineysa abed horay in aysan u arag dhismaha weyn ee maxkamada gobalka. Goobtii ay la beegsataba indhaheeda guluc-guluclaynaya waxaa taagan askari booliis ah oo hubaysan ama nin qareen ah oo dhar isku joog ah gashan, gacantanna ku sita boorso weyn iyo kurjad warqado ah. Saakay waxay si dhab ah u aragtay oo ay weliba dareentay waxyaabihii ay taleefishanka ka daawan jirtay. Yaab ayaa ka soo haray! "Ilaan waa run waxay taleefishinka naga tusaan. Maanta belaayo aan ka sheekaayo anaa arkay ee iska dhaaf!" ayey niyada iska tiri, inta garbasaarta si fiican ugu toos-toosisay garbaheeda iyo madaxeedaba.

Weligeedba Aragsan ma arag maxkamad, waana markii ugu horaysay nolosheeda oo dhan oo ay cagteeda cad dhigto rugta gar-naqsiga, gar-goynta iyo cadaalada; maxay maxkamad ka taqaanaa, aabbaheed iyo hooyadeed iyo dad inta ay arki jirtay, waxaa muranka iyo dhibta soo kala dhex-gala qoyska lagu dhameyn jiray wada hadal dhex-mara odayaasha qabiilka iyo guud ahaan tolka dhexdiisa; waxaanna cadaalada lagu hal-beegi jiray xeerbeegti iyo dhaqan hooseed aan dhigneyn, laakiin maxkmad? Intay ogtahay waxaa maxkamada la geyn jiray dadka danbiyada waaweyn gala ama dowladda ka soo hor-jeesta iyo dadka dowladdu ku soo oogto "xatooyo xoolo dad-weyne ama kacaan diidnimo."

Aragsan oo ay bar-bar fadhiyaan qareenkeeda Jefersoon Beter, daanyeerkeeda gorriille Keyd-aabbe iyo af-celisadii baa waxaa dhismaha maxkamada, gaar ahaan dhanka qorrax ka soo baxa ka soo galay Abshir iyo xeer-ilaaliso Anna Wiiner, oo ay weheliyaan Hufan iyo Geele. Abshir maanta waa labisan yahay, waxaanna ku sanduleysay Anna Wiiner oo ku dhiirisay inuu isa-soo qurxiyo, si uu ugu muuqdo nin akhlaaq, anshax iyo dhaqan wanaagsan loogu deeqay, islamarkaasnna golaha gar-soorka ee go'aaminaya ashtakada ku reebi kara raad wanaagsan oo soo jiita qalbigooda. Inuu u muuqdo nin xil-qaad ah, ubadkana gacanta loo gelin karo; saakay waxaa ka muuqda xarago iyo falaxsanaan dheeraad ah. Hufan waxay feer-ordaysaa Abshir, iyadoo markan iska-dareemaysa in ay soo dhaaftay xilligii lagu xaman jiray "Wiil iyo gabar aan xalaal kuwada nooleyn." Waxayba xataa sidaa uur-jiif aan weli si habboon u soo shaac bixin; ha yeeshee, caloosheeda isku rog-rogaya oo hadba doc ka haraantinaya.

Cadka wadnaha baa Aragsan fug, fug leh, sidii aad moodo kar-kaarada iyo gebiyada wadnaha inuu mar soo jabsanayo oo shafkeeda ka soo dhex baxayo. Wadnaheeda wel-welsan wuxuu soo fir-dhinayaa dhiig tiro iyo tayo badan, taasoo ku deeqday codka xooggan ee ka soo diryaamaya is-garaaca wadnaheeda nugul, ha yeeshee, murugada la wiiqmay, si hufan in loo maqlo, goortay meel fog ka aragtay Abshir, oo ay daba socdaan laba hablood iyo saaxiibkiis. "Waa sidiisii! Waxba iskama beddelin. Timihii coofsanaa baa weli ka muuqda," bay Aragsan nafteeda kula sheekaysatay. Ha yeeshee, waxaan Aragsan weli u muuqan laafyaha, dhigac-dhigacda, iyo xaragada Hufan Xaad, waxaana kaga beegan xeer-ilaaliso Anna Wiiner oo ah bilcaan ballaaran oo oogadeeda qol-foof culus lagu rogay.

Siday u soo socdeen markay in yar u soo jiraan halkii ay fadhiyeen Singal Maadarada iyo qareenkeeda ayey Aragsan si kedis ah indhaha ula heshay Hufan oo la laafyoonaysa boorsadii ay Abshir u soo iibisay saddex sanadood ka hor. Aragsan oo uu wadnaha gil-gilanayo baa intay naxdin booday, sidii neef wayraxay oo kale, oo yara diday bay sare-kacday, misna deg-deg u fariisatay. Xididdadeeda dhiiga qaada waxaa dhex-rooraysa fallaar sida kul danab ah oo jirkeeda ku mudeysa mudacyo holac ah, kuna abuuray nafteeda dareen baqdin leh. Aragsan goortiiba madaxa ayaa lagu dhuftay. Waxaa saaqay jirkeeda kaar iyo bel-bel u horseeday fara ka hadal, iyadoo gacanteeda midig marna ku xajinaysa xabadkeeda ballaaran, marna faraha gacanteeda bidix ku nabaysa labadeeda dhafoor. Baqdin awgeed waxay ka dhididay labada gacmood iyo sujuuda wejigeeda bagafsan, iyadoo weliba ka jarayneysa labada bowdood iyo bishimaha.

Aragsan caloosha iyo xubnaha uur-ku-jirta ayaa qalooday, waxaanna il-biriqsi gudahiisa ku soo fatahmay caloosheeda maran dheecaan kulul oo holcaya, kuna fiday uuskeeda, ka dibna, beerka, beer-ku-taasha, mindhicirada yar-yar iyo kuwa waaweyn. Waxaa si ba'an loo maroojiyey caloosha iyo mindhicirada, taasoo ku abuurtay xanuun hor leh oo ku qasbay shuban iyo matag inay ula cararto suuliga. Goortay suuliga ka soo laabatay, iyadoo weli diyeeysan, calooshunna ay dhawaaqayso baa mar qura wadnaha oo ruclaynaya afka tegay; dabadeedna, neefta ayaa isku taagtay, mar kasta iyadoo gacenteeda midig ku nabeysa laabteeda ballaaran.

Ammin yar gudaheeda waxaa gaasiray qanjirada calyada ugu deeqa xubnaha jirka, waxaana engagay, iskuna xabagaystay carrabka iyo dhab-xanagga, taasoo u horseeday in neefta iyo hadalkuba ku dhegaan. Waxay dhex meer-meeraysataa qol-qolka dhismaha maxkamada sidii geel-jirto baadi

ku raad joogta oo kale. Mar waxay u dhaqaaqdaa dhanka Abshir iyo qorrax
ka soo baxa bari, marna jiho kasta oo ay naf iyo itaal bideyso. Siday isaga
daba wareeganaysay ayey goortii danbe istaaga ka duushay, waxayna gashay
suuxdin gaaban.

"Dhakhtarka u yeera . . ." qareen Jeferson oo khal-khalsan baa ku cataway
kolkuu arkay Aragsan oo dhulka taala, afkana abur cad ka sayraysa. Deg-deg
waxaa u soo gaaray goobtii dhakhtarka maxkamada, iyadoo Aragsan loola
cararay qolka nasashada, halkaas oo lagu hayey laba saacadood. Anna Wiiner
waxay ku wargelisay Abshir is-araga maxkamada in dib loo riixay, lagana
dhigay gelinka danba ee maanta.

Kolkay Aragsan dib uga soo kabatay miyir-doorsankii maankeeda qaaday
baa goor ay shan iyo toban daqiiqadood ka harsan tahay kulankii maxkamada
ayuu qareen Jefersoon u hoggaamiyey Aragsan iyo Gorriille Keyd-aabbe qolka
dhageysiga dacwooyinka. Inta aysan gelin qolka meerinta dacwooyinka baa
mar kale tin ilaa cirrib dib loo baaray. Booliisku waxay in door ah jiid-jiideen
Gorriille Keyd-aabbe, iyagoo weyddiiyey su'aalo Keyd-aabbe ula muuqday
bah-dil iyo heyb-sooc; si aad ahna waxay u fatasheen jirkiisa, iyagoo dhogorta
oogadiisa dhex jibaaxiyey shucaac sida danab si ba'an u saameeyey Gorriille
Keyd-aabbe.

Keyd-aabbe aad buu uga xumaaday habka qalafsan oo ay aadamigu ula
dhaqmayaan, inkastuu kombuyuuturka maxkamadu cadeeyey Gorriille Keyd-
aabbe inuu ka mid yahay gorriilayaasha fara-ku-tiriska ah ee loo ababbiyey
danta dumarka Singal Maadarada, haddana aad baa loo dhibay. Hadimadii
uu Keyd-aabbe kala kulmay ciidanka maxkamada naftiisa cuqdad ayey ku
noqotay, isagoo is-karhay, niyadana iska nacay; ka dibna cod dheer buu ku yiri:
"Waa heyb-sooc garab og. Maxaa loo lahaa goobtu waa gar-soorkii maxkmada?
Maxaa loo lahaa wadanku waa 'dimuqraadiyad'? Xaajadoodu waa la jiifiyaa
bannaan! Qofka sidooda oo kale aan laheyn qal-foof iyo jir yar waa ay dac-
daraynayaan. Tani maxkamad ma aha ee waa 'Maxkamad moorayaan!'"

Gorriile Keyd-aabbe, hadduu carroodo waxaa mar-mar isaga qaldama
waxyaabo badan; jirkiisana waxaa ku dhaca isbedel xun oo aad u saameeya
naftiisa. Markiiba waxaa isaga qasmay afafka uu ku hadlo, taa oo ku deeqday
in dhegeystayaashii maxkamadu ay af-garan waayaan nuxurka hadaladii uu
isdaba taxay, isagoo isku qalday afka gorriillayaasha, kuna barxay Af-Soomaali,
lagu dhabqay xoogaa Af-Ingiriis ah. Shib ayaa mar lawada yiri, markuu afkiisa
la kala baxay, ilaa ay Aragsan aamusisay. Ugu danbayntii Gorriile Keyd-aabbe
waxaa loo oggolaaday inuu galo maxkamada, ka dib markay Aragsan soo
bandhigtay waraaqaha dowladda hoose ee tusaya magaca daanyeerka, firkiisa,
halka uu deggen yahay; goobta iyo sanadka la farsameeyey iyo inuu yahay

nooca "Keyd-aabbe." Wuxuu Keyd-aabbe markhaati muhiim ah u yahay Singal Maadarada uu madiidinka u yahay; waxaana sharuud looga dhigay dibada in uusan u soo bixi karin ilaa ay dacwadu ka idlaato.

Markay Aragsan madaxa gelisay qolka ashtakada bay naxdin la hinqatay. Nolosheeda oo dhan waa markii ugu horeysay oo ay booqato rugta cadaalada, halkaas oo ay isugu soo ururreen dadweyne tiro badan. Dad isugu jira arday, weryayaal, iyo dadweyne goor hore maqsinkii dacwada buuxshay. Maalinta Arbacada ah waa maalinta ay maxkamadu dhageysato dacwooyinka qalafsan ee kisiga ah, kuna lug leh qoysaska Singal Maadarada. Qareen Jefersoon wuxuu garowsday in Aragsan ay ka qajishay khalqiga isugu yimid maxakamada, ka dibna wuxuu u hoggaamiyey kursi yaala bartamaha safka hore, halkaas oo ay sal dhigatay, waxaana garab fadhiistay qareenkeeda iyo daanyeerkeedaba.

Dhanka kale waxaa ka soo jeeda Abshir oo mar walba indhaha ku gubaya Aragsan iyo daanyeerkeeda Gorriile Keyd-aabbe, marna caloool-sami iyo beer-laxawsi tusaya. Waxaa bar-bar fadhida xeer-ilaaliso Anna Wiiner. Hufan oo laab-kacsan iyo Geele waxay camirteen kuraasta ka danbeysa halka Abshir iyo Anna Wiiner ay fadhiyaan. Soomaalida isugu soo baxday dhegaysiga dacwada, fajac waxaa ku riday, si qoto dheer lehna u taabtay laabtooda lagu dabray dal-teb ku xididaystay naftooda, hab maamuuska iyo hab kala socodka hawlaha maxkamada. Waxa kale oo ka yaabshay is-tixgelinta iyo kala danbeynta ay isu hayaan gar-yaqaanada, gar-soorayaasha, qareenada, xeer-ilaalayaasha, ciidanka nabad-sugida, xogheynta maxkamada, iyo weliba dad-weynaha.

Cagtii iyo carrabkii dadweynaha qunyar ayuu u quusay; shib ayaana mar la wada yiri. "Waxaa soo socoto gar-soorada maamuska iyo sharafta mudan ee Margareeta Sharmarke, sidaas awgeed waa in ay dhammaan dadka ku sugan qolka maxkamada sharafta leh ay sare-kacaan," cod baaxad weyn leh sidaas waxaa ku yiri waardiyihii maxkamada, inta digtoonow qaatay, oo si muunad leh isu taagay. Mar ayey dadweynihii oo dhan sare-kaceen, marka laga reebo Aragsan iyo daanyeerkeeda Gorriile Keyd-aabbe, ilaa markii danbe xoog lagu kacshay. Waa kolkii ugu horaysay ee uu Abshir arko Gorriile Keyd-aabbe; daanyeerka dhaxlay qoyskiisa iyo carruurtiisaba, una noqday aabbe iyo adeer carruurtii uu dhalay, isagoo weliba, siduu niyadiisa u sheegayo ay lixdiisa lixaad u dhan tahay. "Waa indhahaada oo shan ah hashaada irmaan ha la dhaco," ayuu Abshir isu sheegaa inta indhaha ku beego Keyd-aabbe.

In cabbaar ah goortay Abshir iyo Gorriille Keyd-aabbe kala indha-saabteen, oo midba wiilka isha dhan uga rogayo kan kale ayey kal danbe mar qura afarta indhood isla heleen, wuxuuna Abshir muujiyey weji ay ka muuqato xanaaq iyo naceyb, halka Keyd-aabbe is-maahiyey, iskana dhigay nafley aan arkeyn foolka iyo indhaha carreysan ee Dacwoodaha. Marar badan ayuu Abshir maaweelo iyo maad ku maqlay in ay Aragsan aqalka keensatay Gorriile Keyd-aabbe, balse shaahid uma noqon maanta ka hor.

Xaafadaha iyo goobaha Soomaalidu isugu tagto ayuu sidoo kale dhowr jeer ka maqlay dumar raggooda ugu goodinaya: "Hadaaddan ilmaha dhaybarka (xifaayada) ka beddelin . . . Yaa rag u baahan." Sheekada ku saabsan Aragsan iyo Gorriille Keyd-aabbe goortuu Abshir ka maqlo goobaha fadhi-ku-dirirka iyo xaafadaha aad ayuu uga xumaadaa, waxaana ku dhaca qalbi-gadoon iyo welwel ay naftiisa la bukooto.

CUTUBKA 10NAAD

Gar-sooreyso Margareeta Sharmaarke waxay codsatay Dacwoodaha iyo La-dacweeyahaba inay sare joogsadaan, maxkamadana u sheegaan magacyadooda oo saddexan. "Inna-ayahaygu waa Hurre, magacyguna waa Abshir. Carruurtayda waxay ku nool yihiin silic iyo saxariir. Hooyo aan xil-kas aheyn bay gacanta ugu jiraan. Naag nin is-mooday bay gacanta ugu jiraan. Bal adinkaba qiyaasa, waa sidee falka iyo fikirka baqal is-mooday faras? Wiilkayga Haatuf wuxuu noqday fadhiid, waxaana ugu wacan daryeel la'aanta hooyadiis.

Waa tii Haatuf uga dhaaratay in jirkiisa lagu dhiijiyo tallaalka ka-hor-taga cudurka dabaysha. Carruurtayda waxaan uga wel-welsanahay inay faraha ka baxaan oo ay suuqa galaan, bartaan tumaashada iyo caweysyada, khamriga iyo adeegsiga maan-dooriyayaasha sida 'Dadka Madow ee Maraykanka ah.' Waxaan haddaba maxkamada sharafta leh ka codsanayaa in daryeelka carruurta la igu soo wareejiyo, si aan u bad-baadiyo dhallaankeyga." Bartamaha maxkamada isagoo dhex taagan, oo ay bar-bar taagan tahay qareenadiisa ayuu Abshir ka codsaday golaha garsoorka maxkamada.

Waxaa dabadeed loo oggolaaday inuu fariisto rugtii uu ka soo kacay. Salka inta uusan dhigin kursigii uu ka soo kacay ayuu misna maxkamada u sheegay: "Maah-maah Soomaaliyeed baa oranaysa: 'Awrna j'u loogama haro, naagnna diiday loogama haro.' Haddaba waxaan maxkamada ogaysiinayaa Aragsan weli waa xaaskayga, waxaana ku furay hal dalqad oo keliya, welina waxaan ku qabaa laba dalqadood." Anna Wiiner aad bay uga xumaatay hawraartaas, iyadoo dhegta ugu sheegtay: "Waad deg-degtay, hadalada aad oraneyso igala tasho aniga." Indho tusayo yas iyo walaac intuu ku eegay Anna ayuu niyada isaga sheegay: "Maanta nolosheyda 'naag maskiin ah.' bay gacanteeda ku jirtaa."

"Waa maxay 'hal dalqad'?" garsooradii maxkamada baa codsaday faah-faahin; ka dibna, Anna Wiiner waxay Abshir ku war-gelisay maxkamada inuu u sharxo macnaha iyo murtida ka danbeysa ereyadaas. Abshir si kooban ayuu maxkamada ugu tifa-tiray ujeedada iyo macnaha ka danbeeya dalqada.

"Magaca awoowgay waxaa la yiraahdaa Bulxan, aniganna waxaa la i dhahaa Aragsan. Carruurtan aniga ayaa dhalay, aniga ayaa soo koriyey oo intaas le'ekeysiiyey, welina koriya. Ninkani maskax iyo muuq ahaan ayuu ii bah-dili jiray, welina aniga iyo carruurtaydaba waa na dibin-daabyeeyaa . . ." Oohin xooggan bay Aragsan sagxada la fariisatay, oo aad u baroratay, iyadoo jilibka lugta midig iyo gacanteeda midigba cuskinaysa sagxada, gacanteeda bidixna ku nabaysa labadeeda indhood, islamarkaasna qamuunyoonaysa. Labadeeda dibnood waxaa ka soo qul-qulaya cay layiig ah oo luudaya, kuna tisqaya shaarkeeda cad. Markiiba ciidanka abniga ayaa labada garbood qabtay oo dibada u dan-daamiyey, iyagoo hariifaya, marna kuhaamaya.

"Biririf gaaban," bay Margareeta Sharmaarke amartay maxkamadii, intay dubbaha madaxa meegaaran, si xooggan saddex jeer ula dhacday miiska. Halkii ayaa lagu kala dareeray. Jefersoon iyo Gorriile Keyd-aabbe waxay Aragsan ku booqdeen qolka nasashada.

Aragsan waa maqane-joogta. Xiskeedu hawdka iyo duurka cidlada ah ee Minasoota ayuu dhex xulayaa, hadalada qareenkeedana dhug iyo dhaayo runtii uma laha, inkastoo ay indhaha ka eegayso, madaxanna kor iyo hoos u luleyso, iyadoo iska dhig-dhigeysa in ay la socoto, fahamayso tixda iyo tiraabta isku sar go'an ee ka soo qul-qulaysa Jefersoon afkiisa ballaaran. Shan iyo toban daqiiqadood ka dib ayaa misna dacwadii maxkmada dib loo furay. Waxaa hadalkii maxkamada qaatay qareen Jefersoon:

"Marka hore waxaan u sheegayaa maxkamada sharafta leh, Aragsan in ay iska furtay Abshir, waxayna ku furtay sharciga Maraykanka. Intaa waxaa ii dheer, maah-maahda sida murtida rakhiiska ah ee uu Dacwooduhu u sheegay maxkamada maamuska mudan, waxay cadaynaysaa heerka ay dumarku agtiisa ka joogaan. Aragsan wuxuu bar-bar dhigay neef 'geel ah!' taas waxay daliil cad u tahay yaska uu u hayo haweenka, weliba Aragsan. Waxa kale oo uu Dacwooduhu meel uga dhacay dadka Madow ee Maraykanka ah, una dhashay wadankan barakaysan ee Maraykanka. Xaal baan ka siinayaa beesha, af-lagaadaas loo gaystay. Hadaladaas waxay sidoo kale cadeyn u yihiin in Dacwooduhu yahay nin aan sharaf iyo maamuus u heyn sharciga iyo qawaaniinta Ameerika, wuxuuna doonayaa inuu ku amar-ku-taagleeyo nolosha iyo aayaha Aragsan.

Waxaa wax sharciga iyo qawaaniinta Maraykanka ka baxsan ah, Dacwooduhu inuu ku andacoodo: 'Dalqad ayaan ku furay, labanna waan ku qabaa,' haweenay uu dayacay. Goobta iyo gogosha aan hiraneyno waa Ameerika, waxaana dhammaanteen magan u nahay sharciga Ameerika;

meeshanna ha laga saaro tixgelinta gaarka ah ee la doonayo in loo fidiyo dhaqanka iyo hiddaha Soomaalida, waayo Soomaaliya waa meel haweenka lagu dhibo, iyagoo aan loo oggoleyn raggooda inay iska furaan; xataa looma oggola in ay u labistaan sida damacooda iyo dookhooda ay la damcaan.

Tani waxay cadaynaysaa in Dacwooduhu uusan weli ka tanaasulin, uusana aqabali karin in xaaskiisii hore Aragsan Bulxan ay iska furtay. Waa nin Soomaali ah, kana yimid dal iyo dad haysta dhaqan iyo caado hoos-u-dhiga haweenka; sidaas darteed, waxaa dacwoode Abshir Hurre maskaxdiisa ka daadegi l'a in naag 'xun ah,' waa sida ay isaga la tahaye, ay iska furtay oo welibana aqalka ay ka eriday. Intaa waxaa u dheer weliba, Abshir wuxuu ka soo jeedaa dad reer-guuraa ah oo madax adag, aadna loo tix-geliyo wax walba oo lid ku ah hannaan-socodka iyo dhowrsanaanta nolosha aadamiga; waxaana sida badan la qadariyaa: qab-weynida, is-dilka, dhaca xoolaha iyo hantida dadka kale, gar-eexo, geesinimo gar l'a, bah-dilka shakhsiyada aadanaha, qabiileysi, shakhi-jacleysi, eex iyo qaraaba-kiil, aargoosi sir-gaxan iyo in kale oo xun oo tira badan, taasna waxaa tusaale cad inoogu filan, bal eega waxa ka socda Soomaaliya.

Haddaba dhibane Aragsan waa hooyo Singal Maadar ah, oo weliba Soomaali ah. Si gaar ah waxaan hoosta uga xariiqayaa magaca *Soomaali*. Waa hooyo shisheeye, weliba qaxooti ku ah dalkan. Kuma hadasho Afka-Ingiriiska, balse waa ay barataa. Waxay dhashay afar carruur ah, afartaba iyada ayaa muruqeeda iyo maskaxdeeda ku bar-baarisay, welina ku ababbisa, gacantanna ku haysa; hadaaqa iyo hadalkaba bartay. Waxaan xasuusinayaa maxkamada sharafta leh carruurtu in ay *Maraykan* yihiin oo ay dhammaantood Maraykanka ku dhasheen, marka laga reebo curradka reerka. Aragsan waqtigeeda iyo tayadeedaba waxay ugu deeqday waxbarashada, bar-baarinta iyo bad-baadada dhallaankeeda; waxaase, ha yeeshee, dilooday jir-garaaca iyo maskax dilka uu u gaysan jiray saygeedii hore, Abshir Hurre," isagoo Jefersoon gacanta ku fiiqaya Abshir.

"Bah-dil ka kooban af-lagaadeyn, hoos-u-dhig, dibin-daabyo iyo jir-garaac. Inkastuu Aragsan u gaystay dhibaatooyin waaweyn, oo soo jiitamayey shantii ilaa lixdii sano oo ay is-qabeen, misna si buuxda bay dhibane Aragsan Bulxan ugu guulaysatay inay ka adkaato nolosha, waxbarashada iyo bad-baadada dhallaankeeda iyo nafteedaba. Intaas waxaa u dheer, Abshir wuxuu ku guul dareystay hanaqaadinta, ababbinta carruurtiisa. Ma aha oo keliya inuu jir-dili jiray Aragsan ee wuxuu awood u yeeshay inuu weliba maskax dilo.

Maxkamadu, sida ku cad galka lamabarkiisu yahay Wx276, xirmada lambarkeedu yahay 201, iyadoo la tiigsanayo sharciga lambarkiisu yahay Lnv659, firqadiisa Y18naad, ee ku xusan bogga 897naad, waxay sanadkii

2003dii Abshir Hurre ka mamnuucday booqashada carruurta iyo xaaskiisii hore, iyadoo loo oggolaaday hal mar oo keliya toddobaadkii inuu la kulmo carruurtiisa, markaasna uu u sii maro Xafiiska Adeegga Bulshada iyo ciidanka booliiska oo wada jira. Hase, ahaatee, dacwoode Abshir Hurre marna carruurtiisa ma booqan muddo ku dhow sanad. Intaas waxaa u dheer weliba belwadeynta soohdinta l'a ee waxyeeleysay carruurta iyo hooyadood. Waa nin sarqaama, oo maan-dooriyaha qaadka iyo waxyaabo kale aad u adeegsada, sida ku cad galka diiwaangelinta maxkamada ee la xiriira gefafka qoyska.

Waalidnimadu, sida ku cad hiddaha soo jireenka ah ee Soomaalida waa xil cullaab culus, oo ka kooban waxyaabo badan oo is-bar-bar socda, sida leyllinta iyo ababbinta carruurta, ka qayb qaadashada nolosha dhallaanka, sidee haddaba aabbe ugu noqon karaa carruurtaas anshaxa wanaagsan lagu maneystay nin hooyadii carruurta dhashay dibin-daabyeenaya? Nin aan carruurtiisa dhug iyo dhaayo u laheyn? Dacwo-ooguhu wuxuu ku tuntay ma aha oo keliya sharciga iyo qawaaniinta Maraykanka oo sal u ah madax-bannaanida iyo dhowrida xuquuqda haweenka ee wuxuu xataa ku xad-gudbay dhaqanka iyo hiddaha Soomaalida, waayo wuxuu Aragsan ka xayuubiyey madax-bannaanideeda shakhsiyadeed iyo mideeda haweenimo.

Sida ay sooyaal-yaqaankii hore dhigeen, hablaha Soomaalida, waxay ka mid ahaayeen haweenka adduunka oo idil ugu madax-bannaan; laguma ciqaabi jiran dhar gaar ah in ay xirtaan, laguma saxaax sooci jirin san-saanka iyo baxeelliga qaab nololeedkooda. Timaha ayey tidcan jireen; ragga ayey la dhaanteen jireen, la beratemi jireen. Laakiin Abshir falkiisa waa arrin xataa ku cusub Soomaalida. Intaa waxaa ii dheer, caleenta qaadka waa ka mamnuuc Maraykanka, xaggee Abshir Hurre kala yimid?

Dacwoode Abshir bulshada Soomaalida iyo tan Maraykankaba waxba weligii kuma soo kordhin, aan ka aheyn inuu marin-habaabiyo carruurtiisa iyo carruurta kale ee Soomaalida. Weligii meel iskaa-wax-u-qabso ugama shaqeyn, waayo maba awoodo. Labadii sano ee u danbayey wax shaqo ah ma qaban, hadduu shaqeeyeynna ma bixin canshuurta dalka sida ku cad warbixinta Hey'ada Canshuuraha ee tirisigeedu yahay 5978daad; waxna ma barran, sida iyadana ku cad warbixin aan ka helay Xafiiska Gar-gaarka Waxbarashada ee lamabarkeedu yahay 7834, bogga 104aad.

Waxaan gar-soorada sharafta leh iyo golaha maamuska mudan ee garta ashtakada goynaya ka codsanayaa inay tixgeliyaan qoddobada aan soo xusay, islamarkaana aan marnaba, si kastaba ha noqotee, carruurta *ilma* Bulxan Aragsan aan gacanta loo gelin nin carruurta hooyadood u gacan-qaadi jiray, silic-dilyeen jiray. Waa nin haweenka neceb! Carruurtu waxay u baahan yihiin ma aha oo keliya dugsigga oo ay tagaan; waxay u baahan yihiin aabbe ay ka shiidaal qaataan; aabbe u qaada cayaaraha, xafladaha iyo tartamada ardayda; aabbe ka warhaya, kana qayb qaata dabbaaldega maalinta ilmuhu dhashay. Aabbe ka qayb qaata shirarka dugsiyada iyo degaankaba. Sida ku cad galka ardayda ee dugisgga Hoose Dhexe ee Abraham Linkolna, weligiis dacwo-ooge Hurre Abshir ma booqan dugsigga, iskaba dhaaf in uu ka qayb qaato shirarka waalidiinta iyo barrayaasha dugsigga.

Sanadkii labada kun iyo saddexda waxay dhibbane Aragsan gashay isbitaalka Regions Hospital, ka dib kolkuu Abshir Hurre u gaystay jir-dil ba'an, sida ku cad galka keydka caafimaadka ee Health Partner. Si talan-taali ah wuxuu u jabshay kalxanta bidix iyo gacanta midig, isagoo si cadowtanimo leh ee ku saleysan naceyb haweenimo iyo naceyb uu u hayo qabiilka ay ka dhalatay Aragsan, uu ula dhacay birta baabuurka lagu dalaco. Waa nin dagaal badan, aadna u neceb haweenka, mana istaahilo in lagu wareejiyo carruurtaas bilicda badan. Hadalkiinna waan ka baxay." Inta uusan dhaqaaqin Jefersoon ayuu garsoorada iyo golaha go'aaminaya ashtakada u gudbiyey nuqulo tusaya dhammaan warbixintii uu ka hadlay. Quus iyo shib! Cod yarna waa laga waayey dhageystayaashii maxkamada. Inkastuu qorshuhu ahaa in xeer-ilaaliso Anna Wiiner ay xariga ka jarto meerinta dacwada, misna taasi ma dhicin, waxaynna ka soo yara raagtay kaltankii dabuubta dacwada.

Muuqaal ahaan, Anna Wiiner waa naag buuran, oo jirkeeda lagu hargeeyey qolfoof weyn iyo lafo dhumucyo waaweyn leh. Foolkeeda fidsan waxaa ka muuqda weji-tub laga akhrisan karo ciil ku gaamuray laabteeda haawineysa. Madaxeeda hunbulsan, waxaa ka falalay timo gaab-gaaban oo mad-madow, laguna barxay ciro beyd cad ah. Xaad ku naaxday gafuurkeeda tuuran, gaar ahaan kobta u dhaxeysa bacariirta sankeeda iyo dibinteeda kore baa u ekeesiisay Anna inay sido shaarbo mar dhicisoobay, ha yeeshee, dib u soo hana-qaaday.

Waa haweeney af-maal ah, aadna cod-kor u ah, laguna maneystay hadalo isku dheeli-tiran oo ay had iyo goor ku sar-goyso sharciga iyo qawaaniinta u dhigan wadanka, islamarkaasna khibrad u leh, af-gaboodsiga, beer-la-xawsiga, qalbi-roga, wadne-daarka, soo jiidashada dareenka dadka kale iyo weliba wax-ka-dhaadhacinta golaha go'aaminaya ashtakada, waxayna ku bilowday hadalkeeda:

"Waxaan gar-soorada sharafta leh ka codsanayaa, marka hore mudane Jefersoon inuu ka noqdo hadalka 'qadafka ah' ee uu ku sumcad-dilayo mudane Abshir Hurre. Sida ku cad dhaqanka iyo Afka-Soomaaliga waxaa jira farqi u dhaxeeya labada erey ee kala ah: *marqaan* iyo *sarqaan*. Dhaqanka iyo hiddaha Soomaalida ee soo-jireenk ah, qofka *sarkhaama* ama *sarqaama*, waa qof loo arko bulshada inuu ka haray, magac iyo meeqaan murxay, wuxuuna u dhigmaa qof dulli ah, oo aan ka adkaan karin nolol maalmeedkiisa caadiga ah.

Sidiisaba ereyga sarqaan ama *sarkhaan*, garsoorada sharafta laheey, waxaa loo adeegsadaa dadka khamriga sida xad-dhaafka ah u cabba, weliba ku talax-taga oo waddooyinka, gidaarada iyo xaafadaha dhac-dhaca, hadba mus ka dhaca, maadaama bulshada Soomaalidu aanay fir iyo fac hore u laheyn cabbitaanka khamriga. Qofka haddaba lagu sifeeyo ereygaas waxaa la dhaawacay sumcada iyo meeqaanka uu bulshada, qoyska, iyo qabiilka uu ka dhashay ku leeyahay, wuxuuna u dhigmaa sida qof Maraykan ah ee lagu af-lagaadeeyey 'alkoliiste,' oo kale. Hase ahaatee, ereyga *marqaan* waa mid bulshada Soomaalidu ay iska aqbashay oo aan daadihineyn sarbeeb dhib weyn sida, islamarkaasnna aan qofka sumcadiisa iyo muunadiisa dhaawaceyn, maadaama dad badan oo ka mid ah bulshadu ay qaadka ruugaan, waxaana ereygaas loo adeegsadaa dadka jaadka cuna oo keliya goortay iska dareemaan reynreyn iyo farxad gaar ah." Gar-sooreyso Margareeta baa amartay Jefersoon arrintaas inuu ka hadlo.

"*Marqaan* iyo *sarqaan*, waa sida dameer iyo labadiisa dhegood. Waa laba erey, sida ku cad qaamuuska Somali-English oo ka hadla fir-fircoonida dheeraadka ah ee maskaxda aadnaha ku dhacda, ka dib kolkay maskaxdu qoonsato waxyaabo aan munaasab aheyn, kana tan weyn, sida ruugista jaadka, cabbida khamriga ama adeegsiga maan-dooriye kale, taasoo u horseeda in qofku u dhaqmo si ka duwan habkii lagu yaqaanay, iskana dareemo riyaaq iyo reynryen xad-dhaaf ah. Mida kale, Afka-Soomaaligu ma laha soohdin gaar ah ee lagu qeexi karo faraqa u dhaxeeya labadaas erey aan ka aheyn xuduuda mala-awaalka ah oo ay u dhigeen dadka ka so horjeeda cabbitaanka khamriga. Xataa ma jiraan dhawaaq iyo qoraal la isku waafaqay, bal adba fiiri: 'Sarqaan/sarkhaan, Marqaan/markhaan,'" ayuu Jefersoon ku warceliyey, inta fadhigiisa ku laabtay.

"Waxaan codsanayaa, kulanka soo socda, in la keeno khabiir ku takhasuusay afka iyo dhaqanka Soomaalida," bay garsoorayso Margareeta Sharmarke codsatay.

Anna waxay sii anba-qaaday dacwo-jeedinteedii, iyadoo hadal ku bilowday: "Bulxan Aragsan waa naag carruurta dayacday. Jiif iyo joogsiba waxay u diiday sidii ay aabbahood uga hor joogsan laheyd mar inuu carruurtiisa booqdo, isagoo weliba oggolaansho ka heysta sharciga wadankan, intay Anna Wiiner afarta farood oo isku-maran iyo calaacasha ku taagtay Aragsan. Warbixinta Xafiiska Adeega Bulshada, waxay cadayneysaa Aragsan in ay dhallaanka ku hafisay badweynta daryeel la'aanta iyo nafaqo darada. Waxay cidleysay, oo ay marar badan dayacday dhallaankii ay dhashay. Sanadkii 2003, saddex jeer bay carruurta keligood, oo aanay cid kale wehelin aqalka uga tagtay.

Waxaa dhallaanka, iyagoo weliba qaaqaawan, oo barafka iyo qabowga Minasoota dhex ordaya dhowr mar wadada ka helay booliiska maagalada. Sanadkan 2004, iyadana dhowr jeer ayey carruurta baylahisay, ugana bayrtay aqal gudcur madow ah, oo weliba cidla ah. Tani waxaaba ka sii tiiraanyo weyn, iyadoo markan carruurtii dusha uga qataartay aqalka. Haddii gurigga dab qabsan lahaa bal maxay carruurtaas fali lahaayeen? Dabcan halkaas ayey ku bas beeli lahaayeen . . . ee . . .

"Hawraartaas waa mid mala-awaal ah ee ku salaysan oddoros aan cilmi ku fadhin. Waxaan, haddaba, codsanayaa in ay Anna Wiiner ka laabato," si carro leh Jefersoon ayaa uga codsaday gar-soorayso Margareeta Sharmaarke, isagoo aad u xanaaqsan.

"Diidmo Qayaxan!" Margareeta ayaa ku warcelisay, oo amartay Anna Wiiner inay sii anba-qaado meerinta dacwada.

"Warbixino, sidoo kale, iga soo kala gaartay dugsigga hoose iyo xannaanada carruurta waxay cadaynayaan, had iyo goor carruurtu in ay xanuunsan yihiin, rafaadsan yihiin, il-daran yihiin, ayna ka muuqato dac-daro iyo daryeel daro. Iyagoo weli yar-yar baa waxaa soo baxay labada gooman, waxayna qaadeen boog-calooleed iyo baqdin aan sal iyo xad midna toona laheyn. Tukadhaamis iyo heer ayaa korkooda iyo dharkoodaba mar walba ka muuqda. Maamulka xannaanada carruurta dhowr jeer bay digniin u direen Aragsan, balse waxay digniintaasi ku dhacday dhego iyo laab aaburan. Intaas waxaa dheer, oo carruurta foolkooda laga akhrisan karaa damiinimo gundhigeedu yahay u sheekeyn la'aanta ubadka, la sheekeysi la'aanta ubadka iyo buug u akhrin la'aanta ilmaha, sida ku dhigan galka caafimaadka carruurta.

Waxaaba ka sii daran, Aragsan uma soo iibiso carruurteeda waxyaabaha maskaxda carruurta fir-fircooni iyo farxad gelin kara, kuna abuuri kara riyaaq iyo dhaq-dhaqaaq kobcin kara maskaxdooda iyo waaya-aragnimooda, sida tusaal ahaan boonbolooyinka carruurtu ku dheesho oo kale. Ilmaha waxay cudur ka qaadeen, sida ku cad galka dhakhtarka, boholyowga ay u qabaan aabbahood oo u sheekeyn jiray, waxna bari jiray; aabbe tusaale iyo talo siin jiray. Sida dhallaanka kale, carruurta *ilma* Hurre ma fir-fircoona, mana faraxsana, waayo waa carruur aabbahood loo diiday, lagana mamnuucay, waxayna u baahan yihiin aabbahood . . . Waxay u baahan yihiin lab laba-xaniinyood leh, oo ay ka talo iyo tusaale qaataan. Aabbe u kaxeeya cayaaraha, carwooyinka, kubbada-cagta, kubbada-kolleyga, kubbada-cagta-ee-Maraykanka.

Currad xigeenka reerka, Haatuf Hurre waxaa ku habsaday cudurka dabaysha, wuxuuna naafo ka noqday lugta midig iyo gacanta bidix. Haatuf

naafo inuu noqdo waxaa ugu wacan Aragsan oo ka hor joogsatay sakhiirkaas
in lagu dhufto tallaalka looga hor tegi lahaa cudurka dabaysha iyo faytamiin
D'da. Waxaa hubaal ah, haddii Haatuf la talaali lahaa, waxay u badan tahay in
uusan cudurkaas qaadi laheyn; sida carruurta walaalihiis ay uga bad-baadeen
ayuu asna uga bad-baadi lahaa. Waxay u diiday Haatuf iyo Hanadba faytamiin
D oo keentay in aysan lafahood si habboon u kobcin. Faytamiinka Dda iyo
dawooyinka kalaba ma siin jirin carruurta, cid ku daba gashay ama baartayna
ma jirin.

Aragsan Bulxan waa hooyo aamminsan waxyaabo khuraafaad ah sida
'Jinni, sheydaan, il-qumanyo, belaayo iyo baas, Mingis, Rooxaan, Boorane.'
Waxay rumeysan tahay 'Jin falan' inuu maray Haatuf goortuu uurka hooyadii
ka soo baxay, taasna ay u horseeday lugta midig iyo gacanta bidix inuu ka
naafoobo. Aragsan ma aaminsanna cilmiga sayniska ee iyadaba awooda u
siiyey maanta Ameerika in ay timaado iyo in ay aqalka keensato 'gorriile,'
saynisyahanadu ay gacantooda ku farsameeyen. Anna Wiiner oo farta ku
fiiqaysa sawirka Haatuf, oo ay maxkamada u soo bandhigtay baa tiri:

"Sida ka muuqata sawirka, waxaa Haatuf calooshiisa lagu naqshaday
sar-sar gaaraya ilaa sagaal boqol oo saf-saf ah, si habboona loo agaasimay;
waxaana calooshiisa lagu jeex-jeexay sakiin afeysan, iyadoo laga soo qul-
quliyey dhiig sumaysan, sida ay la tahay Aragsan, dhiigaas oo sida sunta
mariidka ah ee ka timid jinnigii dardaray Haatuf. Si haddaba jirkiisa
looga soo saaro jinniga madow iyo isha jeexan ee qumayada ah ee dhex
mushaaxaysa caloosha Haatuf, una horseeday curyaanimada ku habsatay, waa
in maskiinkaas la sar-saraa, ka dibna laga gubaa dhalada cad. Dabadeedna
la cabsiiyaa biyo tahliil madow ah oo lagu labay qada dugsi quraanka.
Waxaa hubaal ah in Haatuf aan naf iyo nolol midna lagu soo gaari laheyn,
hadduusan Xafiiska Adeega Bulshada shanta farood iyo calaacasha la geli
laheyn mashaqadii ku dhacday.

Marka la qeexo magaca 'Haatuf,' macnihiisu waa jin, waxaana loola jeedaa,
sida ku qeexan qaamuuska Af-Soomaaliga: 'Wax hadlaya aanse muuqan.' Tani
waxay u sabab tahay in saqiirkaas laga hor-joogsaday dawadii iyo daryeelkii
uu xaqa u lahaa. Haatuf goortuu dhashay, dhowr daqiiqadood ayuu ka
danbeeyey walaalkii Hanad oo ay hal ugxan ka soo wada unkameen. Hase,
ahaatee, habarta jinka tunta oo fadhigoodu yahay gobalka Ohaayo, waxay
xilligii ay Aragsan uurka laheyd kula talisay: 'Mataanaha aad sido, midkood
goortuu dhasho malaa'igta ayaa gardaadinaysa, midka kalana jin madow iyo
jaan-jaan kale oo aan si fiican iigu muuqan baa garab ordaya.'

Haddaba jinkaas iimaanka daran ee had iyo goor haraadan, waa in laga
furdaamiyo wiilka danbe, welibana waa in loo suro surka xirsi-xir xijaab ah;

waa in loogu wal-qalaa magaca 'Haatuf,' lagana dhowro dawooyinka aadamigu qooshtay, balse lagu dayo oo qura: Xabad-soodo, mal-mal iyo xabag, buuri, siiba nooca caleenta ah, diinsi iyo dacar kharaar. Bil kasta waa in mar loo jaro makaraan. In sidoo kale, laga jeex-jeexo calooshiisa sar-sar gaaraya ilaa sagaal boqol, kuwaasoo u dhigma tirada xubnaha jinka weheliya Haatuf.'

Maxkamada muunada mudan, waxaan u sheegayaa Haatuf Hurre wuxuu ku dhashay dalka Maraykanka, weliba gobalkan maskiin-koriska ah ee Minasoota, wuxuuna maanta qaaday cudur dunida laga dabar-tiray, isagoo weliba ku nool, ku dhashay, kana dhashay dalka iyo dadka adduunka ugu aqoonta iyo awooda badan, taasi haddaba ma hooyaa, mise waa hooyo-carruur-qalato ah? Soo xaqdaro ma aha? Ma tahay Aragsan hooyo gacanta loo gelin karo ilmahaas Maraykanka ah ee quruxda badan? Jawaabtu, waa maya. Maxsuulkii ka dhashay falkaas waa tan maanta Haatuf naafada u horseeday, waxaana dhaawacaas u gaystay Aragsan Bulxan.

Waxay Aragsan ku tumatay sharciga Maraykanka iyo qawaaniinta caalamiga ah ee Qaramada Midoobay u dhigan, weliba Laanta Daryeelka Xuquuqda Caruurta. Golaha xukumaya go'aanka ashtakadan: miyeeysan gar iyo gar-soor aheyn in Aragsan daryeelka carruurta laga qaado, laguna wareejiyo carruuta aabbahood mudane Abshir Hurre, ka hor inta aysan Aragsan carruurta u gaysan dhib kale oo kaba sii daran kan maanta haysta?" Dhegeystayaashii maxkamada ayaa mar hoosta kawada ganuunacay, iyagoo u muuqda in diidan hawraarta Anna iyo in taageersanba. Buruska ayey miiska si xoog leh ugu dhufatay Margareto, si ay u kala hagto guuxa iyo gur-xanka dhageystayaasha dacwada.

Aragsan hoos bay ka ilmaynaysaa, hadba iyadoo madaxa dhan u hirfeysa; mar kalana dhan surka u qaloocineysa, si ay uga gaashaamaato indhaha sir-gaxan iyo foolka carreysan ee Abshir iyo weliba wejiyada anfariirsan ee guddiga gar-goynta dacwada. Aragsan waxay muujinaysaa in hadaladaasi yihiin been aan sal iyo baar toona laheyn. Cidi dheg-jalaq uma siin kor-ka-hadalkeeda. Waxay iska dareemaysaa dhageystayaasha maxkamadu inay far-ku-taag iyo dhaleeceyn ku hayaan nafteeda, kolkay hadba hoos ka wada guryamaan, iskuna sii jeestaan, si gaar ahnna u wada faqaan, una wada fallanqeeyaan dooda dacwada.

"Gar-soorada mudnaanta mudaney," Anna Wiiner oo hadalkii wadata baa tiri "Dhibka ugu weyn haatan wuxuu ka taagan yahay aqalka iyadoo keensatay daanyeer. Waa daanyeer, weliba nooca gorriillaha loo yaqaan," iyadoo Anna Wiiner farta ku fiiqaysa Gorriile Keyd-aabbe. Intaas kolkay maxkamada u sheegtay bay misna dhageystayaashii isula dhaqaaqeen xan iyo nux-nux ku saabsan asraarta ku xeeran nolosha Singal Maadarada iyo daanyeerkeeda, waxayna la beegsadeen Aragsan iyo daanyeerkeedaba indho kulul oo tusaya yas iyo tuhun.

Miiska intay si xoog leh ula dhacday buruska madaxa-kuusan bay garsoorayso Margareeto mar kale ka codsatay dhageystayaasha in ay aamusaan. Anna oo sii ambaqaadaysa hadalkeeda baa tiri: "Saddexdii billood ee la soo dhaafay warbixin aan ka helay dugsigga hoose-dhexe ee Abraham Lincoln oo ay carruurta qaarkood dhigtaan iyo Rugta Xannaanada Carruurtuba, waxay muujinaysaa in hab-dhaqanka, garaadka, iyo hab-fikirka carruurtu uu is-beddel weyn ku dhacay. Waxaa ku dhacay kacaan la xiriira xagga la dhaqanka ardayda, barayaasha dugsigga iyo guud ahaan macmilka nolosha aadamiga. Tusaale ahaan, carruurtu markay wax akrhinayaan, fariisanayaan, wax-xisaabinayaan iyo xataa kolkay wax-cunayaan waxay u dhaqmaan sida gorriilaha ku nool hawdka Afrika oo kale. Xaggee ku aragteen carruur ku nool Ameerika oo shanta farood iyo calaacasha wax ku cunaya?

Carruurtu markay dugsigga joogaan waxay isku cunaan muuska iyo cunada, sida ku qoran u-kuurgal ay sameeyeen barayaasha dugsigga, xaggee lagu arkay muus, oo ah nooc ka mid ah miraha macaan iyo cunto la isku cuno? Malaha falkaasi Gorriille Keyd-aabbe ayey ka keeneen. Tusaale kale, wiilka Haatuf, xataa mararka qaarkood waxaa laga dreemaa Hanad iyo gabadha Libin markay hadlayaan weeraha Af-soomaaliga iyo Af-ingiriiskaba gadaal-gadaal ayey u akhriyaan ama hadalka way jar-jaraan, wayna ku adag tahay in ay dhisaan weer ama jumlad buuxda oo is-haysata. 'I am hungry: (*Waan baahanahay*), halkii ay ka oran lahaayeen bay waxay oronayaan: 'Hungry I am (*Baahanahay waan*)' Gorriille Keyd-aabbe ayaa carruurtii dhaqan iyo fikir rogay, sidiisa oo kale bayna u hadlaan, una dhaqmaan, u labistaan, u fariistaan; xataa waxay carruurtu u socdaan sida gorriilaha oo kale.

Gar-soorada sharafta leh iyo maxkamada qadarinta mudanba, waxaan u sheegayaa gorriillahaas waxaa soo kiraysatay Bulxan Aragsan, sidee bay haddaba u noqon kartaa hooyo dhallaan yar-yar lagu aamini karo? Ma waxaan la sugaynaa inta carruurtu ka bahaloobayaan, lana yimaadaan ficilo ka xun-xun, kana daran kuwa hadda ka muuqda?

Waa wax iska cad inay wiiqantay kartidii, tabartii, iyo tayadii hooyanimo iyo dumarnimo ee looga baahnaa Aragsan inay ku kala maareyso dhallaankeeda, aqalkeeda, iyo nafteedaba, waana sababta ay u soo kireysatay daanyaarka.

Aasaaska hooynimada waxaa ka mid ah, in hooyadu ubadkeeda ay daryeeli karto, dhib iyo dheefba, laakiin Aragsan, xeerkaas waa baal martay, mana laha awood ay ku hayso, kuna maamusho carruurtaas. Carruurtu waxay ku habboon yihiin aabbahood in gacanta loo geliyo, oo had iyo goor u heelan, kuna haya wadnaha iyo laabtiisa hilowgu uu dilooday. Abshir waxaa dilooday boholyow uu u qabo dhallaankiisa xaq-darada uga maqan." Intaas markay tiri Anna Wiiner dhegaystayaashii maxkamada ayaa kol wada buuqay, iyagoo soo bulqaya cod sida hugun xooggan.

"Guntii iyo geba-gebadii, waxaan leeyahay," Anna Wiiner inta waraaqaheeda rog-rogtay, "Hurre Abshir waa nin dhallin yar oo caafimaad qaba, lixdiisa lixaadna ay u dhan yihiin, awoodna u leh carruurtiisa in uu daryeelo, bad-baadiyo, islamarkaanna bar-baariyo. Laba toddobaad ka hor ayuu Abshir la aqal galay kal-kaaliso Hufan Xaad. Waa nin haatan aqal leh, oo xil qaad ah. Abshir iyo gabadha *saaxiibtiisna* Hufan, waxay diyaar u yihiin, wacadna ku marayaan in ay carruurta aqalkooda dejiyaan, korsadaan, wax-baraan, kuna ababbiyaan hiddaha iyo dhaqanka Soomaalida iyo Maraykankaba.

Sidaas darteed, waxaan mar kale ka codsanayaa maxkamada sharafta leh in carruurta, intay goori-goor tahay, gacanta loo galiyo Hurre Abshir iyo gabadha ku lammaan, islamarkaana Arigsin . . . Iga raali noqda, waxaan ula jeedaa Aragsan in laga wareejiyo carruurta sida ugu dhaqsaha badan oo ay suurtagal ku noqon karto. Tani xataa waxay dan ugu jirtaa dhallaanka la jaah-wareeriyey iyo dowladda iyo dadka reer Minasoota, waayo waxaa u baaqanaya canshuurta gobalka Minasoota ee lagu dal-dalayo qoys gunta hoose aan ka dhisneyn."

CUTUBKA 11NAAD

"Inta aanan u yeerin dhibane Aragsan Bulxan ayaan jeclaan lahaa in aan maxkamada si sharaf leh u baro kaaliyaha Singal Maadarada, mudane Gorriile Keyd-aabbe Kordheere in uu yahay nafley laga soo baaraandegay, laguna farsameeyey cilmiga sayniska iyo farsamada casriga ah. Keyd-aabbe waa aadane wax ku maamula hab ku salaysan aqoon iyo caqli. Ma aha 'xayawaan' la iska soo kiraystay ee waa nafley aadami ah oo dhameystirin, wax kala garanaya, waxna kala haga, sida aniga iyo intiinaas meesha fadhidaba aan wax u kala garaneyno si la mid ah amaba ka sareeysa. Haatan waxaan u yeerayaa Aragsan Bulxan," Jefersoon baa gar-soorka maxkamada u sheegay.

Jefersoon waa nin dheer oo cad, daadihinayana calool yara kan-koonsan sida kubbadii. Dhabanada wejigiisa godan, ha yeeshee, isku sar go'an, waxaa laga dheehan karaa haarta uu ku reebay gar iyo hareed goor aan fogeyn faraha laga laabtay; wuxuunna xiran yahay isku-joog aad u qurxoon.; intaas waxaa u dheer weji lagu fariisyey san weyn oo bogofsan iyo madax ay ka muuqdaan timo bar cireystay, barna maran Aragsan oo aad u gariiraysa, aadna u baqeysa, oo uu garab socdo mid ka mid ah ciidanka asluubta baa hor fariisatay gar-soorada, guddiga gar-goynta, iyo dhegaystayaasha maxkamada.

Waxaa la amray gacanta midig samada in ay u lusho, waxayna nidir iyo wacad ay ku gashay tix iyo tiraab been abuur ah maxkamada horteeda in aysan ka sheegeyn. Hawraarta iyo hadalada ay maxkmada u sheegaysana gundhig inay u tahay dhab aan la dhayalsan karin, iyadoo aan weliba waxna ku kordhineyn, waxna ka-dhimeyn hadalada ay maxkamada horteeda ka sheegeyso. Wax dhaaxa bay taleefishinka ka daawatay nin iyo naag faraqyada isku dhegan oo kursiga maxkamada hor fadhiya, kuna diriraya caruur iyo cuud udubka loo siibay; galabta iyada ayaa u qowlan.

"Carruurta yaa kula haya?," Jefersoon Beter baa weyddiiyey, inta gacanta midig u ritay jeebka surwaalka, talaabo dabacsanna u qaaday halka ay Aragsan fadhido.

"Carruurta keligay ayaa bar-baarin jiray, waxbarashadooda iyo daryeelkooda guudna aniga keligay ayaa dhabarka u ritay . . . ," jaleeco naxariis xanbaarsan intay ku halgaaday Keyd-aabbe bay hadalkii raacisay: "Hase yeeshee, intaan soo kiraystay Alle ha-ii-daaye goriillaheyga Keyd-aabbe Kor-dheere, ilmaha isaga ayaa ila haya, ila-koriya. Waa aabbe ka naxariis iyo ka qalbi-nugul, kana garaad badan carruurta aabbahood." Dhageystayaashii maxkamada baa mar isla guuxay, iyagoo hoos u wada shux-shuxaya.

"Bal u sharax gar-soorka maxkamada hab-dhaqanka aabbihii hore ee carruurta dhalay?"

"Wuxuu sheeganayaa carruurta inuu dhalay, mana soo booqdo. Xataa maalmaha ciida ah uma yimaado, kamana war-qabo. Hadduu xataa carruurta soo booqdo, kollee wuu garaacayaa ama maskaxda ayuu ka addoonsanayaa ama bah-dilayaa. Aabbe qaad xaaraan ah, oo suuqa-madow lagu keenay ku iibsanaya masruufka carruurtiisa ay ka aradan yihiin, kana gaajeysan yihiin, ma aabbe carruur korsan karaa? Eebbaa galad mudan ee garab iiga dhigay Gorriille-Keyd-aabbe iyo dowladda Maraykanka."

"Muxuu idiin qabtaa Gorriille Keyd-aabbe adiga iyo carruurtaadaba?"

"Gorriille-Keyd-aabbe, waa aabbe aad noo caawiya aniga iyo carruurtaydaba. Al-xamdulillaah! Barwaaqo iyo bash-bash ayaan la baraareysanahay, la'aantiisnna waa abaar. Kol-kol qalad waa ka dhacaa, ilaa asba waa bina-aadan, sida dadka aadagamiga ah qalad uga dhaco, oo qof taam ah ma jiro addunkan. Eebbe keliya ayaa taam ah. Hase ahaatee, waa ii gar-gaaray, oo ii garaabay, gacan weyna waa noo fidiyey aniga iyo carruurtaydaba. Carruurta ayuu ila hayaa, waxbarashada ayuu ka caawiyaa; wuu ciyaarsiiyaa . . ." Intaas goortay u sheegtay maxkamada bay dhageystayaashii mar kale hoos kawada gurxameen. Sawaxanka weyddiimaha ay is-dhaafsanayaan, xanta, xifaalada, iyo nuux-nuuxsashada dhegeystayaasha baa mar keliya cirka isku shareeray.

"Waxa kani waa fowdo . . . Sidee xayawaan loogu rogi karaa aadami!? Diinta Misiixaga iyo dar-daarinkii Nebi Ciise bay saynisyahanadu khilaafeen. Waa in laga hor-tagaa, oo jihaad lagu qaadaa sayniyahanada iyo munaafiqiinta u talisa wadankan. Maraykanku waa dad iyo dal Eebbe soo xushay, una doortay dunida inay hoggaamiyaan, kuna hoggaamiyaan diinta Kiristanka (Misiixiga).

Siyaasiyiinta, saynisyahanada, iyo inta taageersan fal-abuurka lagu bah-dilayo duriyadii Nebi Aadan dhammaantood waxaa u sugnaatay naarta Zam-hariira, waayo hadalkii Nebi Ciise ayey buriyeen." Cod xooggan oo qolka maxkamada gil-gilay, islamarkaanna arbushay dhegeysigii dacwada waxaa uga dhex-dhawaaqay qolka dacwada dhexdiisa, inta ku istaagay kursigii uu ku fadhiyey dushiisa, nin gaaban oo hunbuluqsan, oo cadaan ah, foolkiisana lagu meegaaray gar weyn oo cireystay, isagoo gacanta bidix kor ugu haya kitaabka Injiilka, gacanta midigna ku sita mucatab weyn oo laga farsameeyey naxaas qurxoon.

Islamarkiiba waxaa lakala booday ciidanka sir-doonka iyo kuwa booliska, inta la isku jeebeeyey ayaa dibada loola cararay. Buuq iyo dood kulul oo u dhaxeysa wadaadada xag-jirka Misiixiga ah iyo dadweyne u googa'ay aqoonta sayniska iyo farsamada casriga ah baa maxkamada gudaheeda iyo dibadeedaba isku hardinaya. Ardaaga iyo qoqobyada daarta maxkamada iyo agagaarkeedaba waxaa xoon-xoon u tuuran dadweyne tira badan oo sita looxax iyo funaanado lagu naqshaday hal-ku-dhegyo lid isku ah. Hal-haysyo iyo aayado diini ah iyo hawraaro saynis ah oo is-diidan; waxaanna la amray ciidanka asluubta maxkamada cidii is-nuux-nuuxisa dibada in loo qadan-qaadiyo hadal la'aan iyo amar la'aanba.

Barxada ballaaran ee maxkamada Minasoota horteeda iyo hareeraheedaba waxaa saakay, sidoo kale, xoonsan wadaado weyraxsan, isuguna jira Muslimiin iyo Misiixiyiin mintid ah, iyagoo isu-jiibinaya, isuna kaashanaya inay ka hortagaan sayniska lagu fir iyo isir rogayo xayawaanka, siiba gorriilaha. Muslimiinta iyo Misiixiyiintuba waxay ka dhiidhinayaan xad-gudubka lagula kacay diimaha Eebbe soo dejiyey; waana markii ugu horeysay oo ay Muslimiinta iyo Misiixiyiinta mintidka ah ay isku meel si wada jir ah uga soo wada jeestaan, una wada halgamaan qadiyad ay ka mideysan yihiin.

"Guriga inta aan keensaday Gorriille-Keyd-aabbe," Aragsan oo sii wadata hadalkeeda, aadna u jarcaynaysa baa maxkamada u sheegtay: "Carruurtayda maskaxdoodu waa hana-qaaday, waxaana ka dareemay waxbarashadooda iyo fikirkoodaba isbeddel weyn in uu ku dhacay, gaar ahaan maadooyinka xisaabta, sawir-gacmeedka, muusiga, qoob-ka-ciyaarka, ciyaaraha-qalaama-rogodka, iyo weliba Af-ingiriiska.

Xataa waxaa kordhay aqoonta diintooda suuban. Ka hor inta uusan Keyd-aabbe nala soo degin, carruurtaydu gablan ka aradan qiimaha waxbarashada iyo iftiinka nolosha bay ahaayeen, mana kala aqoon xataa magacyada shanta farood ee calaacashooda, waxayna iska dareemi jireen kelinimo iyo agoon ehel iyo tol la'aan ah. Tan kale . . . ," oohin bay Aragsan fiq iyo fiq la tiri oo hadalkii hakisay. Jefersoon wuxuu warqad jilicsan oo ay Aragsan isaga bi'iso ilmada indhaheeda ka soo burqanaysa iyo dhecaanka labada dol ee sankeeda ka soo dhiiqaya ka soo haabtay baakat yar oo dul saaran miiska.

"Waan baqayaa. Ma aqaan waxaan ka baqayo. Singal Maadar baan ahay! . . . Kelinimo ayaa i saloolatay. Soomaalida iyo gaaladaba waa i faquuqeen. Waxaa naftayda dhaawacay xanta iyo beenta xaafadaha la iiga sheekeysto; waxaase wax ii taray oo i caawiyey Gorriile Keyd-aabbe.

Singal Maadarada waxaa loo arkaa cudur bulshada fad-qaladaynaya, waana laga hor-tagaa inta uusan cudurka ku fidin bulshada dhexdeeda. Naagta Singal Maadarada ah, waa la geyaan-takooraa, kuf kale loo diidaa. Waaxaad maqlaysaa 'Garoob-takoor, goonjabo gabowday.' Singal Maadarnimadu sideedaba waa danbi ay haweenku ka galeen bulshada. Arrintan kuma koobna Soomaalida oo keliya, xataa Ameerika waa la yasaa Singal Maadarada, waana laga duceystaa."

"Ninkaadii hore, sow weli kuuma hanjabo?," Jefersoon baa hadalka kaga jaray.

"Waa ii hanjabaa, carruurtana wuu igu diraa. Carruurta wuxuu ku oronayaa: 'Hooyadiin waa isla-wareegto, rag kale ayey la tumataa. Aniga oo aabbihiin ah, guriga ayey iga eriday . . . Aniga ayaa idin haynaya, filim idin gaynaya, isaga soo taga. Aniga ila soo degga.' Dhibaatada iigu weynse waxay tahay, 'wuxuu i baday, waxaa ka daran, kana sii fool-xun belaayada iyo baaska uu carruurtayda baray.' Wuxuu carruurta ku dhahaa, markuu taleefan u soo diro: 'garaaca hooyadiin! waa naag xun, oo weliba daanyeer habaaran bay aqalka idiin keentay. Gorriiluhu waa bahal dadka cuna, cudur ayuu sidaa ee ka carara, kuna dacweeya Xafiiska Adeegga Bulshada.'

Mudadii uu aqalka ku noolaa ninkaasi ilmaha hortooda ayuu igu garaaci jiray, carruurtiina waxay barteen falkaas xun. Mar kasta waxay ila dhacaan ama igu dhuftaan wixii gacantooda soo gala, iyagoo ka shidaal qaadanaya jir-dilkii uu aabbahood igu sameyn jiray. Dhallaankii aan dhalay ayuu igu diray, oo uu baray anshax xumo iyo in la garaaco oo la dibin-daabyeeyo haweenka, waxayna u haystaan in mar kasta dumarka loo gacan-qaado, waayo aabbahood ayaa baray. Mahad waxaaa leh dowladda Maraykanka oo awood ii siisay in aan iska eryo 'Dad-cunkii' aqalka ii joogay."

"Mar kale ma kuu gacan qaaday?"

"May, fursad uu iigu gacan-qaado maba helin, ha yeeshee, hadduu heli lahaa 'jaanis yar' ima cafiyeen. Laakiin, weligiis waa i dili jiray; welina waa ii hanjabaa, i handadaa. Ninkaasi waan ka baqaa! Xataa inta aan halkan fadhiyo muuqiisa iyo maqalka codkiisaba waan ka didayaa. Iga hor wada." baroor xooggan oo dheer bay hadalkii daba dhigtay.

"Carruurtanna sow kama baqaan?," Jeferson baa misna dib u su'aalay.

"Aad bay uga baqaan. Marmar waxay dhaqanka 'axadkaas' ku matalaan sheeko uu mudane Keyd-aabbe uga sheekeeyey. Sheekadu waxay ku saabsaneyd dhidar duur joog ah. Dhidirku waa bahal yar oo laaya dhallaanka yaryar ee xayawaanka, wuxuuna u dilaa xayawaanka xaasidnimo uu hayo aadamiga. Mar kasta waxay dhahaan: 'aabbe dhidar camal waaye!' Hadalada carruurta waxay cadaynayaan in aabbahood yahay ma-naxe, xaasid ah, mana rabaan ninkan.

Waa nin carruurta garaaca; khamriga cabba, qaadka ruuga," bay Aragsan isdaba dhigtay, iyadoo hadba fiq-fiq oohin la leh, hadalkana la raagaysa.

"Mahadsanid anigu su'aal kale ma qabo," Jefersoon baa garsoorka u jeediyey.

Waxaa Anna Wiiner wejigeeda ku soo ururay dhiig ka soo haajiray wadnaheeda xargaggan, una yeelay muuqaal dhiin gaduudan leh oo cabsi gelinaya naflayda isugu soo ururtay qolka dhageysiga ashtakada. Si kulul waxay ula kala baxday weyddiimaheeda:

"Waxaad tiri carruurta Gorriile Keyd-aabbe baa ila haya, sidee kuula hayaa?"

"Carruurta ayuu dhowraa, markaan dugsigga ku maqnahay. Wuu ila xanaaneeyaa. Wuu ciyaarsiiyaa, waxbarashada ayuu ka caawiyaa . . ."

"Muxuu baraa?" Anna Wiinar ayaa dib u weyddiisay.

"Sayniska iyo xisaabta," Aragsan ayaa ku jawaabtay, intay dhabankeeda bidix si qunyar ah uga masaxday qoyaanka illinta dhanaan.

"Adiga iyo Keyd-aabbe xiriir hoose ma idinka dhaxeeyaa?"

"Yaah!?" Aragsan ayaa si naxdin leh ula soo haaday, inta si kulul u fiirisay gabadhii af-celisada aheyd, oo misna tiri: "Maxaad tiri?"

"Habeenkii mawada seexataan adiga iyo Gorriile Keyd-aabbe?" Anna Wiiner baa dib u weyddiisay, iyadoo qamuunyoonaysa.

Waxaa markiiba qaylo la dhawaaqay Jefersoon oo si kulul u dhaleeceeyey su'aashaas, isagoo ku tilmaamay weyddiin "ka baxsan xadka."

"Garsooraysada sharafta mudaneey, weyddiintan waa halbowlaha ashtakada, si loogu kuur-galo xiriirka ka dhaxeeya lammaanaha aqalka kuwada nool," Anna baa si dhiiran u tiri.

Aragsan oohin bay af-labadii yeertay. Gar-soorayso Margareeta waxay amar ku siisay Aragsan in ay ka jawaabto weyddiintaas. Dhageystayaashii maxkamada ayaa mar keliya hoos isu-xansaday; waxaanna si cad loo maqlayaa guuxa iyo sooyaanka codkooda aan dheeli tirneyn; qaarkoodna waxayba ku dhaqaaqeen xan iyo xifaalo laga dheehan karo kor-ka-hadalkooda, iyagoo marna indhaha ku giiraya Gorriille Keyd-aabbe, marna Aragsan, mar kalana gacmahooda iyo madaxyadooda hadba doc u lulaya.

"Wax xiriir ah oo naga dhaxeeyo ma jiraan. Fardaheenuba isku meel ma daaqaan," Aragsan baa ku warcelisay, inta diifka ka soo qul-qulaya sankeeda, gacanteeda oo maran iska marisay; dabadeedna, si qunyar ah ugu masaxday tafta goonadeeda madow.

"Ma jiraan rag kale oo aad xiriir la leedahay ama aad xiriir la lahaan jirtay?"

"May," cod quus ah oo aad u gaaban bay Aragsan ku warcelisay.

"Waa kuma haddaba ninka sita magaca Cabdi-khaaliq?" Anna baa si
kulul u su'aashay.

"Wiil Muslim ah oo aan wada socon jirnay . . ." Aragsan oo aan hadalkii
dhameystirin ayey Anna Wiiner si qalafsan hadalkii uga jartay oo ku tiri:
"Cabdi-khaaliq wuxuu ahaa nin Cadaan ah, oo Maraykan ah, laguna tuhunsan
yahay inuu ku lug leeyahay ururada argaggixisada ah, wuxuuna caan ku yahay
adeegsiga waxyaabaha maanka dooriya, sidee isku barateen? Mase yahay ninka
carruurta ka hor istaagay tallaalka iyo dawooyinka?"

"Cabdi-khaaliq wuxuu ahaa nin Muslimay . . . ee . . . Laakiin been ayuu
ii sheegay. Wuxuu doonayey oo keliya mar gacanta inuu ku dhigo aqalka,
carruurta, iyo naftaydaba."

"Ka jawaab weyddiintayda," Anna Wiiner baa mar kale su'aashay:
"Ma yahay ninka Ohaayo kala yimid khuraafaadka, una diiday carruurta
tallaalka?"

"May . . . Ma garanayo waxaad sheegayso."

"Mahadsanid," anigu su'aal kale ma qabo, waxaanse jeclaan lahaa in aan
dhowr weyddiimood su'aalo Gorriile Keyd-aabbe, ayey xeer-ilaaliso Anna
Wiiner oo aad isu mahadisay u sheegtay garsoorkii maxkamada.

Maxkamadu waxay dabadeed u yeertay Gorriile Keyd-aabbe. Waxaa la
fariisiyey kursigii ay Aragsan baneysay, isagoo u muuqda qof aysan shido iyo
kurbo kulul ku heyn aadamiga ku yoon-yoontamaya goobta ay ula baxeen
"Maxkamad." Gacantiisa midig ee dhexda u godan kor intuu u taagay ayuu
kitaab qalaf kaga siiyey been in uusan maxkmada horteeda ka sheegeyn.

Anna Wiiner waxay la soo kala baxday warqad yar oo ay dhowr su'aalood
ugu qoran yihiin. Intay u dhaqaaqday halkii uu Gorriile Keyd-aabbe fadhiyey,
indhahanna ku guushay, sidii kurray ay dhashay oo kale bay weyddiisay:
"Marka hore, isu-kaaya sheeg, magacaaga oo saddexan, maxaadse u qabataa
reerka?"

"Xujo, ayuu ahaa magacayga dhabta ah markaan ku noolaa Jannada . . . .
Waxaa la iigu magac-qalay magaca ayeeyday . . . ee . . ." Anna Wiiner baa
hadalkii ka boobtay oo weyddiisay:

"Iga raalli noqo, maxaad tiri Jannadii?"

Keyd-aabbe oo aan hadlin ayaa madaxa kor iyo hoos u lulay, oo hadalkiisii
sii watay: "Laakiin markaan adduunkan imid waxaa la ii baxshay Gorriile
Keyd-aabbe Kor-dheere. Waxaan ku dhashay tuulo ku taala Jannada Cagaaran,
una dhoweyd magaalada Gisenya. Ka dibna waxaan u soo wareegnay rugta
daaqa ee Firunga Range oo ku taala xuduudaha isku xira dalalka Jamhuuriyada
Demoqraadiga Kongo, Ruwaanda, iyo dalka Yugaandha. Aniga oo aad u
yar ayaa aadamigu, siiba nooca Cad-cad i soo xadeen, waxayna i keeneen

cadaabta adduunka. Qafis ayaa la igu koriyey, la iguna hayey in muddo ah ilaa markii danbe mindiyaha la ii soofeystay, oo la i qal-qalay, la i dhalan rogay . . . ee . . . ee . . ."

Gorriile Keyd-aabbe waa is-xumeeyey, waana yara khal-khalay goortuu soo xasuustay dhibtii uu soo maray iyo bur-burka ku dhacay naftiisa. Dhab ahaantii Keyd-aabbe wax ma xasuusan karo, maskaxdiisana waa laga suuliyey xiska xasuusta, balse waxay maskaxdiisa isku qaldaysaa sheekooyin looga sheekeyn jiray waagii uu yaraa iyo waqciga dhabta ah ee ku taxaluuqa noloshiisii hore, taas oo ay dhecaanada iyo xididada maskaxdu si qaldan u turjumayaan.

Waxaa wadnihiisa aad u danqaya xaalada uu haatan tiigsanayo, waxaana si quman isu dhaafay hormoonada agaasima dhambaal-sidayaasha iyo nudaha maskaxdiisa, taasoo ku deeqday inuu mar-mar u dhaqmo hab dhaqan ka hooseeya bina-aadamka, kana sareeya hab-dhaqanka iyo fikerka xayawaanka. "Waxaan ahaa daanyeer dhalad ah, weliba laan-dheere ah ee Gorriillaha loo yaqaan . . . Maanta waa i kan, waxay iga dhigeen aadami 'xun,'" ayuu ku calaacalay dhowr jeer, isagoo indhaha la raacaya dhegaystayaasha maxkamada, mar walbana gacantiisa godan shafka la dhacaya, cod dheernna ku leh. "Bar aadami, bar xayawaan! Nolosha qalafsan ee aadanaha baa la igu jajuubay." Mar ayaa shib lawada yiri.

Dhegeystayaasha, gar-soorayaasha, qareenada, saynisyahanada, war-yayaasha, iyo dhammaan beesha isugu soo ururtay maxkamadu waxay si miyir leh u dhuuxayaan hadaladada iyo hal-ku-dhegyada Keyd-aabbe; gorriilaha aadamiga noqday. Waxaa loo hayaa ixtiraam weyn iyo sharaf gaar ah, iyadoo ay goob joog yihiin boqolaal saynisyahano iyo waryeyaal ka kala yimid dunida afarteeda dacal, si ay u arkaan, ugana baaraan-degaan fikirka iyo ficilka nafleydan la fir-rogay, loona qaabeeyey danta guud ee haweenka Singal Maadarada. Waxaa maxkamada goob-joog ah wakiilo ka kala socda dalalka dunida, oo doonaya in wadmadooda loo iib geeyo gorriillaha aadamiga ah.

Dabadeed Gorriille Keyd-aabbe waxaa ku soo laba-kacleeyey uur-ku-taalo iyo calool-xumo uu weligii siday goortuu dib u gocday asalka noloshiisii hore, gaar ahaan sinji-beddelka iyo dabar-goynta ku dhacay daanyeernimadiisii hore. Keyd-aabbe waxaa waalaya oo walhaya rugta dhexe ee laga maamulo maskaxda, iyadoo hadba u shida filim tusaya silac iyo saxariirr bar mala-awaal ah, bar kalana dhab ah oo ay waa hore naftiisu ka gudubtay, sida ay la tahay saynisyahanadii farsameeyey. Oogadiisa waxaa ku soo qubtay dhidid iyo dhecaan u gaar ah naftiisa shideysan; wuxuuna iska dareemayaa walaac ay weheliso baqdin yar.

Qanjirada maskaxdiisa iyo kuwa ku owdan ubacda iyo inta lagu dahaaray saableyda, waxay markiiba deg-deg u soo fataheen dhecaan qoyan oo qunyar ugu tiicay xubnaha uur-ku-jirta, taasoo ku deeqday shuruf qurmuun inuu ku sii daayo qolkii maxkamada. Waa astaanta lagu garto markuu Gorriille Keyd-aabbe dareen gaa-gaxo; kolkuu iska dareemo walbahaar, caddaadis, iyo argaggax ka tan weyn maankiisa iyo maskaxdiisa la farsameeyey. Astaan muujineysa inuu naxsan yahay, calool-xunyahay, aadna u carreysan yahay.

Qolkii maxkamada mar keliya waxaa is-qabsaday shiir qurmuun oo aan la bogaadin. Dhageystayaashii waxay qaarkood la kala baxeen masaro iyo xaanshiyo ay afkooda iyo sankooda ku daboosheen; qaar kalana calaacashooda oo maran bay la beegsadeen sankooda iyo afkooda maran. Quus iyo qurmaan! Islamarkiiba waxaa wada-tashi loogu dhaqaaqay dhakhtaradii Keyd-aabbe, iyagoo kula taliyey garsoorkii maxkamada in dhageysiga ashtakada hakad la cuskiyo. Margareeto waxay isla-kolkiiba amar ku bixisay toban daqiiqo oo biririf gaaban ah, si Gorriille Keyd-aabbe loo siiyo fursad uu dib ugu soo hantiyo maankiisa iyo maskaxdiisa irdheysan. Toban daqiiqadood ka bacdi ayaa la isugu soo laabtay rugta dacwada. Gorriile Keyd-aabbe wuxuu soo laqay dhowr xabo oo kiniini ah gacanta bidixna waxaa looga muday irbid joojisa wel-welka, islamarkaanna xasalisa xidida maskaxdiisa didsan.

"Maxaad u qabataa qoyska?" Anna Wiiner baa mar kale weyddiisay.

"*Daryeelaa waan carruurta* (carruurta ayaan daryeelaa)," ayuu hadalkii ku bilaabay, isagoo u muuqda qof taam ah, inkastuu Afka-soomaaliga gef-gefayo, una akhrinayo gadaal-gadaal iyo hab isdaba marsan, kuna barxayo Afka-gorriilaha iyo Afka-ingiriiska; hadba kii u fudaada, carrabkiisanna u sahlanaaada ayuu ku hadaaqaa, taasoo ku deeqday in su'aasha dhowr jeer lagu cel-celiyo. "*Waxaan u joogaa in aan buuxiyo halkan meesha uu mariyey carruurta aabbahood* (Waxaan u joogaa halkan in aan buuxiyo meesha uu mariyey carruurta aabbahood)," intaas markuu yiri, waxaa aad uga danqaday, kana carrooday Abshir oo hadba jirkiisa nuux-nuuxinaya, marba fadhi roganaya ciil dartiis.

"Sidee u daryeeshaa dhallaanka?"

"*Dhallaanka hayaa waan* (waan hayaa dhallaanka). *Waan u sheekeeyaa, la ciyaaraa. Waxbarashada waan ku fiicnahay, muusiga ayaan baraa.*

"Maxaad uga sheekaysaa?"

"Sheeko-xariirooyin la iiga soo diro aakhiro. Sheekooyinka ku saabsan Xiddigaha cirka iyo dhulka, Togogga Dayaxa, Haamaha Aakhiro, Samo-wado, Sirta Nolosha Aadamiga, Nolosha iyo Durriyadda Gorriilayaasha."

"Sheekooyin aakhiro la iiga soo diro?," si yaab leh Anna Wiiner ayaa dib u su'aashay.

"Haa, maalin walba warqad baan ka helaa gorriillayaashii u hoyday gudcurka aakhiro. Dhambaal iyo farriin khaas ah oo ku saabsan nolosha aakhiro baan ka sidaa."

"Maxaad ka shaqeysaa?" Anna Wiiner oo is-moodsiineysa jawaabta Keyd-aabbe baa tiri. Niyada iyadoo isaga sheegeysa: "Buufis ayuu malaha qabaa 'daanyeerka ee waa in aan dacwada ku darsadaa."

"Mudadaan ku jiray xabsiga lagu bar-baraariyo Gorriillayaasha ayaan dhammeystay Jaamacada, oo waxaan ku taqasuusay daryeelka Singal Maadarada."

"Ma aaminsan tahay in carruurta cudurada laga tallaalo ama dawo la siiyo?"

Qosol weyn oo qolka buuxshay ayuu Keyd-aabbe soo tuuray, isagoo gacantiisa ballaaran shafkiisa ku garaacaya, inta si quman kursiga ugu fariistay, oo qoor-xirka luqunta ugu xiran iska dabciyey. Xoogaa ayuu aamusay. Shib ayaa maxkamadii ka soo hartay, iyadoo la sugayo warcelinta daanyeerka-aadamiga ah.

"Daawada mar waan aamminsanahay, marna ma aammisani. Anigu maanta daanyeerna ma ahi, dadna ma ihi, duunyo kalana ma ihi; waxaana sidan ii galay aadamiga oo adeegsnaya kiimikooyin. Waxay dhaheen firkaaga iyo sinjigaaga ayaan beddelnay, waa sababta keentay in aan barto dhaqanka aadamiga . . . ee . . . Aniga iyo adiga isku derejo kama joogno nolosha, waad ogtahay sow maha? Waad ogtahay, adna aadami baad tahay anna Gorriille baan ahay, waxaase maanta ila kaa simay waa nolosha aadamiga! Waa sababta aan maanta halkan u fadhiyo. Jir fiyow bay maskax fiyow ku jirtaa; mise maskax fiyow bay jir fiyow ku jiraa, sidaad rabto."

"Adigu bina-aadam miyaad isu aragtaa mise xayawaan?," Anna ayaa dib u su'aashay.

"Horta ha ii gefin, meelna ha iiga dhicin. Qof dumar ah baad tahay, isku xishood oo wax iskula har. Annaga agteennna dumarku qiime iyo sharaf aad u weyn bay ka leeyihiin. Maxkamad heeb-sooc iyo af-lagaado la isku irdhaynayo waa ii wadankan; hana igu oran 'xayawaan' adiguba ma jeclid in lagu dhaho duunyo iyo dad kee baad tahay?," Si kulul waxaa ugu jawaabay Keyd-aabbe, inta fadhi badashay, madaxana xoq-xoqaday. Keyd-aabbe oo aan hadalkii dhamaystirin bay garsooradii la soo booday: "Weyddiintaas waan qaadacay."

Anna Wiiner waxaa nafteeda gubay, aadna ay uga carrootay weedha ah "qof dumar ah baad tahay," taasoo u horseeday inay yara lunsato agaasinka dareenkeeda iyo isku dheeli-tirka tixda iyo tiraabta afkeeda ka soo hoobanaya.

Xeer-ilaaliso Anna Wiiner waxaa nafteeda caddaadis kulul ku haya cuqdad soo jiitameysay muddo dheer oo ku saleysan rag-naceyb. Uur-ku-taallo waagay yareyd ay ka dhaxashay aafooyinkii uu aabbaheed u gaysan jiray hooyadeed. Aabbaheed wuxuu si ba'an u ciqaabi jiray, una kadeedi jiray Anna hooyadeed, isagoo Anna Wiiner ku hor garaaci jiray hooyadeed.

Intaas waxaa u dheer weliba, Anna waxaa fara-xumeeyey ninkii guursaday hooyadeed goortuu aabbaheed furay. Ayaan daran Anna Wiiner, waxa sidoo kale horay u soo kufsaday wiil ay muddo dheer wada socdeen, iyadoo rajo ka qabtay mar in ay raas lagu nasto wada yagleeli doonaan, ha yeeshee, maxsuulkii ka dhashay wada-socodkooda uu noqday kala fir-dhad iyo ashtako daba-dheeraatay oo weliba Anna Wiiner looga adkaaday. Had iyo goor waxay Anna laabta ku sidaa cuqdad iyo ciil-qab raggeed ee laabteeda xaaran gubaya.

Uur-ku-taalo nafteeda ku abuurtay wel-wel aan gar-qaadan, salkana ku haya dhallinyaranimadeedii hore iyo xilligii ardaynimadeeda baa weliba intaas u dheer. Guud ahaan ardaydii dhigan jirtay kulliyada sharciga ee Jaamacada Yuutah, sanadihii toddobaatanadii, waxay u badnaayeen rag cadaan ah, oo aan u aabbe-yeeli jirin, una jixin-jixi jirin haweenka; waxayna Anna u muujin jireen quursi iyo naceyb guun ah oo ku salaysan haweenimadeeda. Anna waxay aheyd innanta keliya ee ku abtirsata bah ganbooley ee xilligaas dhigata kulliyada sharciga ee Yuutah. Waxa kalc oo ay aheyd maahirad ku fiican waxbarashada, ugana horeysay ardayda labka ah intooda badan. Waxay soo dha-dhamisay, dhafoorkeedana laga akhrisan karaa kharaarka uu leeyahay saxaax-sooca.

Haddaba Anna waxay qaaday urugo xanuun badan oo dareenkeeda dhaawacay; xanuun mar-mar ku qasba inay saykoolajiista (Cilmi-nafsi yaqaan) gar-gaar weydiisato. Cuqdad-nafsadeed ku salaysan rag-naceyb baa nafteeda raaxadii iyo raxmadii ka suuliyey. Xataa aabbaheed iyo wiilasha walaalaheed midkoodna wax xiiriir sokeeye ah lama wadaagto, waxna kuma darsato. Maskaxdeeda waxay ka dhaa-dhicisay labkaas ay dhiiga sokeeye wadaagaan in aysan waxba ka gedisneyn labka dibad-jooga ah ee haweenka marna kufsanaya, marna takooraya. Sidaa awgeed, goor walba iyo goob walba oo ay ragga kula kulanto, waxay Anna Wiiner kula jirtaa dagaal dahsoon ee aan gar iyo garowsho lagu arag; mararka qaarkoodna aysan nafteeduba ogeyn. Si kama' ah amaba kas ah bay had iyo goor ula dirartaa ragga.

Arrintani waxay Anna ka dhigtay naag aan weligeed nin guursan, weligeedna aan c'i oran, inkastoo ay sii caga-cagaynayso konton iyo kow sanadood. Ma dhasho, weliba madal adag; ma naxdo weliba macangag ah, iyo madax adeyg bay Anna Wiineer caan kaga tahay maxkamadaha gobalka Minasoota. Waxa kale oo ay ku caan baxday ragga in ay la ogaato xukun adag iyo xabsi dheer oo aysan dib danbe uga soo waaqsan, waana laga duceystaa goorta maxkamadaha la isugu tago. "Caraweeladii Minasoota!" bay ugu wal-qaleen Soomaalida gobalka Minasoota deggen. Had iyo goor waxay Gorriille Keyd-aabbe weyddiisaa weyddiimo ku salaysan xin iyo halgan ay cadowgeeda iskaga dhicineyso, inkastoo aysan kas cad iyo ujeeddo gaar ah ka laheyn, balse xiskeedu uu si daran-doori u go'aansaday.

Keyd-aabbe naftiisa waxay xamili weyday weyddiimaha qalafsan ee xeer-ilaaliso Anna Wiiner. Waxaa ku dhacay laab-jab iyo is-nac, wuxuunna bilaabay mar kale inuu dhidido. Dhowr jeer ayuu ku raftay kursigii uu ku fadhiyey, iyadoo ay hareeraha ka taagan yihiin ciidanka suga bad-baadada maxkamada. Ka dibna, waxaa loo oggolaaday halkiisa isagoo fadhiya inuu dawadiisa qaato. In yar ka bacdi, Anna oo ku qanacsan su'aalaheeda baa waxay si kooban u soo gunnaanaday meerintii ashtakada. Haddana hadalkii waxaa qaatay qareen Jefersoon. Gacanta midig isagoo jeebka kula jira, tan bidixna kor u lalinaya ayuu yiri:

"Gar-soorada xushmada mudaneey, Gorriille Keyd-aabbe, siduu maxkmada u sheegayba, saynisyahanadu waxay beddeleen firka dhaxalka ama jeneetiskiisa. Maanta waa kan, oogada sare nafley duur-joog ah ayuu uga muuqdaa, balse uurka, dareenka, dhaqanka, firkirka, iyo hanaanka guud waa nin adami ah. Waa nin wadani ah, weliba Maraykan ah, una adeega bulshada Maraykanka. Keyd-aabbe waxaa far-sameeyey saynisyahano u farsameeyey habkan, danta iyo hamiga loo abuurayna waxay markii hore aheyd la dagaalanka argaggaxisada caalamiga ah, balse waxaa goor danbe daaha laga rogay inuu xataa gacan siin karo Singal Maadarada dhibaataysan. Gorriille Keyd-aabbe waxaa ka go'an, haddii loo baahdo, inuu ka qayb qaato difaaca wadankan cadawga badan leh. Sidaas awgeed, sabab ay maxkamadu u jajuubto iima muuqato. Wax su'aal ahna ma qabo."

Garsoorkii maxkamada waxaa dabadeed la hor keenay Abshir Hurre, isagoo u muuqda laba-xaniinyood aan qajil iyo baqdin midna aysan ka muuqan, ha yeeshe, carro iyo masayr daran la il-daran, ayna u dheer tahay ciil-qab uu u hayo sharciga Ameerika.

"Mudane Hurre, waxaad maxkamada u sheegtaa dhibta iyo dhagarta idin dhex taala adiga iyo xaaskaagii 'hore'?" Ann-Wiiner baa si naxariis leh u su'aashay.

"Bismillaahi Raxmaani Raxiim. Marka hore, sida ay qorayso diintayda suuban, anigu waan qabaa naagtan. Marka labaad naagtan waa naag u daran nafteeda iyo carruurteedaba. Waa naag tumata, habeenkiina caweysyada aada. Habeen walba nin cusub ayey guriga keensataa. Ka warama ilmahayga habeen walba nin cusub ayaa aabbe u ah, oo aqalka ay ku arkaan? Xataa rag cadaan ah oo leh timo midab jaalle ah ama midab huruud ah leh bay aqalka keensataa!

Soomaaliya markaan joogay ragga timaha midabka jaallaha ah leh waxaan u haystay cudur in ay qabaan. Waan ka carari jiray, mar dhow ayaanba ogaaday inay dad caadi ah yihiin, maantase 'xaaskaygii' ayaaba aqalka keensata, Soomaaldu waxay tiraahdaa 'Sir naageed lama sal gaaro' Naaagtaan sirteeda lama garan karo. Hooyo ma noqon karto. Intaa waxaa ii dheer, carruurtayda waxaa ku dhacay dhar iyo dhuuni la'aan.

Waxaase haatan aafo weyn iyo uur-ku-taalo aan weligay sidi doono igu haya markay aqalka keensatay nafley xayawaan ah, oo habaaran, ahna jaa-juus u adeega gaalada iyo Yuhuuda neceb Muslimiinta. Waa xayawaan nacaladii Eebbe ay ku dhacday. Daanyeerku waa xayawaan habaaran, aqalka iyo carruurtanna waxaa wax u gaysanaya habaarka iyo inkaarta uu sido, aakhirkana waxay ku danbaynayaan belo iyo baas haddaan ilmahaas gacantayda lagu soo celin.

Maraykanow, bal si fiican ii dhageyso maanta. Hadda waxaan la hadlayaa ninka *Maraykan* la yiraahdo. Anigu 'Xaawaley' lama gor-gortamo, waxaan la hadlayaa waa ragga 'Maraykanka' isku magacaabay. Maxaad ka taqaanaan daanyeer iyo xaalkiisa? Ma daanyeer iyo gorriille baad waxay yihiin garaneysaan? Dhulkiinaba kuma noola, kuma tarmaan, kuma korin, lama noolidiin, ab iyo isirna uma lihidiin la dhaqankiisa. Yaab badanaa dunidan! Dhowr daanyeer baad Afrika ka soo bili-liqaysateen, markaas baad isu haysataan inaad aqoon ballaaran u leedihiin. Waxaanba la yaabay, wadankan, meeshii aad martaba sawirkiisa ayaa ku dhegen. Tallaabadii aad qaadaba waxaad arkaysaa sawirka gorriillayaasha oo la xayeeysiinayo. Xataa annaga oo Afrika ka nimid baad isu haysataan in aad nooga aqoon badan tihiin. Aan idiin sheego haddaba ee si fiican maanta ii dhageysta: 'Daanyeerku, sidiisaba, waa xayawaan habaaran,'" inta shanta farood iyo calaacasha gacanta midig oo kala balaqan, Abshir dhex wiifiyey hawada, isagoo aad u qiireysan, hadalkiina sii watay:

"Daanyeerka maxaa sidiisaba daanyeer ka dhigay? Raggannna maxaa rag ka dhigay? Haweenkanna maxaa haween ka dhigay? Ma is-weyddiiseen horta? Daanyeerku wuxuu ahaan jiray bina-aadam nool, oo hadla, wax kala dhig-dhiga, wax fekera, waxna kala haga. Ninka la yiraahdo Daanyeer wuxuu dhigan jiray dugsi quraan. Horta ma taqaanaan 'dugsi quraan?' Waxaa dhacday maalin maalmaha ka mid ah macallinkii dugsi quraanka u dhigayey baa ka codsaday daanyeerkii inuu u keeno biyo uu ku wayso-qaato. Daanyeerkii inta baxay ayuu kaadi ku soo shubay kirli. Macallinkiisii oo dugsigga dhex fadhiya ayuu u keenay kaadidii uu kirliga ku soo shubay.

Goortuu macaallinkii kaadidii ku mayrtay gacmaha iyo wejiga, isagoo
bisinka qabsanaya baa waxaa gumaaday dareen-sidayaasha sankiisa qurmuun
iyo kah ba'an oo ka soo turxamay kaadidii uu ku weyso qaatay. Intuu u
yeeray ardaygii buu ku yiri: 'Nacalada Eebbe kuugu dhacday!' Maalintaas
wixii ka danbeeyey ninkii wuxuu isu-beddelay daanyeer run ah. Daanyeer
habaaran oo geeda fuul ah! Daanyarkii waa kan maanta na hor fadhiya! Isagoo
habaaran, welibanna mar kale bina-aadam nool iska dhigaya. Daanyeer lagu
tiriyo nafleyda hoose sidee haddaba u bar-baarin karaa ubad Eebbe abuurtay?
Khalqi Illaahey abuuray, sidee xayawaan xun gacanta loogu gelin karaa? Waaba
xayawaan inkaaran, oo nacaladii Eebbe ayaa ku soo degtaye!

Waxaaba kaaga sii daran, carruurtayda wuxuu baraa qashin iyo qurun
oo dhan. Wuxuu ilmaheyga baraa: asal ahaan aadamigu in ay ka soo jeedaan
daanyeerada, si fudud bayna u qaateen arrintaas, una rumeysteen. Waad
ogtihiin ubadku waa sida xaanshi cad oo aan waxba ku qorneen oo kale. Cidii
wax ku dhigata iyo wixii lagu dhigo ayey laabtooda iyo ficilkoodaba raacayaan.
Haatan daanyeerkaas iyo naagtaasba waxay laabta carruurtayda ku dhigeen
warbixin marin-habaabisay. Wuxuu baraa carruurtayda 'dimuqraadiyada'
been-beenta ah ee Ameerika lagu halaagay. Dimuqraadiyad dhaheysa 'lab
iyo lab is-guursanaya, dheddig iyo dheddig is-afaysanaya!' Eebbe ayaan ka
magan galay.

Wuxuu carruurtayda baraa oo kale xeer iyo dimuqraadiyad simaya ragga
iyo dumarka. Xaggee ku aragteen sinnaan u dhaxeysa labka iyo dheddiga
wadankan? Ameerika waa dal lagu qiime-jebiyo haweenka; bal orda taga
dukaanka noogu dhow ee meelahan ku yaala. Meel waliba waxaa daadsan
haween qaa-qaawan; haween la iibinayo, ma taasaa qiimaha haweenka? Ma taas
baa sinnaanta ragga iyo dumarka? waa iyaga had iyo jeer naga dhaa-dhacsiiya
'Xuquuqda dumarka' Meeday xuquuqda ay sheeganayaan? Hablo wada muluq
ah, oo weliba kor iyo hoos laga diiranayo. Madax-bannaanida dumarka ee
Ameerika taala, haddayba taas tahay ma doonayo in carruurtayda la baro.

Beenta noocaas ah waxaa loo dhigaa dadka Maraykanka ee dheg-weynta ka
ah nolosha kale ee dunida taala, aniguse qaadan maayo, carruurtaydana qaadan
mayso," Abshir ayaa ku dal-dalmay, isagoo u muuqda inuusan dareenkiisa
maamuli karin. Intaas kolkuu maxkamada u meeriyey bay Aragsan is-celin
weyday oo af-labadii yeertay, iyadoo mar walba ku hal tirsaneysa: "Kaadib!
Beenlow!" Gar-soorayso Margreeta waxay Aragsan u jartay digniin kama
dambaysa ah: "In laga eryayo qolka ashtakada" haddeysan joojin oohinta iyo
guryanka.

Aragsan waxaa ku goobtay baqdin iyo dareen Singal Maadarnimo, oo
ay u dheer tahay wehel daro. Singal Maadarad la faquuqay oo aan haysan

garab iyo gaashaan gardaadiya, gabbaadna u noqda. Ma hanan hablo bar-bar
fariista, oo niyada u dhisa, illinta ka hagaajiya, dhibta iyo dheefta la qaybsada;
islamarkaanna hiil iyo hooba isla garab taaga. Waa Singal Maadar! Keligeed
ayaa had iyo goor ilmada, ciilka, iyo calool-xumada la rafata. Gorriile Keyd-
aabbe intuu is-celin kari waayey, kolkuu arkay rafaadka, il-dheerida, iyo
murugada ka muuqata Singal Maadarada cududiisa iyo caqligiisaba hanatay
ayuu mar gacantiisa ballaaran ee madow oo ay dhogortu haraysay la beegsaday
Aragsan dhabankeeda jilicsan, sidii ubad uu dhalay oo kale, dabadeedna si
miyir leh uga masaxay ilmada ka qoyan camankeeda; madaxanna u salaaxay,
dhabarkanna ka dhar-baaxay, isagoo cod hoose ku leh: "Garaad, Guul,
Gobannimo." Aragsan ma dhoola-cadeyn, sidii uu uga bartay, weliba kolkay
hal-ku-dhegaas is-weydaarsadaan, iyadoo u muujisay jawaab aan cod lagu
arag, kana soo maaxday laabteeda kacsan, niyada iyadoo ka leh: "Garaad,
Guul, Gobannimo."

Abshir oo hadalkii sii wataa baa misna yiri: "Waxaan ahay aabbe
wanaagsan, oo xil-qaad ah, kana soo jeeda qoys iyo qaraabo gob ah oo la
yaqaan. Rag muxuu iska yaqaan, halkan unbaa la isku arkaye! Aabbe shaqeysta
oo muruqiisa maala ayaan ahay, inkastoo bilihii tegay aan shaqo laawe ahaa,
misna ma jirto cid iiga gacan iyo gacal fiican carruurta iyo haweenkaba,
waxaana marqaati iiga ah 'xaaskayga,' ugubka ah. Inta yara diday Abshir buu
misna yiri: mise aan iraahdo 'gabadha saaxiibtay ah.'

Waxaan maxkamada u sheegayaa carruurta aniga ayey i doonayaan, aniga
ayey i jecel yihiin, qofka ay rabaanna waa aniga. Inay aniga ila noolaadaan
darteed bay dhar iyo dhuuniba u diideen. Waxay ii qabaan boholyow iyo
kal-gaceyl naftooda dooriyey, sida aan anigaba hilow iyo gacaltooyo-sokeeeye
ugu hayo si la mid ah. Waa carruurteydii, waa dhiigeygii iyo dhecaankaygii.
Carruurtayda waan kaxeen jiray, la cayaari jiray, u qubeyn jiray . . . Tarbiyada
diinta Islaamka ayaan bari jiray . . . Qiimaha iyo qaaya-darida ay noloshu
yeelan karto ayaan uga sheekeyn jiray. Asxaabihii iyo Anbiyadii hore baan
uga sheekeyn jiray; Qori-Is-Maris, Dheg-dheer, Boholaha Xargagan baan uga
shakeyn jiray, bal muxuu uga sheekaynayaa daanyeerkaas?

Dhibaatada ugu weyn haatan waxay tahay Ilmahaygu waxay la mid
noqdeen sida geed gunta xiddidka looga siibay oo kale. Waa carruur abnaq
iyo isir ay ku abtirsadaan aan maanta garaneyn. Intiinna meesha fadhida
nin aan abtirsan karin idinkuma jiro. Ninkaan abtirsan karin wuxuu iska
xaadiriyaa maktabada kutubta halkaas ayuuna iska baadi-goobaa. Caruurtayda
maktabad aniga ayaa u ah, waxayna aheyd abtirsigooda iyo qabiilkoodaba in
aan baro, oo ay maanta dusha ka yaqaanaan awoowe-ka-awoowe halka ay
ka soo jeedaan. Haddii haatan la weyddiiyo durriyadooda, midkoodna ma

garanayo, waxayna ku oronayaan 'Jeeri iyo Toom, Keyd-aabbe ama 'Guul, Garaad . . . ,' waxyaabo iska been-been ah.

Waxaan maxkamada sharafta leh ka codsanayaa in carruurta la talo-saarto, lana tix-geliyo qofka ay door-bidaan in ay la noolaadaan," Abshir oo ay ka muuqato qalbi-xumo ayaa maxkamada u soo jeediyey. Waxaa dabadeed dacwadii la wareegay Jefersoon

"Ma u gacan-qaadi jirtay afadaadii hore?" Jefersoon ayaa su'aalay. Abshir kama warcelin weyddiintaas. "Okay, su'aal kale ma qabo marka," qareen Jefersoon baa ku jawaabay, oo qunyar salka u dhigay kursigii uu ka soo kacay. Meerintii dacwada oo kooban goortii la soo gunnaanaday bay gar-sooreyso Margareeta Sharmarke kala dirtay maxkamadii, kuna war-gelisay xeer-ilaalisada iyo qareenkaba in dacwada la isugu soo laaban doono laba biload ka bacdi, ha yeeshee, dib loogu soo sheegi doono goobta iyo goorta lagu qaban doono.

CUTUBKA 12NAAD

Goortay aqalka soo gashay Aragsan oo uu gardaadinayo daanyeerkeeda Keyd-aabbe bay indhaha ka qaaday Ashkir iyo Halgan oo is bar-bar fadhiya, isuna jiibinaya hadalo guntoodu tahay is-macruufeysi iyo wada sheekeysi, iyagoo is-weydaarsanaya qosol dheer oo aan kala go'a laheyn. Si qalbi furan waxay uga doodayaan noloshii macaaneyd ee Soomaaliya iyo waayo-waayo siday aheen jirtay. Aragsan isla-mar-ahaantiiba waxaa qalbigeeda sac-saca ah hurgumeeyey maseyr gar-ma-qaate macangag ah, wuxuuna qarda-jeexay haamaha dabacsan ee wadnaheeda, kaasoo ku baahay dhuumaha dhiiga qaada, kuna shuba sanbabada iyo xubnaha kale ee jirkeeda.

"Ka waran maxkamadii maanta," Halgan baa su'aashay Aragsan. Shib iyo quus.

Islamarkiiba madaxa ayaa lagu dhuftay Aragsan, waxaana dikaamaya xiddidada ka muuqda labadeeda dhafoor, iyadoo aad isu cun-cunaysa, hoostanna ka guryamaysa, marna ku qamuunyoonaysa: "Naag danbe, way oo way!" Dhirif iyo maseyr aawgood, Aragsan oo aan dheg-la-qabto lagu arag, oo kolba doc u dheeliyeysa, sidii laash mowjedaha badweynta dul sabeynaya oo kale, bay ganbadii iyo shaarkii ay xirneyd hal-haleel isaga bixisay. Timaheeda halabta ah ee dhuxusha ka madow, gacanta bidix iyadoo ku fireysa ayey degdeg u gashay madbakha. Waxaa Aragsan ku dhacay jaah-wareer iyo jini jaan-jaamiyey nafteeda cadiban.

Ashkir oo u fadhiya sii-jeed, kana sii-jeeda kedinka madbakha laga galo, ha, yeeshee, ku sii jeeda Halgan baa dabadeed si qalbi furan ula soo kuday, isagoo weliba codkiisa ku dheereysanaya "Dugsi quraan baan carruurta u soo helay." Aragsan oo carreysan, kuna dhex meeraysaneysa jikada dhexdeeda oo aan garaneyn meel ay u socoto iyo meel ay ka socoto midna toona ayuu Ashkir mar kale cod dheer ku yiri:

"Asalaamu Calaykum," si ay Aragsan u maqasho, inta qaybta sare ee jirkiisa u ruqaanshay dhinaca jikada.

"Waryaa, iga aamus axadkow," bay ku warcelisay, iyadoo doc isu-buureysa.

Aragsan nafteeda waxaa ka dhex qarxay xanuun lagu guntay masayr, kelinmo, dal iyo dad-teb, garoob-takoor, iyo rajo beel. Singal Maadarad quus ah. Intaas waxaa u dheer wel-welka iyo baqdinta ku raagay, kuna mariidsaday ruuxadeeda dhibban. Dareen-sidayaasha maskaxdeedu waa buux dhaafeen, waxayna gudbeen tankii iyo muggii aadamiga loo xadiday; dabadeedna mar qura bay ooda-jabsadeen. Degdeg intay u soo haabatay fujaan quraarad ah oo ay is-laheyd ku shaah ayey Ashkir oo sii jiid u fadhiya dhalada kala heshay, iyadoo ku dhawaaqaysa: "Qab-xad walba ninkii aqalkan yimaada bay shukaansi ugu dhaqaaqaysaa!" Dhiig aan badneyn baa mar ka soo burqaday Ashkir madaxiisa ballaaran, wuxuuna markiiba madaxa ku duubtay shaarkii uu sitay, isagoo naxdin awgeed orod dibada is-dhigay.

Markay Aragsan aragtay dhiiga gaduudan ee lagu guntay xinjir qara weyn leh, kuna tisqay kobtii uu Ashkir ka kacay bay intay dhinac isu kuustay, oo kadalloobsatay, iyadoo weliba aad u jarceyneysa sidii qof qalal qaba oo kale bay oohin dhulka isla dhigtay, oo gal-galatay, iyadoo marna qaylinaysa, marna timaheeda rifeysa, mar kalana ku leh Ashkir: "Raalli iga noqo. Alla anigaayeey! Ba'ayeey!" Amin yar gudaheeda bay sida geel-dhuggeeye dhiileysan misna Aragsan isku beddeshay, iyadoo ku qaylineysa: "Iiga baxa gurigayga. Baxa!" hadalkiina ku dartay: "Ma arkayseen siday tii u ekeyd? Fool-xumadeeda. Roose, cusbur, diinsi, iyo cillaan siday foolkeeda ugu dhoobaysay waxay u ekaatay qumanyo baras qabta. Waa ma dhasho! Sheyddaamadaas ubad sidee u dhalaysaa? Naarta Jahanamo ayey galeysaa, horay baa loo yiri 'Naarta waxa galaya naago ayaa ugu badan! Maxaa sidan la iigu silcinayaa? Maxaa sidan la iigu ciqaabayaa?"

Sagxada aqalka weli iyadoo kala waran, iskana barooraneysa bay mar qura degdeg u soo habaatay fuq ka haray burburka quraarada bakeerigii ay Ashkir madaxa kaga dhufatay Fuqii qarshada ahaa waxay si xun ugu jeex-jeexday gacmaheeda iyo cududadeeda bal-ballaaran, iyadoo aad u ooyneysa. Aragsan waxaa gubaya cadaadis iyo allaale-baq nafteeda xaraarad kulul ku haya. Waxay u baahan tahay inay ciil-baxdo, iyadoo aan si fiican u garaneyn qofka ay u ciil qabto. Tin ilaa cirib jirkeeda waxaa is-qabsaday dhiig isku guntan oo dhibco-dhibco u safan gacmaheeda iyo cududadeeda; ka dibna, waxay ruugis ugu dhaqaaqday jab-jabkii ka haray koobkii dhalada ahaa, iyadoo kolba inta xoogaa soo cantoobsato afka ku guraneysa, kuna qariideysa gowsaha iyo miciyada afkeeda engagan.

Aragsan waxaa ku dhacay maan-wareer maskaxdeeda dooriyey, miyirkana ka suuliyey. Waxay ruuxadeeda walhan tirsaneysaa dadka oo dhan inuu nafteeda cadow u yahay. Waxay qaaday madax-farad walhaya laabteeda iyo oogadeeda oo dhan. Hal-ku-dheg waxay ka dhigatay: "Hooyaday ayaan xabsiga ka soo saarayaa. Afrika ayaan u kacayaa." Aqalkii ayey daba-rogtay, waxayna dharkii iyo maacuuntii qoyska afka u gelisay shandad cusub oo ay rabtay hooyadeed oo Nayroobi joogta in ay u sii dhiibto. Si deg-deg ah hurdada waxay uga soo jaftay carruurtii, iyadoo ku leh: "Labista waan dhoofaynaa, ayeeydiin macaan, ayeeyo *Sulubo* ayaan idiin gaynayaa. Way idiin hiloowday, idiin walaatay. Soo baxa. Haye, dhaqsada oo is-diyaariya ayeeyo Garaado baan u tageynaa."

Kolkay carruurtii ka sal-salisay huradadii nahda darneyd ee markii horaba lagu jajuubay bay haddana amartay in la qubo cunada ku keydsan qabbojiyaha guriga, iyadoo ka mamnuucday dhallaanka in ay wax cunaan, waxna cabbaan. "Oonta laga cuno wadanka Maraykanka waa xaaraan, Ashkir baa ii akhriyey. Cuntada wadankan doofaar ayaa lagu dhafaa, si dadka Muslimiinta ah loo macaluuliyo. Waxay dhageystaan taleefanada dadka Muslimiinta ah. Ninkaygii Abshir, waa i rabay, waana i jeclaa, anigana waan jeclaa, waxaa igu diray waa FBIda (Ef Bii Aayda) iyo CIAda (Sii Aay Eeda). Waan soo ogaaday . . . Aahay, waa runtay. Xataa inkaar-qabtada Hufan iyo Abshir FBIda iyo CIAd ayaa isu doonay, isuna guuriyey, si ay aniga iiga tanaasulaan, waayo hadda ka hor bay FBIdu iyo CIAdu iga codsadeen in aan ugu shaqeeyo af-celiso, maadaama Af-carabiga aan si hufan u garanayo, oo waxay rabeen rufiyaanad dadka uga war keenta in aan u noqdo, ka dibna waan ku gacan-sayray. Marka waan iska garanayey in ay cagta-cagta ii saarayaan, oo i daba galayaan.

Markay wax iga qaadi waayeen ayey doqonkii Abshir ahaa igu direen, waa kuwaas 'Dhusuqleydaas'marwo uga dhigay. Waan ogahay xataa qarashka ku baxay arooska FBIda iyo CIAda ayaa bixinaya. Dhillada xunta ah ee labada minjood ee baastada aad moodo meelaha ka wilif-wilif siineysa sida cantalaagii; hadaanan jabin fartii ay qaadaba, naagba ma ahi." Qosol dheer bay Aragsan ka wareegtaa goortay laba erey ka dhawaajisaba, iyadoo gacmaha iyo faraha kor u taag-taageysa; marna inta codka gaabsato, si gooni ah nafteeda ula faqaysa. Waxay hadba si karbo-karbo ah, oo qaab-daran ay ugu labistaa carruurta wada fiigsan oo ay hurdada ku bar goysay. In yar ka dib ayey haddana degdeg uga bixisaa dharkii ay ku qasabtay, iyadoo ku leh: "Waan iska joogeynaa. Belo ha aado meeshii kaneecada badneyd."

Keyd-aabbe naxdin iyo aamusnaan baa ka soo hartay. Islmarkiiba wuxuu taleefan hoosta uga diray hey'ada gurmadka degdegga. In yar dabadeed, waxaa aqalka isku meegaaray shan baabuur oo booliis ah, oo ku qalabaysan hub casri ah, waxaynna si arxan daran ku soo jibaaxeen albaabkii aqalka, iyagoo ku qaylinaya cod iyo sawaxan sida digniin iyo hanjabaad. Qoyskii ayey gaba-gabeeyeen, baaris aan soohdin lagu arag bay ugu dhaqaaqeen aqalkii reerka. Baaristii aqalka intay socotay bay Aragsan dareentay baqdin iyo naxdin, oo hiyi-kacday, iyadoo qoonsatay ciidanka hubaysan, dharka kaakiga ah, kabaha buudka ah oo ay ciidanku bileysku gashan yihiin iyo qalabka ku raran oogadooda

Horraantiiba, Aragsan waxaa maskaxdeeda haleelay miyir doorsan uga yimid baqdinta iyo mala-baqa maankeeda calway. Booliisku kolkay u babac-dhigi waayeen qaylada, buuqa iyo gacan-ka-hadalka Aragsan, waxaa qasab ku noqotay inay garba-duub u xiraan, bar-barnna u seexiyaan sagxada qolka fadhiga, iyagoo hareeraha ka taagan, kuna dul sheekeysanaya. Aragsan waxay bilowday in ay baroorato oo hadba qaylo dheer cirka iskula shareerto, iyadoo marba madaxa gees u wilfineysa, marna labadeeda lugood dhulka doc ugu rafineysa, si ay isaga fududeyso katiinada ku jeeban gacmaheeda. Waxaa xanuun ba'an waxaa ku haya jeebada ku qafilan gacmaheeda jilicsan.

Maskaxdeeda kharibin waxay u shiday nafteeda shideysan filim tusaya dagaalkii sokeeye ee Soomaaliya, iyadooba iska dhaa-dhacsiisay inay dhex joogto Soomaaliya, gacantanna ay ugu jirto mooryaantii ma-naxayaasha ahaa ee dadkeedii iyo dalkeedii ka soo barakiciyey. Maskaxdeedu waxay dib u gocotay dhibtii iyo dhaawacii dagaalka sokeeye. Waxay dib u xasuusatay dilkii iyo kufsashadii loo gaystay walaasheed Tamad ee aheyd da'dii ka yareyd, iyadoo weliba horteeda lagu toogtay. Ciidankii booliiska oo ay weheliyaan laba wakiil ee ka socda Xafiiska Adeegga Bulshada ayaa Keyd-aabbe ku wargeliyey: "Laga bilaabo maanta daryeelka carruurta waxaa si ku-meel gaar ah ula wareegaya Xafiiska Adeegga Bulshada," waxaanna la amray inuu saxiixo warqad uu ku oggolaanayo go'aankaas, maadaama uu yahay *aabbaha keydka ah ee* qoyska. Keyd-aabbe oo jaraynaya, ilmadana isku celinaya, intuu ciidankii mar eegay, ayuu misna dib u dhugtay Aragsan iyo carruurteeda, dabadeedna si deggan ayuu qalinka ugu aasay Warqada La Wareegista Daryeelka Carruurta.

Hadaladaas kolkay maqashay bay Aragsan murraara-dilaacday, mar qura intay soo duushay, iyadoo labada gacmood ka jeebeysan, kuna qaylinaysa: "Waawareey, carruurtayda ayey iga dhacayaan. Carruurta aniga ayaa dhalay. Waryaa Soomaali aheey! Waryaa Muslim aheey! Ma la is dhacayaa. Carruurta waa la dhalayaa dhala." bay si kedis ah, iyadoo aan dheg la qabto laheyn, hardi kulul ku qaaday sargaalkii ciidanka hogaaminayey. Isagoo duulaya ayuu ka dul dhacay armaajadii reerka. Sargalkii oo xanuun daran la kacsan, islamarkaasna aan afkiisa iyo addinkiisaba maamuli karin baa Aragsan iga hoo yiri dhangalaaso fara-jir-jir ah, oo weliba dib isaga xooray, isagoo ku af-lagaadaynaya "Iga fagow addoonyahay qurmuun!" Aragsan sal-jugle ayey u dhacday, isuna buuratay si qaab daran, iyadoo aflabadii qaylineysa.

Islamarkiiba waxaa jeebo dhumuc adag looga xiray boqomada lugaheeda dhuub-dhuuban, si aysan kol danbe u sare kicin.

"Kuwaasi tage. Samir iyo iimaan!" mid ka mid ah askartii ayaa Aragsan ugu tacsiyeeyey.

Halkii iyadoo kala waran bay Aragsan dareentay dhiig diiran ee ka soo tiixaya dacayda kore ee dibinteeda jilfaysatay, waxaynna bilowday inay xajiimooto, oo sagxada dhulka ku gal-galato, islamarkaana jarceyso, lugaha iyo gacmahana ay soo kokmaan sidii qof qalal qabta oo kale, iyadoo weli dhulka kala waran, aadna u qaylineysa. Afka ayey qaylo kala furatay "Waawareey! Balanbalayeey! Yaa Soomaali aheey!? Dad la'aan baa la igu ciilayaa!"

"Hooyo, Gambool, Libin, Haatuf iyo Hanad ha raacinna gaalada . . . Hooyo diida . . ." Intaas markay u sheegtay bay carruurtii ka soo fara baxsadeen askartii, oo hooyadood oo dhulka kala waran gaboodsi bideen, iskuna duubeen, iyagoo si daran isugu nabay labadeed bowdood iyo lugaheedaba, islamarkaana oohin iyo sawaxan xooggan isku daraya, ilaa goor danbe si sandulle ah looga soo fur-furay.

Gorriile Keyd-aabbe ma hadlin, far iyo suulna ma dhaqaajin, isagoo hadba labada indhood ka guluc-guluc siinaya ayuu indhaha ka daawadaa riwaayada naxdinta leh oo ay si wada jir ah u wada matalayaan Singal Maadarada naftiisa iska leh iyo ciidanka booliiska. Naftiisa maskiinta ah waxaa gashay cabsi; waxaana xir-xiraya dareenka lixaad ee loo sanceeyey maskaxdiisa, gaar ahaan goortay food-saarto qul-qulad noocan oo kale ah inuu intii karaankii ah ka gaabsado. Carruurtii *ilma* Aragsan Bulxan, waxaa sidii badeeco la rarayo oo kale, si silac iyo saxariir leh loogu guray gaawaridii booliiska, iyagoo weliba ooyanaya, kuna dhawaaqaya: "Hooyo! Hooyo adaan ku rabnaa . . . Abbe . . . Keyd-aabbe, booliska naga celi!" Indhaheeda oo shan ah baa Aragsan carruurteeda lala tegay.

In yar ka bacdi Aragsan oo weli baroornaysa, tabar iyo talanna aan lagu arag; afkana abur cad ka sayraysa, carrabkuna qalalay, labada indhoodna gaduuteen; jirkeeduna, gaar ahaan labadeeda bowdood ee bal-ballaaran iyo ganaceeda bidix ilaa naaskeeda ay labka goobta u soo gurmaday daawanayaan ayuu Keyd-aabbe isku dayey inuu Aragsan jirkeeda ku asturo guntiinno uu aqalka ka soo haabtay, markiiba waxaa is hor taagay ciidankii bileyska. Keyd-aabbe iyo booliska oo wada hadlaya baa waxaa soo caga dhigtay gaariga bukaan-qaadka.

Nin iyo naag gashan dhar cad-cad, xirana gacmo-gashiyo caag ah, afkana ku xirtay duub cad, ayna weheliso kal-kaaliso Suleekho ayaa aqalkii soo galay. Gurigii markay soo galeen bay Aragsan si lama filaan ah ugu booday Suleekho. Cunaha intay ku dhegtay ayey dhulka la gashay, iyadoo ku qaylinaysa: "Waa

Qumayadii! Ila qabta! Waan hayaa! Keyd-aabbe, ila qabo!" Booliska oo ku
maaweeleysanaya ayaa kol danbe si xoog leh Aragsan uga soo dhiftay Suleekho.
Xoogeeda iyo xiskeeda markii la maamuli waayey, siiba sawaxanka xad-dhaafka
ah ee afkeeda ka soo baxaya ayaa markii danbe cududa gacanteeda midig lala
beegsaday irbad xiskeeda miyir tirtay. In badan ma qaadan, goortii Aragsan
hadalkeeda iyo hugunkeedaba la waayey. Si qun-yar ah waxay u dul seexatay
kadiifada aqalka. Ka dibna waxaa lagu wal-waalay wassiisin yar, waxaanna si
qumaati ah loogu hubsday gaariga bukaanka qaada.

Gorriile Keyd-aabbe waxaa indhihiisa ceelka dhex qotoma ka soo dareeray
illintii uu mudada dheer cadaadinayey, isagoo aad uga xun qalbi gadoonka ku
dhacay milkiilaydii soo iibsatay. Wuxuu iska dareemayaa guul daro, daciifnimo
iyo inuu yahay aabbe dareen qufulan oo reerkiisii dhaqan waayey. Aabbe
aan lagu arag karti uu ku agaasimo qoyska uu mas'uulka ka ahaa. Aabbe
ragaasay oo aan laheyn ragnnimadii, garaadkii, iyo wax-qabadkii laga filiyey
nin ka soo jeeda qoyska Gorriillaha. Inuu ku guul-daraystay kal-kaalintii iyo
bad-baadintii Singal Maadarada iyo carruurteedaba. Weliba waxaa intaas u
dheer, isagoo dareemaya inuu caawa lunsaday carruurtii uu dunida ugu jeclaa
iyo hooyadoodba. "Yaaba wax kale igu aaminaya . . . Nin carruurtiisii iyo
hooyadood maamuli waayey?," buu niyada isaga cannaantay, oo misna niyada
ku dhistay: "Bina-aadamka la sheego ma sidan bay u nool yihiin? Maxay bahda
reer gorriille ugu yeeraan 'xayawaan' iyagaaba naga liitee. Riyaha qaawan ayaa
iddaha ku qosla! Walee la is-baray dheh!"

Keyd-aabbe wuxuu isu sheegayaa inuu danbi ka galay carruurtii uu
aabbaha u ahaa. Maankiisa waxaa si aan qiyaas laheyn u aafeeyey carrurta uusan
raadkooda iyo raqdooda meel ku ogeyn. Carruurta uu isa-siiyey; laabtiisana
uu si qoto dheer leh ugu duubay, niyada isagoo ka leh: "Aadamigu dhallaanka
waa u daran yihiin. Waa kala firdhinayaan, midba reero qalaad iyo muskood
bay ka tuurayaan. Midba aqal iyo qoys qalaad bay gacanta u gelinayaan. Waa
nolooshii iyo rafaadkii aan soo maray." Isagoo weli naftiisa la qanbinaya ayuu
haddana isu sheegay: "Haddii aan wax ka qaban waayo waqtigan xaadirka ah
ilma Keyd-aabbe waa u dhamaatay. Degdeg waa inaan carruurta ula wareego,
oo gacantayda aan ku hubsado, si mar un aan u dareemo aabbanimo dhab
ah. Mar ha iga harto 'Keyd-aabbe waa madi' Yaa maanta carruurtaas iiga
sokeeya?"

Guraabbaaska uu naftiisa kula qambinayo, isagoo iskula maqan baa
Gorriile Keyd-aabbe loo sheegay gaariga inuu la raaco Aragsan; ha, yeeshee,
waa ku gacan-sayray ciidankii iyo shaqaalihii isbitalka, isagoo aad u carreysan,
aadna uga naxsan Singal Maadarada iyo carruurta baylahda ah. Gurmadkii
caafimaadka kolkay muuqaal iyo maqal ahaanba la libdheen Aragsan, weli

isagoo qalbiga ka maqlaya wii-waada iyo dhii-dhaada baabbuurka Aragsan lagu sido ayuu Keyd-aabbe si tartiib ah salka u dhigay kursigii Aragsan, iskana dhex fariistay aqalka maran ee cidlada ah.

Wuxuu markii ugu horeysay caawa salka saaray kursigii Aragsan. Kursigii ay had iyo jeer Singal Maadarada ku fariisan jirtay. Labada gacmood ayuu is-dhaafsaday oo si qunyar ah isugu tiirshay kursiga, isagoo aad moodo miciin iyo magansi inuu ka goobayo. Labada lugood inta fidsaday, madaxana doc ugu tiirshay isbuunyada kursiga, islamarkaasna muujinaya niyad-jab iyo talo farahiisa inay ka baxday ayuu mar kale bilaabay isla-hadal iyo is-cannaanasho aan madax iyo minjo la qabto laheyn. In door ah goortuu Keyd-aabbe la talo-gurtay naftiisa welbahaarsan, welina taladu ay ka qaloocan tahay, meel uu wax ka qabtanna aan garaneyn bay goor danbe ishiisu bikaacsatay album ay ciidanka booliisku ka soo qufeen armaajada goortii ay aqalka baarayeen. Albumka waxaa si teel-teel ah ugu keydsan sawiro aan badneyn; bayjajka albumkuna intooda badan waa maran yihiin. Wadnaha ayaa islamarkiiba Keyd-aabe lagu dhuftay, markuu arkay masawir tusaya Aragsan oo d'a yar iyo ninkeedii hore oo dhexda isku dhegen.

Waxa kale oo ka muuqda albumka masawiro muujinaya Gorriile Keyd-aabbe oo aqalka lagu soo dhawaynayo, lagana soo kaxaynayo Rugta Carwada. Dhanka kale ayuu u rogay waxaa ka muuqda Abshir oo dhabta ku haya Libin iyo Aragsan oo dhinac fadhida. Waayo-waayo iyo waqtigii tegay. Dhowr baal oo wada maran goortuu soo rog-rogay ayuu baalka ugu danbeeya wuxuu ku arkay sawiro isdaba-joog ah, oo siday isaga la tahay, cadaynaya xiriirka wanaagsan ee u dhaxeeya isaga iyo carruurta uu aabbaha u yahay, wuxuuna niyada isaga sheegay: "Sawiradan waxay cadayn u noqon karaan kal-gaceylka qotada dheer ee aniga iyo carruurtayda naga dhaxeeya."

Goriille Keyd-aabbee waxaa ka go'an gacanta inuu ku dhigo carruurta, islamarkaanna uu buuxiyo kaalintii ay baylahiyeen labada waalid ee iska dhalay ciyaalka. Isla daqiiqadaas ayuu ku dhaqaaqay inuu la xiriiro qareen Jefersoon Beter iyo hey'adaha u dooda xuquuqda dhallaanka. Waxa kale ee uu u qoray qoraalo fara badan hey'adaha u dooda xuquuqda Daanyeerada La Fir Dooriyey (DFD) ee ku sugan xaaladiisa oo kale, si uu uga codsado in ay gacan-ka-siiyaan la wareegista daryeelka carruurta. "Waxa keliya ee aan u qaban karo Gambool, Hanad, Libin, iyo Haatuf waa anigoo muruqayga iyo maskaxdayda ku bar-baariya," buu had iyo goor niyada isaga sheegaa. Dhowr maalmood kolkay Gorriile Keyd-aabbe iyo qareen Jefersoon kulmeen, waxay si wada jir ah ugu gudbiyeen maxkamada gobalka Minoosata codsi uu Gorriile Keyd-aabbe ku doonayo inuu ku hantiyo bar-baarinta iyo daryeelka carruurta.

CUTUBKA 13NAAD

In cabbaar ah goortuu is-rogrogay Geele, isagoo joodariga dhulka u goglan ku baarashayo, naftiisana ay xamili l'adahay dhagarta ay la gubanayso ayuu mar danbe goostay inuu ku soo cabbur-baxo aqalka saaxiibkiis. Abshir oo ka naxsan muuqaalka Geele, niyadana iska leh: "Muxuu caawa la guuraynayaa?" baa tartiib albaabka uga furay.

"In aan kula faqo baan doonayaa," Geele oo fiigsan ayaa codsaday, isagoo aan xataa bariidin Hufan oo daba taagan Abshir. Jeedaal dhiil sida intuu dib ula jaleecay *afadiisa* ayuu amar ku siiyey: "Iska seexo, deg-deg ayaan u soo noqonayaa."

"Xilligan xaggee u socotaa? Acuudi Billaahi!" Hufan oo dikano qabta baa weyddiisay, "Soo seexo 'hani' Habeen waaye. Aqalka laguma cidleeyo afadaada curdanka ah."

"Sidee wax u jiraan, waa adiga xilligan guuraynayee? Suleekho miyaa?" Abshir baa su'aalay, isagoo indho shakisan ku godaya saaxiibkiis Geele.

"Inna keen meelahaas ayaan ku showraynaa. Waa yaab! Annaga oo nool bay doonayaan in ay na cirib-tiraan. Sida ay u dhacdaybaa 'Beladii Sibteembar,' waa na daba galeen, xataa gabdhaheenna ayaan uga baxsan la'nahay."

"Xilligan meel furan ma leh . . . Shayddaanka iska naar, si, si baad u kulushahay saakay. Bal is-deji ninyahow. Maqaayada 'Dhega-caska' ee u dhow wadada is-goyska 23ka iyo Clinton Blvd ayaa furan ee na keen," Abshir ayaa soo jeediyey.

"Waan nebcahay in aan tago maqaayadaha 'Dhega-casta,' weliba wixii ka danbeeyey Sibteembar 2001da," Geele baa si dhiiran u yiri, isagoo aad u baqanaya, mar walbana labada goonyood qooraansanaya.

"Abshir, adiga ninyahow caale-caale maa tahay, mise anaa ku mooday? Sow ma ogid in la is-dhageysto? In taleefanada iyo guryahaba la dhageysto, oo lala socdo kelmad kasta oo aan ku hadalno? Adi waxaad ka hadleysaa maqaaxi Carab leedahay in aan tagno, anna meel Af-carabi looga hadlo oo dhan waan ka cararaa."

Hadal badan iyagoo aan is-oran bay gaariga afarta shaag wadadda ula rogeen, waxayna tageen maqaayada raashinka laga cuno ee Parkins, halkaasoo ay xilliyada danbe ee habeenkii ku waqti qaataan dhallinyarada Soomaalida oo ay mowjadaha iyo hirirka badweynta magaaladu soo tuftay. Waa goob ay inta badan ku kulmaan labka iyo dheddiga isu-carrab laalaadinaya, siiba waqtiyada danbe ee habeenkii, goorta ay ka soo rawaxaan naadiyada tumashada, halkaasoo ay ku caweysiyaan ilaa sagal gaduudka waaberi samada ka soo muuqdo. Waa rugta ay isku arkaan dhallinta naftooda iyo waqtigoodaba u hibeeyey rucleynta iyo rigleynta muusiga qoob-ka-ciyaarka laguna dhafay isla waqti-qaadashada casriga ah.

Geele waa hin-raagayaa, hadalkana waa la shig-shigayaa. Kolkuu hadlayo xoor dhumuc culus, oo isku guntan ayaa labadiisa dibnood ka soo burqanaya, sidii awr doobinaya oo kale, isagoo weliba aad u jaraynaya, sidii nin lalleema ay lureyso. Saakay uma muuqdo, umana dhaqmayo sidii qof taam ah oo kale; waxaana ka muuqdo diif iyo daal daran. Kama muuqato fir-fircoonadii iyo weji-fur-furnaantii lagu yaqaanay. Intay dhexda ku soo jireen, Geele hadal badan ma oran, wuxuuna dhowr mar oo keliya uu ka hadlay siduu uga xun yahay dagaalkii dhex maray jufada uu ka dhashay iyo raggii ay iska laayeen. Dagaalkan wuxuu Geele laabtiisa ku reebay tiiraanyo weyn oo naftiisa saameysay. Waxaa saakay ka soo haray oo keliya indho-gaduudan, tuhun, abhin uu u jeedinayo Abshir, alaale-baq, qoomameyn, iyo qamuunsi daran.

Markay tageen maqaaxida Parkins, weli iyagoo gaariga dhex fadhiya ayey indhahooda si lama filaan ah u qabteen Suleekho iyo Qummane Qaboobe oo ka soo kudaya kedinka maqaayada, iyagoo weliba dhexda isku-dhegan, oo wada xaragoonaya, marna fara-cayaaraya. Kolkay arkeen lammaanaha baashaalaya, marna is-xan-xan-taysanaya ayuu Abshir dhexda isaga duubay saaxiibkiis Geele oo ka codsay inuu ka ilaashado afkiisa iyo addinkiisaba lammaanaha isla-waqti qaadanaya, inkastuu Geele dhowr jeer u hinqaday dibada inuu gaariga uga baxo, una gacan qaado Suleekho iyo atoorkeeda cusub.

"Ma waalan tahay? Waad ogtahay Ameerika saddex neefood oo ay ilaashadaan cadaanka wadanka dhistay looma dhawaado: Naag, eey, iyo carruur! Saddexdaas waa laga fogaadaa, adna inaad Suleekho fara-saarto baad u fak-fakaneysaa. War ninyahow caga-dhigo. Hadday kaa dhab tahay guur iyo gayaan doon, gabdho wada calaf doon ah waa buuxaan magaalada. Anaa ku barayo qalanjooyin ka maskax iyo muuqaal fiican naagtan.

"Kaalay, aniga ma Ilaahay baa i neceb, oo dagaal dahsoon igula jira, mise aniga ayaa nuxuus ah? Xaggee la igala qaaday? Aan halkan imaado maba xumee, maxaa misna gabadhii aan abidkey gefka ka dhowrayey, oo aan abid kool-koolinayey, had iyo goorna u heellanaa, oo gacaltooyada aan u qabo awgeed gebiyada wednaha ay ila gar-naqsanayaan, bal . . . Caawa maxaa ku qasbay in ay la gudo gayaan kale?" Geele oo aad uga xumaaday falka Suleekho baa isaga calaacalay, inta labada gacmood kor u taagay.

Waxaa qarxay Geele manadarada qalbiga, goortuu arkay gabadhii uu hamiga u hayey, kuna han weynaa oo nin kale la daaqeysa. Gabadha ku sawrin luuq-luuqyada iyo gidaarada qolalka wadnihiisa dabaalka ah, oo weliba, siduu mala awaalayo, caloosha ku sida uur-jiif ku fir-tirsada abnaqa reer Madax-kuti, ahna ubadkii ugu horeeyey noloshiisa oo dhan.

"Waagaan hawdka ku noolaa, iyadoo kale, afarta addimood ayaa si is-dhaaf ah loo jebin jiray." Geele ayaa u sheegay Abshir.

"Suleekho oo kaa tagtay ma aha macnaheedu cirkii oo kugu soo dumay, waad aragtaa 'minley' waxa magaalada meeraya," Abshir ayaa ku dhiiri-geliyey.

Maqaayadii kolkay galeen ayuu Geele dalbay laba shaah ah, isagoo leh aniga "Wax cunid iima taalo, ee adna?" hadalkiina raacshay: "Talo aan la ruugin waa lagu rogmadaa . . . ee . . . Waxaan wataa qorshe ah inaan iska xujeeyo 'Dhogorle' laakiin waxaaba saakay igu saa'id ah in ay xataa la xiratay ninkan rufiyaanka ah . . . Bisha soo socota Suleekho in aan 'xareysto' ayuu qorshaheygu ahaa, laakiin waad arkaysaa. Waxaaba kaaga sii daran arrintan Keyd-aabbe iyo Suleekho waxay isu noqdeen ul iyo diirkeed.

Daanyeer ku fir-tirsada duulka Eebbe inkaaray, ahna xayawaan nijaaso ah, bina-aadamkana ka hooseeya bay sidaas ugu maran tahay," Geele oo farta murugsatada ah ee gacantiisa midig iyo farta-murugsatada ee gacantiisa bidix isku maraya ayaa u sheegay Abshir. "Waxaa la yaab leh anigoo ka doonayo naagnimo dhab ah waa iga didaysaa, waxayna ku didaysaa xayawaan 'xun' oo la lahaa bina-aadan ayaa far-sameeyey! Waxaan ku heshiinay aniga iyo Suleekho in aan aqal-galno, uur-jiifka ay ii sido intuusan soo ban-bixin. Afar iyo labaatanka saac daanyeerka Singal Maadarada ayey ku sii dhuq-dhuq leedahay, waxaabad moodaa shan in uu ku qabo. Maxay xayawaankaas ku aragtay, iyadoo haysata 'wiil Soomaali ah,' oo ay af, dhaqan, iyo diin garaneyso?" Geele oo masayr la silcaya, sigaarkana si daran u nuugaya baa su'aalay.

"Waxa kani waa 'dumar,' horay baa loo yiri: 'Naagtu waa belo ninku u baahan yahay, ma annagaaba fahmi karna," Abshir oo muujinaya hurdo inuu la taag daran yahay baa u sheegay, hadalkiina ku daray: "Maxaad ka wadaa in aan 'xujeeyo'?"

"I faham . . . Ragga isku daya inay xinifeeyaan Sayid Maxamed Cabdulle ama xillooyinkiisii tirada badnaa haweysta ama xaruntiisa hunguri ka galo, sidee buu isaga edbin jiray? Wuu 'xujeen' jiray sow ma aha? Maanta aniga iyo adigaba waxaa soo haweystay xillooyinkeenii xayawaan 'xun' wuxuuna rabaa inuu gabdhaheenna iyo carruurteenna bili-liqaysto annagoo weliba nool-nool."

"Alla wadankaanaa, Maraykan bay dhaheen! Ma aqaan horta magaca 'Maraykan' meel uu nooga yimid . . . Hoos-gunti iyo go'a la xirto ayaan u aqaanay 'Maraykan.' Waxaan weligay maqli jiray 'Ameerika.' Xataa xayawaankooda ayaan ka baxsan la'nahay! Ameerikaay belo ku degtay! Xayawaan aadami ah? Waa been iyo huf, waa FBIda iyo CIAda oo iska dhigaya xayawaan, si ay Soomaalida khal-khal ugu abuuraan, uguna qasbaan in ay ku dhex mil-maan bulshadan fadareysan," Geele baa ku warceliyey, hadalkiina ku daray: "Waad ogtahay dhacdadii Sibteembar wixii ka danbeeyey, Soomaalida waa la daba galay, waxaana loo arkaa 'argaggixiso.' Daanyeerkan la sheegayo waa rag loo labisay hargo ee ma aha xayawaan la farsameeyey. Ma iyagaa nafley abuuri kara? Awooda Eebbe miyey ka sareeyaan? Insaanka Eebbe moyee cid kale ma abuuri karto. Sow ma ogid horta?"

"Geele, saakay dhiil baa kaa muuqata, ma garanayo waxaad ka wayraxsan tahay," Abshir ayaa ku duray, isagoo ka wel-welsan murugada iyo baqdinta xad-dhaafka ah ee Geele ka muuqata; hadalkiina u raacshay: "Ma naagtaas xunta ah ayaa sidaas kuu gubaysa? Ma waxaad ka wadaa waan ka takhaluusaynaa harag-weyne? War kaas aniga ayuuba nafta ii keenay, waa istaahilaa in la dilo."

Geele aad ayuu uga sasay goortuu maqlay ereyga "dil." Si qunyar ah labada dhinac intuu isaga fiirshay, aadna ugu dhawaaday Abshir, qaarka sare ee jirkiisana u ruqaanshay docda Abshir uu ka fadhiyo miiska, islamarkaasna sacabka gacantiisa midig ku sal-salaaxaya foolkiisa fidsan ayuu tar-tiib u yiri: "Iska jir ereygaas. Ha nagu soo qaadin 'dil' iyo wax la mid ah. Halkan waa Ameerika. Daanyeer Af-Soomaali ku hadlaba hadday habeeyeen, maxay ugu fadhidaa dhageysiga dadka aadamiga ah ee meelaha taag-taagan?"

Abshir mar qura ayuu neef xoog badan soo tuuray, inta nuux-nuuxsaday, sidii oday wedkiisa loo sheegay oo kale, balse aan dooneyn inuu soo bandhigo. Waxaa lagu taagay baqdin culus, isagoo weliba la yaaban cabsida iyo dhiilada xad-dhaafka ah ee ka muuqata saaxiibkiis Geele. Inta yara aamusay, oo kursiga dib isugu tiirshay, labada gacmoodna is-dul saartay ayuu yiri:

"Xoolahaygii iyo xillaheygii ayaan dhurwaagaas uga maari la'ahay. Mida kale, warqad ayaan ka helay qareennadeyda Anna Wiiner. Waxay ii sheegtay daanyeerkaas 'Nimow-naageyska ah' inuu maxkamada u gudbiyey codsi uu ku doonayo carruurtayda gacanta in loo geliyo. Ma la socotaa horta in Aragsan . . .

ee . . . ee . . . Abshir oo ka danqanaya xaalada Aragsan iyo carruurtiisa . . ."
Neefta iyo hadalka ayuu xoogaa la raftay, sidii nin hag-hagoonaya oo kale . . .
ee . . . ." Geele ayaa hadalkii ka boobay oo ku yiri:

"Maxaa ku dhacay Aragsan?"

"Gaaladu waxay leeyihiin waa isku buuqday, waxaana la dhigay rugta
dhimirka ee Anoka County. Maanta oo dhan baqdin ayaan la dhutinayey."
Geele ayaa misna hadalkii boobay, isagoo qamuunyoonaya: "Baqdin aa?"
Maxaa laga baqayaa? Eebbe ayaa laga baqaa, ma gaalo xun-xun ayaa laga
cabsanayaa? Yaa u sheega, in aan ka soo jeedno rag awoowayaashood geel,
fardo, iyo gabdho qaadi jireen; gumeysiggii gaaladana cirib tiray."

"Waxaan isweyddiinayaa ma anigaa gef ka galay *xaaskayga* Aragsan iyo
carruurtayda? Kollee Aragsan galbatay, naag u hoyata isbitalka dhimirka
ee Ameerika rajo kama qabo ee waxaaba iigu daran carruurtii aan dhalay,
raadkooda iyo raqdooda lama hayo," Abshir ayaa isaga cataway, isagoo ilmada
isku celinaya, inta fadhi bedeshay, hadlkiinna raacshay:

"Maxaa Maraykan ii soo qaaday? Waxaan xasuustaa sanadkii 1991 markii
Muqdisho laga qaxayey nin reer Xamar ah, dadku waqtigaas waxay lahaayeen
'Waa waalan yahay,' runtii ma waalneyn ee wuxuu ahaa nin "filasoof ah" oo
meel dheer wax ka cabbira. Wuxuu arkay dadkii oo wada qaxaya, sidaas intuu
u eegay ayuu yiri: 'Waa la baxayaa lee noo, sida lagu baxanna waa fududahay
noo, laakiin sidii lagu soo noqon lahaa lee ma la raboo hee.' Waa runtiis . . ."
Abshir inta is-adkeeyey oo ilmada ku habsatay labadiisa indhood isku celshay,
labada suxulna ku mutay miiska dushiisa, sacabada labada calaacaloodna ku
daboolay wejigiisa murugeysan ayuu haddana yiri:

"Sidee loo fulinayaa hawshan? Yaase fulinaya?

"Wadankan inuu heeb-sooc iyo cunsurinimo ku dhisan yahay waxaaba
kuu cadaynaya, eeyda ku nool wadanka ayaa midab-kala-sooc nagu haysa,
intaanba la gaarin gaaladii wadanka laheyd, maxaad marka u malaynaysaa
daanyeer gorriille ah oo la leeyahay bina-aadam baa laga dhigay? Weli horta
ma dhex martay xaafadaha gaaladu deggen yihiin? Xaafadahooda markaan
dhex socdo, eeyda ayaa igu qaylisa, igu bullaanta, iguna guuxda.

Qaarkood inta weliba sida faraskii qananaan bay igu soo ordaan, oo
haddana ii fara-baxsadaan. Ma aragtaa in labada suxul i muruxsan yihiin,
anigoo eey ka cararaya ayaan maalin dhaweyd la kufay cuntadii aan soo
iibsaday. Hadduu nin Cadaan ah xaafadaas dhex socdo, eey ku qaylinaya ama
ku ciyaya arki meysid, waa heyb-sooc iska cad! Ma la socotaa urka iyo shiirka
dadka Soomaalida ee Muslimka ah inuu ka duwan yahay shurrufka gaalada?
Gaalada waxay ka ursanayaan, kuna garanayaan shurufka khamriga iyo
doofaarka." Geele ayaa ku calaacalay isagoo mowduucii sheekada beddelay.

"Dad hawshaas fuliya waa la hayaa, laakiin kun doolar oo carbbuun ah baa loo baahan yahay. Shan boqol ayaan bixinayaa, adna shan la soo xaadir," Geele baa soo jeediyey.

"Waxba kama qabo," Abshir ayaa ku tageeray. Abaarihii kol ay ku beegan tahay afartii subaxnimo ayey Geele iyo Abshir is-gacan qaadeen, kuna heshiiyeen in hawshaas si dhaqso ah loo fuliyo.

Abshir oo walbahaar iyo cabsi la jiitamaya baa aqalkii ku laabtay. Wuxuu dul fariistay miiska gaboobay ee dhex qotoma jikada. Islamarkiiba degdeg wuxuu u shitay sigaar gumad ah ee uu dhowr saacadood ka hor dansaday, isagoo beekhaaminaya xabadaha sigaarka ah ee uusan awoodin iibsashadooda; wuxuuna deg-deg isugu qulaamiyey qaxwe raagay oo ku baaray gunta darmuuska dul saaran miiska, isagoo kolba naftiisa kurbeysan la tir-tirsanaya.

Abshir wadnaha ayaa ordaya, waxaana gebiyada iyo goonyaha wadnahiisa murugeysan karbaashaya dhiig xad-dhaaf ah ee marna ku sii qul-qulaya, marna ka soo qul-qulaya haamaha wadnahiis taagta daran. Gacanta bidix iyo lugta midig ayaa mar qura si talan-taali ah u dubaaxinaya; mar-marna baalka sare ee isha midig ayaa bood-boodaya, taasoo siduu Abshir isu sheegayo, astaan u ah balaayo iyo baas inay ku soo maqan tahay naftiisa.

Kursiga iyo miiska dhex qotoma madbakha isagoo weli maciin badaya, naftiisanna la sheekeysanaya bay Hufan oo u hilowday *saygeeda* saacadihii yaraa ee uu ka maqnaa ka soo baxday qolka jiifka. Markay aragtay Abshir oo xilligan sigaar nuugaya waxaa galay dareen dhiil sida. Sheeda kore kolkuu ka il-baadsaday Hufan oo dhinaciisa u soo guur-guuraneysa, inta gacantiisa midig ku masaxay wejigiisa, sidii aad moodo inuu boor jafanayo ayuu si dhaqso leh u bakhtiyey sigaarkii, dabadeedna cod gaaban oo quus ah Hufan ugu sheegay:

"Hani, maxaa waqtigan ku soo jeediyey, waad ogtahay keligaa ma tihid, laba qof oo isku dhafan baad ka kooban tahay? Xaaladaadu waa isa-suran, sow ma ogid?"

"Adiguba maxaa ku soo jeediyey," intay gacanteeda cuskisay caloosheeda meegaaran, si aad ahna Abshir ugu dhawaatay. "Sow isma ogid adiguba in aad isku-qoton tahay? Raggu way dareemaan culaabta uurka iyo xanuunka foosha afadooda. Qaar ayaaba la foosha xaasaskooda, ma maqashay Mahad, wiilka waddada Franklin agteeda deggen, habeenkii ay xaaskiisa foolaneysay, asna wuu la foolanayey, habeenkii oo dhan ayuu barooranayey. Waah-waah, waxaasaa nin laga dhahaa!" Hufan ayaa ku warcelisay.

"Waan soo seexanayaa ee adigu iska sii jiifo, "Abshir baa hadal ku soo koobay.

"Laab-jeex ayaa nafta ii keenay. Biyo kulul ayaa jidiinka ilaa caloosha i murxiyey, dhakhtarkuna wuxuu i leeyahay ha qaadan kaniiniga laab-holaca," Hufan baa u sheegtay oo hadalkii ku dartay: "War dhafoor buu ku yaal, carruurta miyaa? Afrika? Mise waa tii Aragsan aheyd?"

"Belaayo ma jirto, hadday jirtanna ma buurnna, waxaanse ku weyddiinayaa: Suleekho warkeeda ma haysaa?" Abshir ayaa dib u su'aalay.

"Maxaa kaa gaalay naagtaas iyo ninkeeda, iyaga ayey u taalaa."

"Iiga jawaab su'aal baan ku weyddiiyey, markii faras loo heeso baad adna faran-faran u heestaa." ayuu Abshir yiri, inta ku eegay Hufan indho xinjir-dhiig ah ka gaduudan

"Macaane, waad kulushahay, arrintan ka weyn Suleekho iyo Geele ee maxaa jira?"

"Aragsan fadhiid bay maskxada ka noqotay . . . Carruurtaydii aan ifka ugu jeclaa lama hayo . . . ee . . . ee . . ." Abshir naqaska ayaa ku dhegay murugo iyo qoomameyn awgeed. Degdeg wuxuu ugu orday qasabada biyaha, isagoo tallaabooyin dhaar-dheer ku taag-taagsanaya, wuxuunna ka soo shubtay fujaan biyo ah oo uu naftiisa cadibban ku ciil tirayo, sidii aad moodo biyaha in ay ka xijaabayaan dhibta uu tirsanayo.

Intaas markuu u sheegay bay Hufan oohin la burqatay, iyadoo ku baroorXanaysa: "Waan ogaa awalba . . . ihi . . . ihii . . . in aadan i jecleyn . . . In aadan i rabin. Waxaad sidaas uga murugaysan tahay naag aan ku rabin oo weliba ku dayrisay. Ihi . . . ihi . . . Aniga ma iga naxaysid, mana iga warqabtid. Anigaba xaaskaaga baan ahay . . . Ubax iyo hadiyado iima soo iibisid . . . Hoos iigama war haysid . . . Intaas waan hunqaacayaa, xanuun iyo juuc-juuc baan sheeganayaa. Ha waalato oo ha wareerto!"

Abshir markuu arkay Hufan oo afka oohin la lakala haysa, shalay-ma-ahee, dorraad ayey ka noqotay. Carro ayuu jiq la yiri. Kor intuu u qayliyey ayuu taban-toobyo culus la beegsaday darmuuskii reerka ilaa cumaacunta gacantiisa midig dhiig ka soo fatahmay. Hufan labada garbood intuu qabtay ayuu si xoog leh u gil-gilay, isagoo ku qaylinaya: "Waa taa dumar! Dareen ayaa maamula gebigoodba. Horay baa loo yiri: 'Dumarku waa dhiman yihiin!'"
Wax yar intuu aamusay, ayuu misna u sheegay: "Naayaa i maqal, maseyr bay adiga kaaga cadahay, aniganna nolosheydii baa qil-qiil ku jirta. Xaaskaygii waa waalatay, carruutaydii gaalo ayey saakay gacanta ugu jiraan . . . ee . . . Geele ma aha Geelihii aan aqaanay, ma garanayo, bal maxaan kaaga sheeganayaa, adna waad isku kay oohinaysaa."

"Horta affkaaga suubso, naayaa mar danbe ha igu oran. Mida kale ma oran kartid naagtaydii. Ma adigaa shan ku qaba? way ku furtay, kumana rabto, maxkamadana waa kaaga digtay. Jooji waxaas oo kale. Aniga ayaa ah xaaskaaga, si rasmi ah waa inaan u sameysanaa warqada guurka, weligay ma waxaad igu maaweelineysaa 'Booy fareendhi iyo geeral fareendhi' in aan isku haysano oo carruur ku dhalno? Haatan iyo dan, waxaan hadda ku leeyahay iga raalli noqo, haddaan dareenkayga maamuli waayey iyo haddii kalaba, laakiin, *macaane* xasuuso uur baan leeyahay," Hufan baa u sheegtay.

"Uur . . . waa bilaa uur. Hooyaday keymaha gudcurka ah ee Soomaaliya bay sagaal da'ood ku dhashay, uurna weligeed way sidi jirtay, iyadoo aan abidkeed dawo iyo xanuun-baabbi'iye midkoodna la siin, mana arag, iyadoo aabbahay ku af-celinaysa ee 'dhoocilihiinaan' ku indho-dilaacsaday wadankan waabeeysan baa laga hayaa waxayaabahaas. Iga raalli noqo, *naayaa* kuma oranayo mar danbe. *Naa* heedhe, iiga waran Suleekho iyo xaaladeeda."

"Suleekho waa rabtaa Geele, mana rabto. Uurkii ay Geele u qaaday . . . Ma garanayo maxaan u leeyahay 'Uurkii ay u qaaday,' waxay aheyd in la dhaho 'Uur bay wada qaadeen!' way iska soo xaaqday. Tan kale, Suleekho iyadaba caadi ma aha. Annaga oo dhan qof taam ah oo nolol caadi ah ku nool nagumaba jiro. Suleekho waxay ku waalatay nin hebal ayaan rabaa . . . maya Geele ayaan rabaa . . . Xataa Dhogorle jaceyl baa ka galay, ma hubo in ay Suleekho fiyowdahay iyo in kale. Acuudi Billaahi bal maxaa qaaday gabadha?

Quraan in aan saaro ayaan rabaa, waxaanna u ballamiyey wadaadada masjidka, inkastoo ay diidan tahay, haddana waan ku qal-qaalinayaa. Islaanta Aay Faay ayaan ka dalbay in ay sameyso canbuulo iyo bun sharuur la siiyo wadaadada quraanka ku akhrinaya Suleekho. Bun shiririq leh baa mar dhalada looga shubayaa, way fiicnaaneysaa. Laakiin Suleekho waa dadka ka danbeeya 'Saykalooji iyo qashinkaas.' Qummane Qaboobe miyey is-raaceen?"

"Arrimahaas ka bax, waxaanse maqlay ninkaas aad sheegayso adiga ayuu ku soo doonay?" Abshir baa su'aalay, inta ka baday qaxwihii haraaga ahaa.

"Aniga, macaane, adiga ayaan ku rabaa, lugaha ayaan ku dhaqayaa; dhabanada iyo dhafoorada ayaan kuu salaaxayaa; xabadka iyo xaniinayaha ayaan kuu xafidayaa; afadaada ayaan ahay, ninkaas shaqo kuma lihi, caawa laga bilaabanna gurigayga ma iman karo," bay Hufan ku qancisay Abshir. Xoogaa inta iskala bixisay bay misna tiri: "Usbuuca soo socda waxaan rabaa in aan kureysto."

"Sidkaada maba aadan dhameysan? yaase lacag u haya," Abshir baa su'aalay.

"Madax-shub lacag looma waayo, hooyooyinka xaafada oo keliya baan bun u dubayaa."

Abshir siduu u dal-dalmayey mar keliya ayuu afka xirtay. Qalbi iyo niyad uma hayo dooda iyo muranka ka soo turan-turoonaya Hufan afkeeda.

Laabtiisa waxay la jirtaa carruurtiisa iyo hooyadood. In cabbaar ah kolkay is-ag fadhiyeen, iyagoo aan juuq iyo jaaq isu oran ayuu Abshir gacanta ku dhegay Hufan, isagoo gacantiisa kale dhexda uga haya, dabadeedna sujuuda wejiga ayuu ka dhunkaday. Wuxuu si raaxo leh ugu fariisyey dhabtiisa, sidii mujuq uu dhalay oo kale, iyagoo si aad ah labada indhood isaga eegaya, isuna ilka-cadaynaya bay Hufan weyddiisay:

"Runta ii sheeg ma i jeceshahay? Caawa afkaaga ha laga maqlo, mise kal-gaceyl fakaday sida fatuuradii baa weli kuugu taagan? Dhib ayaa haysta ragga Soomaalida, xataa xaaskooda kuma oran karaan 'Waan ku jeclahay.' War heedhe, bal caawa sida dayax shan iyo toban qaad ah is-cadee, haddaad tahay laba xaniinyood ooradiisa u muujin kara dareenkiisa. Nin xaaskiisa tusi kara in uu jecel yahay noqo. Bal caawa afadaada ku dheh, weliba si kal iyo laab leh iigu dheh: 'Hufan, waan ku jeclahay!' aan caawa si fiican u seexdee. Wax kale kaama rabo, xataa dhabanka iyo dibnaha iga dhunko kuma lihi, weedhaas oo qura i maqashii, adna si quman ayaad caawa u gam'aysaa, weliba malaa'igta saaran garabkaaga midig aad bay u farxaysaa, waxayna kuu qoraysaa ajar laba jibaaran. Ka waran xaaskaag oo aad ku dhahdo 'Waan ku jeclahay' diinta kiridhid (dhibco) ajir ah bay kuu qoraysaa. Islaamka diin ka fiican ma leh, rag baase si qaldan u isticmaalaya."

Cabbaar kolkuu indhaha ka fiiriyey Hufan, maskaxdiisana ay ka socdaan ruwaayado kale, isagoo gacantiisa ku xoodaaminaya Hufan cududeeda jilicsan buu yiri: "Dabcan waan ku jeclahay, laakiin gabar 'quuqley ah,' oo madax-adag baad tahay," hadalkiinna ku daray: "Waxaan Eebbe ka baryayaa in aan is-calfano." Hadaladaas dar-daaranka iyo digniinta isugu jiray Hufan tixgelin gaar ah ma siinin. Abshir inta si deg-deg ah u sare joogsaday ayuu Hufan amray in ay iska sii seexato.

Hufan dareenkeeda lixaad wuxuu ku abuuray tuhun laabteeda aad u wiiqay, waxayna niyada iska leedahay: "Waxbuu iga qarinayaa," inkastoo aysan awoodin si bareer ah in ay ugu cadeyso. Hal-hays waxay ka dhigatay, niyadeeda weydka ahna ku qancisaa: "Ninkaada waaye, uur ayaad u leedahay . . . May . . . Ax! . . . Uur ayaan wada leenahay . . . May . . . Uur ayaan leeyahay . . . Af-Soomaaliga waa qariban yahay . . . Haddeer buuq iyo dagaal ma ka bixi karo. Bal waaga ha ii baryo," sidii iyadoo awoodda runta in ay labada indhood kaga dhufan karto Abshir. Waxay soo xasuustay nolosha caddaabta ah ee Singal Maadarnimada. "Daanyeer hadda soo kireyso! Eebbaan ka magan galay," ayey mar walba niyada isaga sheegtaa. Ka dibna, waxay gocotay Aragsan iyo xaaladeeda, markaas bay hoos u tiri: "Tii waa waalatay, maskiin! Waa ka xumahay walaahay. Sidaas in ay ku danbeyso ma rabin. Soori (sorry) walaahay!"

Si qun yar ah iyadoo u caga-jiidaysa, oo aan laheyn awood ay ku diido amarka ninka ay bili-liqada ku haysato ayey Hufan u dhaqaaqday qolka jiifka. Jiriirico daran baa oogadeeda ku jab-jabtay, waxaynna iska dareemeysaa dhaxan qabow oo ka dhalatay alaale-baqa iyo wir-wirka maankeeda lagu saladay ayna u dheertahay kalsooni darada ay u hayso Abshir iyo nafteedaba. Ma garowsan, maskaxdeedana ma fahmi karto sababta uu Abshir uga wel-welayo naag iska furtay, iskana eriday iyo carruurteedaba, kuna furtay weliba sharciga Maraykanka, islamarkaanna lagu hayo isbitalka dhimarka. Waxaa had iyo goor Hufan qalbigeeda soo weeraraya sawiro-maskaxeedyo tusaya Abshir oo meel cidla ah uga dhaqaaqay. Hufan oo Singal Maadar ah! Adduunka waxay ugu neceb tahay Singal Maadar in ay noqoto, iyadoo ka door bidi laheyd nafta in ay iska qaado. Waxay xasuusataa Singal Maadaro badan iyo dhibka ay la halgamayaan, waxaynna ku soo bar-baartay guri Singal Maadar ah. Waa gabar garoob koris ah, laguna soo abbibiyey gacanta hooyo carmal ah.

Waxay Hufan sii kuur-kuurstaba, sidii abeeso-lugalley riman oo hadba jaanta la raageysa, ugu danbeyntii waxay is-dul dhigtay sariirta cidlada ah. Goortuu Abshir soo bogtay booqashadii suuliga, isagoo diyeeysan oo aan dooneyn tix iyo tir-tirsi hadal midna toona, caawana buriyey caadadiisii aheyd inuu Hufan labada dhaban ka dhunkado habeen kasta markuu seexanayo ayuu inta dharka iska dhigay hoosta ka galay go'ii ay afadiisa huwaneyd. Weli Hufan labada indhood isma gelin; gam'a hurdana waa diiday, waxayna ka walacsan tahay xaajada lagama-maarmaanka ah ee caawa ninkeeda dhafrisay, iyadana ay ka qatan tahay.

"Talow maxay xilligan isu sheegayeen? Xaajadan ka weyn arrinta Suleekho, kana yar af-genbi lagu dhabar jabinayo Suleekho ee waa maxay? Ma aniga ayaa la ii tashanayey? Uur baan u leeyahaye? May . . . Uur baan wada leenahay . . . Xaggee iga aadayaa? Ma nacas baa? Nabsigii Singal Maadarada ayaa malaha i haysta? Nabsi ma jiro . . . Hadduu nabsi jiro, qab-qablayaasha dagaalka muu qabto? Caku iyo isla-hadalka naftayda doqonta ah!"

Iyadoo is-diidsiineysa hadalada ay nafteeda iyo maskaxdeedu ku wada murmayaan bay Hufan isku qancisay: "Nabsi hadduu jiro aabbahay ayuu ka soo bixi lahaa. Waa kii hooyaday, intuu ugu sheekeeyey inuu u soo laabanayo, iyadoo weliba labada indhood l'a oo caga-cad, guntiinno bafta ah guntan, calooshana igu siday uu hawdka cidlada ah uga dhaqaaqay, maantana waa kaa saddex ceel ayuu hadba kuu doono ka cabaa, mee nabsiga la sheegayo? Mise nabsigu haweenka oo keliya ayuu qabtaa? Wax walba haweenka unbaa dusha laga saarayaa . . . Haween baa dhalay wixii rag dunida qaribay. Dumarnimadu waxayba u arkaan aweyti cirka laga soo ganay! Iga dhaaf yaan ku danbaabin."

Intaas goortay iskula faqday bay misna dhinaca kale isu rogtay, iyadoo ilmada kulul ka qalajinaysa labadeeda dhaban.

Caawa Hufan, hurdo istareex leh ma ladin. Nafteeda kadeedan waxaa sii waalaya aamusnaanta iyo habacsanaanta Abshir. Hadba sariirta ayey ku gal-galataa, marna Abshir ayey xusul-guraysaa, marna luguteeda ayey ku xoqdaa lugihiisa si ay u toosiso, una ogaato cida caawa loo showrayey, shirqoolkana loo milgayey. Abshir ma hurdo, mana soo jeedo, waxaase maankiisa buuxshay walbahaar kala weyn buuraha iyo badaha oo la isu geeyey.

CUTUBKA 14NAAD

Goor-sheegtadu waxay muujinaysaa shantii galabnimo. Dhanka cad-ceed dhaca galbeed ee Miniyaabulis waxaa ka muuqda, cirka oo idilna ku dhilmay dalliigmo bal-ballaran oo sagalka u eg, magaalada Miniyaabulis iyo dadka ku noolna u yeelay bidhaan iyo midab qurux badan oo dabiici ah. Galabta aad bay magaaladu u camiran tahay, waxaana galoobbaxaya dad fara badan oo labisan dharka astaanta u ah g'ugga iyo xilliga kulaylaha, wejiyadoodana waxaa ka muuqda farxadii iyo dareenkii gu'gga. Gebiyada waddooyinka Miniyaabulis waxaa camirtay warato baayacaysa ubaxa iyo dhirta lagu aqoonsado curashada xilliga gu'gga ee mudada dheer lagu hamiyey.

Suleekho si deg-deg ah intay u soo dhifatay sidadda boorsadeeda-gacanta ayey dhaqso u gashay gaarigeeda lagu dhayey midabka gaduudan. Gaariga iyadoo dhex fadhida ayey si deggen isugu eegtay muraayada ku naban shukaanta baabuurka, waxaynna iska hubisay inay isku habboon yihiin midabka dhiinka ah oo ay ku xammuuradeysay dibnaheeda iyo casaanka casliga ah oo ay la beegsatay duudka labadeeda indhood; ka dibna, waxay labada farood ee gacanteed midig ku toos-toosisay fooda hore ee timaheeda jilicsan.

Galabta waxaa guriga Aragsan ku sugaya Gorriile Keyd-aabbe oo aan weli si habboon uga soo kaban saskii uu ka qaaday dhibta ku habsatay qoyskii uu aabbaha u ahaa, islamarkaasnna ka fekeraya, naftiisana kula qanbinaya cida gacanta loo galiyey carruurtii uu jeclaa. Keyd-aabbe carruurta wuxuu u hayaa kal-gaceyl iyo gacaltooyo aan soohdin laheyn, wuxuuna dareemayaa si xaq-daro ah inay gacantiisa uga maqan yihiin; dowladduna ay ku xad-gudubtay xuquuqdiisa aabbanimo iyo weliba xuquuqdiisa daanyeernimo. Waxaa sidoo kale wadnihiisa maray dareenka guunka ah ee u hayo Aragsan. Keyd-aabbe waxaan lagu arag wadne-bir ah ee uu dareenkiisa ku maamulo, waxaana si cad uga muuqda il-dheeri, qalbi-jab, weydnimo xad-dhaaf ah, isagoo lunsaday culays badan toddbaadyadii tegay.

Caashaq iyo dareen aan lagula walwaaleyn waabeeyo badanaa, naftaadana wuxuu u dhirin-dhiriyaa dhuurri dhan-dhaamiya dhugaagga. Caashaq ku salaysan gacaltooyo qoto-dheer iyo isbarasho, is-faham, iyo wax-isla-meel-dhig isku miisaaman; hase yeeshee, mar-mar u xuub siibta cishqi dhab ah oo uu Keyd-aabbe la sakaraado. Mararka qaarkood dareemayaasha maskaxda Keyd-aabbe ma kala haadin karaan dareen ku saleysan kal-gaceyl walaaltinimo iyo cishqi gun-dhigiisu yahay dareen sida damac iyo hami gayaanimo, laguna qoray hal-bowlayaasha iyo beer-yarida wadnaha. Góortuu indhaha ku dhufto Aragsan ayaaba Keyd-aabbe lagu didi jiray, waxaana ku adkeyd inuu Aragsan kala hadlo dareen ku dhisan gacaltooyo walaaltinimo iyo mid caashaq labadaba, isagoo mar walba isu sheegi jiray: "kolee, nafleey duur-joog ah bay ii aragtaa."

Mudaddii ay aqalka ka maqneyd Aragsan, Keyd-aabbe habeen iyo maalin ma harsan, ma jiifan, mana joogsan; xataa wuxuu ka seeg-seegay, kana saqajaamay shaqadii uu qaban jiray. Waxaaba taas uga sii daran, Keyd-aabbe isuma haysan, kal-gaceyl iyo cishqi intaa quwad le'eg inuu u hayo ama uu u hayn karo carruur bina-aadam ah oo ay dhashay hooyo aadami ah, isagoo aadamiga u arkay nafley ka sinji hoosaysa ee uusan la fala-gali karin. Aragsan muuqeeda iyo maqalkeedaba kolkuu waayey, waxaa ku soo kacay, kuna furfurmay xanuun u muujinaya dareen qalbigiisa ka dahsoonaa.

Meel walba oo aqalka ka mid ah wuxuu suray Aragsan iyo carruurta uu aabbaha u yahay sawirkooda. Aqalka oo idil wuxuu ku sharxay dhagxaan mad-madow, aleelooyin, dhulmaanooyin, carsaanyo, baalal goranyo, iyo adimada shimbiraha qoolleeyda, oo lagu tolay madaxa guumeys aad moodo in ay gam'a diiday. Ka bacdi, wuxuu ku meegaaray qolalalka aqalka oo dhan dhir iyo laamo qodxo leh iyo caleemo qalalan, wuxuuna hoos dhigay dab-qaad lagu shiday luubaan iyo xabag udgoon iyo ugxanta gabar-maanyada badweynta gobbaadsata. Keyd-aabbe wuxuu bakhtiyey danabka korontada aqalka, isagoo u fadhiya tacsi keligii iyo naftiisa u gaar ah, cid la baroor-diiqoota, oo dhibta la wadaagtana aan lagu arag. Tiiraanyo iyo tacsi uu keligii la tabcaanay.

Mar-mar waxaa soo booqda gorriilayaasha saaxiibadii ah, ha yeesha, daaqada ayey kala hadlaan, maxaa yeelay dhaqanka iyo caadada gorriilayaasha ma saamaxayo in la galo aqal qof ku waashay ama ku dhintay iyo in la gacan qaado xigtada qofka. Markay Keyd-aabbe guriga ku soo booqdaan, waxay aqalka ku seyraan caleenta iyo dhirta geed-jniniga, "Jiniyow bax malaa'igay ku jir!" iyagoo ku heesaya. Intaa waxaa dheer oo ay ku fridhiyaan daaqadaha qolka jiifka ee Aragsan saalada fardaha iyo saxarada bisad cad oo curre ah.

Keyd-aabbe waxaa ku dhacay isbeddel weyn, xagga dhaqanka, fekerka, iyo dabeecadaba. Waxaa ka soo haray dul-qaad la'aan, dhirif, dhega-adeyg, amar-diid, cad iyo caano diid, iyo siiba camal-xumo; xataa wuxuu bilaabay inuu belweeyo habeenkii, qaadkana ruugo, isagoo la dhuumanaya; marmarna khamriga uu naftiisa ku habo. Waxaa halaagay naftiisa caddiban isla-hadal joogta ah ee u dhaxeeya naftiisa iyo qalbigiisa oo aan marna kala gar qaadaneyn. Muuqaal ahaan, Keyd-aabbe waa jir gurmay; dhogorta ayaana ka diday; waana qayirmay; tabar daro iyo daciifnimo ayaa jirkiisa iyo maankiisaba si cad looga garan karaa; wuxuuna dhakhtarkiisa u soo jeediyey muddo gaaban in lagu hayo karantiil, lagu caawinayo naftiisa; ha yeeshee, Keyd-aabbe waa ka dhega-adaygay, isagoo hadba meer-meeriya dhakhtarkiisa.

Wuxuu isu sheegayaa dhibta jaceylka iyo walbahaarka ay naftiisa ku hayaan inay ugu wacan tahay tifiirta iyo dhaqan rogga aadamigu ku far-sameeyey oogadiisa, waayo "Xayawaan heybad iyo sumcad leh, oo beesha uu ka dhashay kula noolaa dheef iyo dhib baan ahaa. Wax ma jeclaan jirin, anna la ima jeclaan jirin. Shukaansi iyo shab-shableyn habeen ma aqoon. Jaceyl inuu jiro iyo in kale haba sheegin. Haddaan u hayo dareen gaar ah naf kale xoog ama xaaraan ama xeelad midkood baan ku kasban jiray, laakiin goortay aadami ii rogeen baan cudurkan isku arkay." Saacad iyo il-biriqsi kasta waxaa maskaxdiisa hortaagan wejiga Aragsan iyo carruurteeda.

"Haddaan ogahay dhibta ay leedahay nolosha aadamigu, marna ma doorteen nolol bina-aadam. Noloshoodu waaba ka xuntahay, kana liidataa xaayatada nafleyda kale. Kolee waa hubaal, aadami badan baa niyada ka leh, 'Yaa gorriille iska noqda!' Nasiibkaas ma iyagaaba leh! Bina-aadamka noloshoodu qalafsanaa, oo dhib iyo dhakafaar badanaa. Waxay sameysteen xeerar wax kama jiraan ah, bal maxaa dhibkaasna u soo arkay? Qof bina-aadam ah, jaceyl hadduu iska dareemo, waa haw-tul-hamagii cagahaaga ku raadso."

Waagii baryaba, wuxuu Keyd-aabbe ku jarmaadaa xafiiska qareen Jefersoon, isagoo kala hadla sidii gacantiisa dib loogu soo celin lahaa carruurta uu dayacay. Maalin walba oo Axad ahna, Keyd-aabbe wuxuu tagaa bad-weynta, halkaasoo uu toddobaad walba laba goor ku soo mayrto. Waa in biyo cusbo leh kow iyo toban axadood uu ku mayrtaa, sida ay riyo ugu sheegeen jinka goorriilayaasha maalmo ka bacdi markii Aragsan lagu xareeyey isbitalka dhimirka.

"Nacasnimada meel fog kama aan keenin, bal maxaan Aragsan ugu sheegi waayey dareenka igu taagan. Daciifnimada aadanaha ayey igu abuureen. Sidan ma ahaan jirin. Kolee, hadday Aragsan ahaan laheyd gabar jalaqsan oo baar le'eg, oo gorriille boga iyo beerka malaasan yihiin ay ahaan laheyd, siiba gorriilaha dhogorta badan, seen gaaban leh, oo buuran, sanbuuqo-weyn leh, xoog badan, seedo ad-adag leh; anigana aan maanta ahaan lahaa gorriile dhab ah, il-biriqsi iguma qaadateen in aan Aragsan ku soo xero geliyo. Laakiin cudur 'aadami' la yiraahdo ayaa igu habsaday . . . Naagtaas jooga iyo jamaalka lagu maneystay daanyeer 'gorriille ah' waxba ku feli mayso ee cago-dhigo . . . Ma aniga ayaa daanyeer ah, aadami . . . Uurka iyo laabtaba waad iska ogtahay? Wax iskula har, jaceylka Aragsan wuxuu ahaa mid walaaltinimo." Sidaas isagoo iskula sheekeysanaya, daal iyo diif dheerna ay foolkiisa ka muuqato bay Suleekho aqalka ku soo garaacday.

Gorriile Keyd-aabbe si deggen ayuu Suleekho guriga ugu soo dhaweeyey, wuxuuna u diyaariyey cabbitaan aan dhan-dhankiisa cajab gelin Suleekho. Yaab iyo baqdin baa mar keliya lagu taagay Suleekho, goortay aragtay lafa-lafaha, qolfoofta, dhirta, iyo dhogorta xayawaanka ee aqalka lagu naqshaday. Halkii ayey wada fariisteen. Keyd-aabbe niyad uma hayo la sheekeysiga Suleekho, balse wuxuu is leeyahay xanuunka iyo isla-hadalka naftaada dhantaalay ha kaa debciso; naqaskana isaga saar. Intuu Suleekho hor fadhiyey waxay mar mar ula ekataa Aragsan, iyadoo ku fadhida kobtii iyo kursigii Aragsan lagu yaqaanay, islamarkaana xiran dirac iyo ganbo aan laga bar aqoon sad diracyo ah oo ay Aragsan mararka qaarkood u qaadan jirtay aroosyada iyo xafladaha shaash-saarada. In yar kolkay ka sheekeysteen cimilada Minasoota buu Gorriille Keyd-aabbe yiri:

"Ma lagu weheliyaa, mise like ban cidla ah keligeed ligan baad tahay?" Suleekho intay miic-miicday, niyadana ka aragtay wejigii Geele, haddanna Qummane, misna Jalaqsane bay aamustay oo xoogaa fekertay . . . 'may," ayey si lama filaan ula soo booday, haddana waa ka noqotay, oo tiri "Mid baan meelaha isku ar-arki jirnay, laakiin maalmihii la soo dhaafay lama hadlin, adna?" inta qajishay, oo hoos dhugatay.

Gorriile Keyd-aabbe hakad ayuu sheekadii geliyey oo xoogaa aamusay. "May," ayuu goor danbe ku jawaabay, inta madaxa xoq-xoqday, hadalkiinna ku daray

"Gayaan doon ma ihi. Noloshuba waa ka niyad jabay."

"Weligaa wax ma jeclaatay," Suleekho oo ku laakumoonaysa Keyd-aabbe, una haysa dareen cantar-baqash ah, iyadoo aan garaneyn siday ula dhaqmi laheyd baa su'aashay. Kolkol waxay u muujisaa dareen quursi ah, iyadoo ula dhaqanta nafley duur-joog ah, oo ka garaad iyo nafba hooseeya; mar-mar kalana tusinaysa dareen sida kalgaceyl iyo beer-nugeyl, una aragta nin rag ah oo la damci karo. Daanyeer Keyd-aabbe dha-dhanka nolosha ayaa ka suulay, mana doonayo inuu ka hadlo waxayaabo ku lug leh dareenka aadamiga, weliba xiriirka labka iyo dheddiga.

"Weligay ma arkin bina-aadan arrimahan oo kale iga wareysta adiga ka hor, waad ku mahadsan tahay. Jaceyl inuu jiro iyo in kale maba aqoonin . . . ee . . . Waa dhibaatada iigu daran ee aan la kulmay goortii bina-aadan la iga dhigay. Dareen aan xanuun laheyn, wel-wel, laab-kac, hurdo-la'aan, cuno-diid, feker, iyo isla hadal joogta ah. Mar kasta maskaxdayda ayey ka dhex muuqdaan. Ma cishqi curdan ah oo hadda i asiibay baa? Ma garanyo, gabadhaasi inay fahamtay guuxa dareenkeyga iyo in kale. Waxay ila tahay waa iga burji weyneyd.

Haweenka qaarkood waa ay fahmaan sawaxanka iyo dareenka ragga, balse iyaga ayaa weliba si gaar ah isu fahma. Marka . . . ee . . . Weli ma aragtay laba eey oo aan is-aqoon, goortay wadada ku kulmaan? Waa isku ciyaan, isku qayliyaan, isuna fara-baxsadaan, ka dibna waa la kala qab-qabtaa, haddii kale way is-dilayaan, oo is-cunayaan . . . Jaceylka la sheego iyo naftayda waxay isku yihiin tabtaas oo kale. Marka . . ." Hadalkii intuu ka booday Keyd-aabbe, oo mar la saaqay oogadiisa oo dhan ayuu si lama filaan ah u sare kacay, oo haddana fariistay inta labada gacmood ku qabsaday labada dhafoor, madaxana hoos u rogtay. Illin yar baa si kedis ah uga soo haajirtay ishiisa midig, kuna dhibicday sagxda.

"Jaceylku sidiisaba gar-soor iyo xaq midna toona ma yaqaan, sow ma ogid? Ma sariigoodo, xushmadna uma hayo aadamiga uu laabtooda galo. Waa cudur baas, wuxuuna weeraraa wadne dhab-qalallo ah. Wuxuu ka nafaqeystaa haniye sac-sac ah ee sida dhiig sumeysan, balse aan sunta laga saari karin. Adduunkan waxaa ugu dhibaato badan, ma aha qofka uu wareemo cudurka loo yaqaan 'jaceylka,' ee waxaa ugu daran waa qofka aan weligii la jeclaan, weligiisna aan wax jeclaan, abedkiisna wax jeclaada aan arag, cid haatan jecel iyo cid jeclaan doontanna aysan jirin, haddii la jeclaadana uu qofkaas jaceylku u keenayo dhib kale oo kaba sii daran dhibtii jaceyl la'aantu ay naftiisu ku haysay, ma garatay?

Adduunka iskaba dhaaf, xataa hadduu qofkaas aakhiro tago weligiis wax jeclaada ma arkayo, mana dha-dhaminayo dareenka dhabta ah ee jaceylku leeyahay. Qof aan weligiis la jeclaan, isna aan wax jeclaan, wax jeclaan doonana uusan jirin, aakhira xataa lagama jecla, sow ma ogid? Jaceylku qof keliya hadduu wareemana, dacar waa ka kharaar yahay. Hadduu yahay jaceyl ku xiran aadami *xun* waa kudkii ku dili lahaa lugahaaga ku doono. Runtii bina-aadanimada waxa kaliya oo aan ka bartay, waa dareenka la yiraahdo *jaceyl*. Waxaan yeeshay, oo weliba si fiican u bartay dareen la dhaho jaceyl, dareen gacaltooyo, kal-gaceylka, dareen xumaan iyo samo, dareen ku dhisan kal iyo laab. Ma aqoon balaayadan! Balse maxaa baas oo i baray?" Keyd-aabbe baa ku catabay.

"Adiguse weligaa cid wadnahaaga soo jiidatay ma aragtay?" Gorriile Keyd-aabbe ayaa dib u weyddiiyey, isagoo xamaasada wejigiisa ka muuqata ka qarinaya Suleekho.

"Laba nin baan runtii ka helaa . . . Mid waa ina-adeerkay . . . oo ma rabo, waase la igu qal-qaalinayaa . . . laakiin nin kale ayaan rabaa, mana rabo. Annaga dumar baan nahay, sidaa awgeed, xulashada raggu muddo dheer bay nagu qaadaneysaa. Hal-hayskeenu waa "Naag kun baa dhunkata, mid bayna kala baxdaa kunkaas.""

"Waad qiime jebisay jaceylka, markaad leedahay 'laba faras' ayaan isku mar wada kooreysanayaa," Keyd-aabba baa hadalka kaga jiray, oo weliba u raacshay: "Kaasi jacel ma aha. Daanyeerada Jannada ku nool waxay ugu yeeraan 'Hunguri fajaq!' Jaceylka waxaad ka dhigtay alaab hilib-xalaalka iska taal, oo goortay idlaato, misna dukaanka laga soo iibsanayo. Horta ma ogtahay, aadamiga dhib weyn ayaa ka haysta siday guri u dhisi lahaayeen? Noloshii baad isku cariiriseen. Waxaad dhahdeen: saan lama yeeli karo; sharciga iyo dastuurka sidan ayuu dhigayaa; diinta saan ayey tiri; xod-xodasho xilli lumis ah, meher, aroos-dhig, kur-dhig, gogol-dhig, dal-qad fur, toddobaad-bax, afartan-bax, maro-fur, maro-saar, arar-dhig aroos, shan-dalqadood. Dhib badanaa nolosha aadamigu! Nolosha maad iska fududaysataan sida tolkay oo kale?"

Waxyar ka dib, Suleekho waxay gocotay in la joogo ballantii ay galabta la laheyd Jayson. Deg-deg intay u kacday, aadna ugu soo dhawaatay Gorriille Keyd-aabbe ayey gacan qaaday, iyadoo ku leh: "Waxaa qalbigayga soo jiitay wadnahaaga nugul. Waan ka helaa ragga carruurta jecel. Nin carruur jecel haddaad aragto, waa nin haweenka u roon, nin haweenka u roon haddaad aragto, waa nin nolosha fahmay, ninka nolosha fahmayna, waa ninka ay haweenku faynuusta ku baadi-goobayaan." Si qunyar ah ayuu Gorrille Keyd-aabbe albaabka uga furay Suleekho, una oggolaaday in ay baxdo, isagoo u sheegaya:

"Iga raali noqo . . . Waan ogahay dumarku hadday arkaan nin af-gaaban, oo iska aamusan, waxay la tahay in iyaga loola dan leeyahay . . . Sidaa igama aha, waad og tahay adba."

"Caadi waye, waxaas ha u bixin ee nabadeey, waan sii cararayaa." Suleekho dhaqso ayey aqalka uga soo baxday, niyada iyadoo ka leh: "Yaa aadami buuxa ka dhiga! Bal siduu dumarka u yaaqan dhugo. Nin isku dhacaaya waaye!"

CUTUBKA 15NAAD

Dhexda inta ay sii socotay Suleekho waxay ka fekeraysay: "Weligay Saykolojiiste uma tegin, muxuu talow sameyn doonaa? Dadka waalan ayaa u taga? Ma anigaa waalan? Haddeysan si-wax-iga aheyn, maxaan ragga isugu bed-beddalaa sida dharkii? Ragguba haweenka waa isku bed-bedelaan, maxaa dhacay? Ma ragga ayaan ka liidanaa? Bal adba!" Soddon daqiiqadood ka bacdi ayey caga-dhigatay *Rugta Wixii Ku Soo Maray Ka Mayro.* Goortay gudaha u gashay dhismaha dusha ka fool xun, ha yeeshe, gudaha ka qurxoon bay kal-kaalisadii u hoggaamisay qol gaar ah.

Waa qol aad u bilicsan, laguna sharxay nalal kala kaan-kaan ah oo midabo kala jaad ah lagu qurxiyey. Suleekho waxaa soo jiitay quruxda iyo xasiloonida deggaanka. Si fiican waxay isha ula raacday sawiro gacmeedyo ku naban gidaarada qolka, kuwaas oo tusaya malaa'ig la duulaysa buraaqo cad, waxayna dhex jibaaxaysaa cad-ceeda, dayaxa, iyo xiddigaha cirka. Dhanka kale markey fiirisay waxaa ka muuqda sawir qaab daran. Sawir aysan garan aadami iyo cirfiid waxa uu yahay.

Markiiba wuxuu sawirka soo xasuusiyey sawir-maskaxeed u muujinaya wejigii Keyd-aabbe. Masawirka waxaa ka muuqda mici dheer, gooman dhaar-dheer, weji buruqyo kuus-kuusan leh, godad iyo giirar maqaarka jirkiisa lagu dharqay; laba addin oo qoofalo leh iyo ciddiyo xalleefsan oo dhaadheer. Lugta midig waxaa uga maran halaq hiilan oo afka holac ka sii daynaya, waxaana ku daba sawiran qolfoof muujineysa san-saan aadami oo lafa-lafa ah, sigaarna labada dibnood ku sidata. Sawirka waxaa dul heehaabaya gor-gor iyo tuke cad hilib ah ku dagaalamaya. Waxa kale oo dul sabaynaya saxamada duula ee la sheego in ay samada ka yimaadaan, cid wadana jinni iyo insi aan la garneyn.

Suleekho waxaa aad u taabtay sawirada ku dhegen derbiga qolka. Nafteeda waxay tirsaneysaa baqdin yar. Si fajac leh sawirada iyadoo u daawanaysa baa waxaa ku soo baxay cilmi-nafsi yaqaan Jayson Maark, wuxuuna Suleekho fariisiyey, isagoo weliba u dhoola-cadaynaya kursi xigay dhanka qorrax dhaca, kursigii kalana isaga yaa salka dhigay. Dhulka waxaa waran kadiifad cad, waxaana dul saaran miis yar oo cad, laguna duubay good cad. Kuraasta waxaa ku goglan daabacyo cad-cad. Jayson isna wuxuu xiran yahay koor cad, waxaana qolka u shiddan nal leh iftiin tan weyn, una ekeysiiyey deggaanka qolka maalin har cad ah. Qol iyo dad wada cad-cad, waxayna Suleekho soo xasuusatay riyadii laba habeen ka hor ay nafteeda ka dhex aragtay. Waxay ku riyootay iyadoo kafan cad oogadeeda lagu duubay, nin cadaan ah, oo bidaar weyn ay hoolatay uu labadiisa gacmood ku sido, isagoo u sii wal-waalaya iilka aakhiro.

Ka hor intuusan hadalkii bilaabin ayuu Jayson amray Suleekho inay xirato laba g'o oo cad-cad oo loo xiro bukaan-socodka goortay la kulmayaan Saykolojiistaha. Qol-qol yar oo ku beegan ardaaga Xafiiska-soo-dhaweynta intuu u tilmaamay ayuu u dhiibay laba go'a oo cad-cad oo bacaysan, oo cadaynaya in laga soo nadiifiyey dhididkii, dhareerkii, iyo ilmadii ay ku qubeen bukaan socotadii hore. Suleekho oo xiran labadii g'o ee cad-cadaa, boorsadeeda yarna gacanta ku sidata, aadna u welwelsan baa qolkii ku soo laabatay. Rajabeetadeeda bayga madow ah ayaa Jayson u muuqata, inkastuu iska dhigayo faras hebed ah, oo aan waxba kala ogeyn, wuxuuna cod fudud, oo naxariis leh ku yiri:

"Wixii ku soo maray ka mayro, waxna ha kala reebin. Suli . . . ko . . . Sax miyaan magacaaga ugu dhawaaqay? Iska kay cafi, haddaan si qaldan magacaaga ugu dhawaaqo, sidee laguu hayaa Suleek(h)o?," inta ku eegay indho muujinaya qalbi furnaan.

"Ax! . . . Iga raalli noqo, marka hore magacayga waxaa la yiraahdaa Jayson Maark, waxaan ahay saykalojiistaha *Rugta Wixii Ku Soo Maray Ka Mayro.* Mar kale, bal wixii ku soo maray iska mayr."

"Ee . . . ." Inta iska dareentay weji-gabax iyo sariig ba'an ayey Suleekho marna hoos fiirisay, marna saqafka sare ee qolka, sidii gabar kacaan ah, kana xishoonaysa afka in ay la gasho nin shisheeye ah islamarkaana suulka iyo farta murugsatada gacanteeda bidix ku mar-mareysa sidadda boorsadeeda gacanta ". . . ee . . . ee Waxaa waaye . . ." Hadalkii iyadoo la jiitamaysa ayuu Jayson cod jilicsan misna ugu sheegay:

"Walaal, waxaan kaa codsanayaa, boorsada in aad iska dhigto. Markaad hadlayso, aniga i soo fiiri. Ha eegin hoos iyo kor midna, hana fara-ciyaarin."

"Dhibaato waxay iga haysataa ragga, weliba ragga Soomaalida," ayey cod aan aad loo maqleyn ku tiri, iyadoo qajilaysa.

"Soomaalida?, waa maxay Soomaali? . . . Haa, haddaan gartay, waxay caan ku yihiin islaanta falan ee Samo-Wado; naagta dhibka badan ee uusan xataa qabowga karin, soo ma aha? Oo la lahaa deris-ku-nool iyo cayayaan fara badan baa oogadeeda ku nool, oo dhiiga ka jaqa. Waa dad dagaal badan baa la yiri. Ma lagu qabaa? Dhibaato miyaa kaa haysata la seexashada ragga, mise xiriirka guud? Bal marka hore iiga sheekee noloshaadii hore," ayuu Jayson is-daba dhigay, inta labada gacmood si is-dhaaf ah isu dul-saartay, kursigana si raaxo leh isugu hubsaday; labada indhoodna si habboon ula beegsaday Suleekho.

"Waxaan ahay gabar ugub ah oo aan weligeed la guursan. Dagaaladii Soomaaliya ayaan ku soo bar-baaray . . . ee . . . Ameerika qaxooti ahaan baan ku imid," Suleekho ayaa dabada u qabatay oo hadalkii ku dartay: "Aabbahay iyo laba wiil oo walaalahay ah waxay ku dhinteen doon kula qara-qantay badweynta Hindiya. Hooyaday nin kale ayey carruur u leedahay oo Afrika bay ku nooshahay. Iyada iyo ninkeedaba, aniga ayaa masruufa."

"Keligaa miyaa nool? Waagaad yareyd, ma waxaad aheyd gabar faraxsan ee reerkeeda la soo kortay, dagaalka sokeeye ka hor?" Jayson baa misna su'aalay.

"Keligay ayaa nool hadda. Waagaan yaraa, ma aqaan in aan faraxsanaa iyo in kale. Laakiin dhibaatada hadda i haysata kuma xirna yaraantaydii hore," Suleekho ayaa tiri, oo hadalkii raacisay: "Hadda waxaa i haysta dhib aan caadi aheyn. Marka hore ninka aan jeclaado ama ninka aan rabo ma helo. Waxaaba igu adag xataa sidaan nin ku heli lahaa. Maalin dhaweyd waxaan bartay laba nin oo kala duwan. Mid ka mid ah labada wiil ayaan ka helay. Ka dib, labadoodaba waxaan siiyey lambarka taleefankayga. Saacad ka dib aqalka markaan tegay waxaa taleefan igu soo waalay ninkii qaabkiisa iyo qadarkiisaba aanan ka helin. Ninkii aan sida aadka ah ugu bogay, oo ay laabtayda caashaqday dib danbe iima soo wicin. Gabar caqli badan ayaan ahay, nimankana waa neceb yihiin gabdhaha caqliga badan. Hadda waxaan gaaray heer aan iska dhig-dhigo gabar doqon ah, oo aan waxba kala ogeyn, si aan rag u jilaabto. Ragga intooda badan sidaas uma sii caqli badna; naag caqli badanna maba arki karaan.

Mida kale waxaan ahay gabar 'far-ma-qaniinto ah' . . . ee . . . Waxaan ka wadaa, nimanka iyo naagahaba wax kama diido. Wax walba waa iska yeelaa. Ma aqaan ereyga 'may,' waxaan aqaanaa oo keliya 'haa.' Xataa hadduu nin i haweysto waa igu adag tahay afkayga in laga maqlo 'may.' Qof kasta waxaan rabaa in aan qanciyo. Dhibaato kale oo taas kaba sii daran waxay tahay," intay Suleekho marada si fiican ugu hagaajisay oogadeeda, kolkay isheeda qabatay Jayson oo isha ku haya laabteeda kala waran bay tiri: "Waxaan ahay gabar nin walba haweysanaysa. Ninkii in yar ila qurxoonaadaba damac ayaa iga galaya . . . ee . . . runtii . . . Farta ayaan dhexda ka qaniinaa. Canbe bislaaday yaa ruda!"

"Ha kala goyn hadalka, naftaada ka hadal, belaayada iyo baaska kuugu aasan banaanka iska soo dhig, walaal," buu Jayson u sheegay Suleekho, inta isha ku xaday mar kale cududadeeda iyo kubabkeeda bilicsan, isagoo iska dhigaya inuu fadhi beddelanayo.

"Ee . . . ninkii aan arko, waxaan rabaa in aan la tunto, suuqa la galo . . . Ma garanayo runtii meel la igala dagaalamayo. Rag badan oo i jeclaa, diyaarna u ahaa qoys in aan wada dhisno ayaa sidaa igu dhaafay. Arrin kale waxay tahay, xiriir joogta ah oo xidideysta ragga lama sameysan karo. Xiriirkii iigu dheeraa oo aan nin la yeesho wuxuu socday ugu badnaan saddex biloood. Xoogaa markaan wada socono nin walba waa iga dhaqaaqayaa ama aniga ayaa ka xiisa dhacaya oo mid kale u hanqal taagaya. Ma aqaan waxaan qabo. Gabdhaha ila-filka ah oo dhan nin iyo carruur bay leeyihiin, waana kawada qurux badnahay, qaarkoodna waanba ka maskax badnahay, marka ma fahmin meel la iga maray?" bay ku cel-celisay Suleekho, si qunyar ah intay isaga masaxday illmada ka soo burqaneysa labadeeda indhood.

Suleekho waxay dareemaysaa sirtii nolosheeda ee ku aasneed hulalka iyo godadka laabteeda wareersan si fudud in ay ugu soo ban-dhigtay nin qalaad, oo aysan war iyo wacaal u heyn wuxuu yahay. "Kollee hadduusan Soomaali aheyn, maxaa iiga shan iyo toban ah," bay had iyo jeer niyada ku dhisataa, intay labada lugood si qumaati ah isu dul saaratay, iyadoo labadeed bowdood ku daboolaysa baftada cad ee loo guntay.

"Sidee dareentaa ragga markaad la kulanto ama marka aad shukaansi gasho? Ma ka cabsataa ragga? Ma yastaa? Waa sidee?," hadalkiina ku daray Jayson: "Hadaladaada ii faah-faahi, si aan kuu caawiyo, hal saac oo qura baan haysanaa."

"Ragga markaan la kulmo qaarba waa si. Qaar waan ka baqaa; qaarna iyagaaba iga cabsada. Waxaan fahmi la'ahay, maxaan u waayey nin i jecel, anigana aan jeclahay ee guri ii dhisa? Si kasta oo aan ugu tafo-xayto, una dadaalo, haddana weli si unbay wax-iga-noqonayaan, welibana dhinacayga ayey wax ka xumaanayaan," bay mar kale weyddiisay, iyadoo aad u murugeysan, iskana ilmaynaysa, inta mar walba labada g'o ee cad-cad jirkeeda ku toos-toosiso. Hadalkii iyadoo sii wadata bay misna tiri:

"Saaxiibaday marka aan ku dhaho nin igu habboon waan waayey, waxay igu oranayaan rag wada gayaankaa ah, oo weliba gabdho iyo guur raadis ah baa magaalada afka haya ee adiga ayaa 'gaal-gaal' iska dhigaya. Ninkii ugu danbeeyey aad buu i jeclaa, wuxuunna rabay xaas inuu iga dhigto, wax walbana waa ii quuray, laakiin kama arkin inuu i jecel yahay. Si aan isu tijaabiyo bal in aan uur qaadi karo iyo in kale, ayaan ninkaas uur u qaaday ee daacad igama aheyn. Runtii igama aheyn qoys dhiso iyo jaceyl aan u qabay ninkaas ee naftayda ayaan tijaabinayey, welibana aniga oo raba ninkaas, baan misna is-diidsiinayey. Ka dibna, waan iska soo xaaqay ilmihii. Anigoo u jeeday ninkaas inuu i jecel yahay, haddana waan ka cararay oo ma rabo in aan la aqal galo.

Waxa kale oo jira, waxba kaama qarsanayo, waayo horay baa loo yiri: 'Cilmi-nafsi-yaqaan iyo cir-san-ka-yeerba xog walba waa ogyihiin,' kolle iyo kolle waad ogaanaysaa waxa aan laabta ku sido. Ragga qaarkood oo i rabay, waxaan uga fogaaday kala qabiil baan aheyn. Haddaan guursado nin qabiil kale ah, qoyska aan ka dhashay waa i dayrinayaan. Mar-mar waxaanba ku fekeraa aduunyadan in aan dhibkeeda isaga tago. Waxaad moodaa adduunyada in loo qaabeeyey ragga, dumarkana in ay ku cadaaban yihiin," Suleekho ayaa ku calaacaashay intay cumaacunta gacanteeda bidix isaga masaxday ilin ka qoyan xirribta isheeda midig.

"Waxaad tahay gabar yar oo qurux iyo garaad lagu maneystay. Rag ku jecelnna ma aadan waayin, laakiin, adiga ayaa laga yaabaa in aad maskaxdaada ka dhaa-dhacisay naftaada in ay wax-ka-khariban yihiin. Waxyaabo badan ayaa keeni kara dhibaatada ku haysata, ha yeeshe, ma aha arrin si fudud aan u qeexi karo ilaa dhowr mar oo kale aan is-aragno, oo aan wada sheekeysano mooyee. Ninkan aad leedahay wuu i jeclaa, waxaa dhici karta jaceylka iyo dareenka uu kuu hayey inuu kuu tusay hab ka duwan sida aad ka filaysay, waxayna u badan tahay jaceylka uu kuu hayey inuu kuu tusay hab 'mateeriyaal ah,' taasoo aan ula jeedo halkii aad ka filaysay inuu kuugu hafiyo dareen sida kal-gaceyl, kaagana rogo wadnihiisa sarta ku owdan, isagoo sal uga dhigaya qawaaniinta asaasiga ah ee isu-haysa laba ruux ee is-jantay, sida tusaale ahaan inuu kuu muujiyo raxmad iyo xushmad, wada-sheekeysi, dood-furan, fara-ka-ciyaar, dibad-bax, is-dhexgal, is-xan-xantaysi, is-xurmeyn, waqti-wada-qaadasho ku saleysan sinnaanta ragga iyo dumarka, iyo is-af-garad sal looga dhigayo gayaan is-doonaya, oo ay weliba u dheer tahay inuu kuu hibeeyo ubax iyo dhir cagaaran oo udgoon. Waxaa, ha, yeeshee, dhici karta inuu beddelkooda kuugu waalay lacag ama waxyaabo kale, balse ay ka muhiimsaneyd dareen wadaag idin dhex mara.

Ragga iyo dumarku waa kala duwan yihiin, marka ay tahay muujinta dareenka, midba si gaar ah ayuu u soo bandhigaa, walow ay meelo badan isaga mid yihiin. Waxa kale oo ay ku xiran tahay deggaanka, dhaqanka, iyo diinta uu qofka ku soo bar-baaray; adinkana waxaadba tihiin *Afrikaan*, weliba *Muslim* ah," Jayson ayaa u sheegay Suleekho oo sii oohin boganeysa. Isagoo hadalkiisa sii anba-qaadaya ayuu misna yiri:

"Waxa kale oo dhici karta, in aad adigu ka baqayso guri-yagleelka ama in adiga lagu guursado oo lagu aqal gaysto. In aad ka welwel santahay xilka culus ee ku fuulaya mar hadaad aqal gasho, waayo hooyo haddaad noqoto amaba marwo haddaad noqoto xil weyn ayaa ku fuulaya. Xornimada aad hadda haysato baad lunsaneysaa. Hooyanimadu ma aha hawl dhib yar, weliba carigan Maraykanka ee aad ku nooshahay. Bal eeg waxa Singal Maadar magaalada dhooban! Xataa shirkadaha sanceeya gorriilaha Singal Maadarada lacag badan bay ka sameeyaan halganka kharaar ee u dhaxeeya dheddiga iyo labka casriga ah.

Waxaad tahay gabar dhallinyaro ah oo toddobo iyo labaatan sano jir ah, soddonkii ayaadna madaxa la sii galaysaa, waxaadna ka timid dhaqan gabadhu markay da'daas gaarto, haddeysan guri iyo gabano laheyn la yaso, oo aan la mahadin. Xataa Ameerika waa sidaas, naagtu hadday gaarto shan iyo labaatan sano, iskaba dhaaf soddon, oo ay weli dhallinyarayneyso bulshadu ma jecla oo sidaas looma qiimeeyo, aan ka aheyn hadday tahay naag waxbaratay oo aqoon looga danbeeyo ma ahee. Waxay noqon kartaa oo kale in aad adiguba cabsi ka qabto da'daas in aad ku aqal-gasho ama aad hooyo ku noqoto."

"Hooyaday ayaa had iyo goor igu caddaadisa in aan guursado," Suleekho ayaa si lama filaan ah ula soo booday. 'Inta aan loxodka la i dhigin, carruur aan ayeeyo u ahay mar in aan arko baan doonayaa,'" ayey mar walba igu dhahdaa, anigana waan is-dhaafiyaa." Jayson oo madaxa kor iyo hoos u lulay, tusayanna inuu si fiican u fahmayo arrimaha ay ka hadleyso baa haddana u sheegay Suleekho: "Waxaa sidoo kale laga yaabaa, in aad naftaada sirayso, maxaa yeelay, subax kasta kolkaad muraayada hor-is-taagto, oo aad aragto dhabanadaada dhal-dhalaalaya, waxaa dhici karta inaad isu aragto gabar dhallin yar oo weli rabta in ay iska sii tumato. Kal-sooni darada naftaada ku habstay, iyadana kama marna dhibta ku haysata ama ninka aad doonayso in aadan ku kalsooneyn.

Sida iiga kaa muuqato, waxaad tahay gabar nafteeda liida, oo hoos u dhigta, taas oo dhaawacday aragtida aad naftaada ka haysato. Haddaad aragti xun ama fikrad xun ka haysato naftaada, dabeecadaada, iyo qalbigaadaba adna waad xumaanaysaa. Laabtaada iyo maankaagana waa xumaanayaan. Haddaadse, aragti iyo fikir wanaagsan oo caafimaad qaba aad naftaada ka qabto, adna muuqaal iyo maan ahaanba waad fiicnaaneysaa.

Sideedaba nafta aadamigu waxaa maamula maskaxda, marka maskaxduna waa sida kombuyuutarka aqalka kuu yaala oo kale. Bal u fiirso, kombuyuuturka waa santuuq aqalka kuu dhex qotoma, waxbaad ku gur/aysaa, ku kaydinaysaa, ka dibna waad kala soo baxaysaa. Maskaxda aadamiguna waa sidaas oo kale. Maskaxdaada baad ku gurtay, kuna kaydisay waxyaabo aan naftaada u habbooneyn, natiijadii ka soo baxdayna waa tan haatan kaa muuqata.

"Yaraantaadii hore, weliba waagaad foodleyda aheyd ama inta aad soo hana-qaadayba ma la kulmi jirtay wiilasha aad isku da'da tihiin?"

"Waagii aan yaraa waxaan isu haystay wiil in aan ahay, isuma haysan inaan gabar ahay. Gabarnimadayda waxaanba ogaaday maalintii la i guday. Waa maalintii aan ogaaday wiilasha in aan ka duwanahay. Mudadii ka horaysay xilligaas mar walba waxaan la ciyaari jiray wiilasha, magaalada ayaan la aadi jiray. Wiilasha waxaan ula kulmi jiray sidii laba qof oo siman oo kale, waxaana la wadaagi jiray wax walba."

"Waxaad furtay mowduuc runtii aad u xiiso badan, laakiin waxaan mala-awaalayaa in aad ku dhex habowday laba dhaqan-hidde oo gebi ahaanba kala duwan. Waxaa kuugu dhacay waxa aan ugu yeero 'Milmid dhaqan-guur,' oo ay tahay qofka shisheeyaha ah, sida adiga oo kale ee ka tegay dhaqankiisii kan Marykankanna aan gaarin."

"ANIGU waxaan ahay gabar Maraykan ah . . . Dhalasho Maraykan ah ayaan haystaa," Suleekho oo ka xumaatay hadalkii Jayson baa si lama filaan ah ula soo haaday.

"Iga raalli noqo! Suleek(h)o, waan ogahay Maraykan in aad tahay, laakiin waxaan ka wadaa qofka shisheeyaha ah ee doonaya inuu bulshada Maraykanka ku dhex-milmo, balse wadiiqo qaldan u mara habkii uu ugu dhex milmi lahaa. Adiga si gaar ah ma kaaga hadlayo. Iga raalli ahow mar kale," Jayson baa codsaday, hadalkiina ku daray:

"Arrinta ah wiil in aad isu haysatay waagaad yareyd, waxaa la sheegaa aadamigu inuu leeyahay ilaa dhowr iyo soddon shakhsiyadood oo kala duduwan ama ka badan. Adigu hadda halkan baad fadhidaa, waxaad tahay Suleek(h)o. Kedinka goortaad ka baxdo waxaa laga yaabaa in aad noqoto: 'Ashley, Hani' ama shakhsiyad kale. Haddaba, waxaa laga yabaa shakhsiyadaas labaad ee ka turjumaysa 'labnimadaada ama wiilnimadaadii hore' inay weli kuugu qarsoon tahay oo ay mar-mar soo baxdo ama aad mar-mar isticmaasho.

Suleekho, sidaan horay carrabka ugu mudayba, waxaa dhaawacmay dareenkaaga ku aadan aragtida iyo fikirka aad naftaada ka qabto; waa sida aad adigu naftaada u qiimeyso, adiga oo had iyo jeer is-liida, naftaadanna yasa. Arrintani waxay kuu horseeday kalsooni xumo iyo qajilaad aan caadi aheyn. Waxa kale oo wax kuu gaystay cullaabta ay ku saareen bulshada aad ka soo jeedo. Waa hubaal qalliinkii jirkaaga lagu falay kama marna dhibka ku haysta. Waxaa kaa muuqdo in aad qaaday cabsi-cuqdeed bulsho.

Gabdhaha haddii la gudo, waxay lunsan karaan kartidooda gabarnimo ama haweenimo. Waxaa nusqaamaya kartidii iyo awoodii ay iskaga caabbin lahaayeen ama ay kula loolami lahaayeen labka iyo dheddiga ay isku filka yihiin, siiba marka ay tahay waxbarashada, cayaaraha, hal-abuurnimada iwm. Wuxuu xataa saameyn karaa maskaxdaada; wuxuuna gabdhaha ka qaadaa fahmada iyo garashada. Fadhiid ayuu hablaha ka dhigi karaa," Jayson baa u sharxay Suleekho, oo hadalkii sii watay: "Mida kale, waagii aad yareyd waxaa lagu saaray cadaadis lagaaga fogeynayo labka, adigoo weliba markii hore isu haystay in aad tahay qof lab ah, oo ka tirsanaa gayaankii kula d'ada ahaa ee labka ahaa. Waxaad marka ka qaaday cuqdad aad ku duubtay maskaxda, waxna u gaysatay hab dhaqanka naftaada. Waqtiga ayaa maanta naga idlaaday, waxaanse, ha yeeshee, ku guulaysanay in aan kala dhantaalno gidaarka qajilka iyo is-aaminid la'aanta ee ku xeeran labada qof ee isku cusub. Sidaa daraadeed, waxaan doonayaa in aan mar kale Jimcada soo socoto ku arko. Hadda waxaa igu soo socda qof kale. Intuu gacan qaaday Suleekho ayuu u hogaamiyey qolkii ay dharka isaga beddeli laheyd, isagoo ku leh: 'Waa inoo Jimcada danbe."

CUTUBKA 16NAAD

Waxay dhibsanaysaa Abshir aragiisa, dharkiisa, iyo hadalkiisaba. Rag oo dhan bay Hufan karhaneysaa, inkastoo uur-jiifka ay sidaa uu kor u dhaafay boqol iyo siddeetan caana-maalmood. Waxay Abshir ku abuurtay wal-bahaar hor leh, isagoo u haysta in ay ka tahay iska-yeel-yeel iyo xumaan ay naftiisa ula dan leedahay. Shaki ayaa lagu taagay markuu arkay bac madow oo kedinka aqalka hor qotanta, waxaana u xigay: "Calalladaada bannaanka ayaan kuu dhigay dhinac ii dhaaf! Wejigaaga iga qari, wejigaa gubayee! Habeen walba guure iyo belwed kama bixi karo." Hadalo engagan oo aan iidaan lagu rogin, tusayana diidmo qayaxan, weliba xasuusinaya falkii Aragsan ee uu islahaa waad ka digo rogatay. Gun iyo baar intuu Hufan ka eegay ayuu iska dhaqaaqay, isagoo saaxiibkii Geele ku leh: "Hashii aan maalaba haruubkeeda ma dhamo."

Ma aha Abshir ninkii ay Hufan taqaanay, umana muuqdo Abshirkii fur-furnaa ee fiyoobaa; Abshirkii hoosta ku haysan jiray. Wuxuu beryihii tegay noqday hebed aan hadal celin karin; kartidiii iyo nuxurkii nolosha laga suuliyey, isagoo weliba tirsanaya niyad-jab iyo qalbi xumo ka dhalatay wacyiga nolosha uu tiigsanayo. Tani waxay ku deeqday khamriga si xad-dhaaf ah inuu u cabbo oo weliba la dhuunto. Cudur-daar wuxuu ka dhigtaa: "Nin hashiisii la dhacay, ma naf baa u taala. Xil iyo xoolo waxaan lahaa meeye? Carruur ma hayo, cuud ma hayo. cilmina ma hayo. Nolol qurbe, waa nolol dhillaynimo! Eeyga ayaa maanta iga nolol wanaagsan. Dhul shisheeye ninkii naf moodayow, bal Abshir eeg!"

Geele iyo Abshir oo aad uga carrooday hadaladii Hufan Xaad baa halkii ka caga jiitay, waxayna u guureeyeen aqalkii Geele deggenaa, si ay caawa halkaas ugu marqaan bogtaan. Gaariga dabadiisa waxaa ugu keydsan jaad baarixi ah, waxayna aad uga walacsan yihiin caleemaha qaadka ee gaboobay, welibana dhecaan miirmay in ay ku reebaan marqaan-jab naftooda calwiya. Belwad dareen ku jab ah.

"Naaguhu waa tabtaa, kolkay uur yeeshaan bay jiniyo isku ridaan," Geele ayaa u akhriyey Abshir oo aad u xanaaqsan, hadalkiina daba dhigay: "Balaayo aynaan garaneyn baa gubaysa! Dhibic dhiig ah ayaa xinjir guntan isu rogaysa, ka dibna noqonaysa cad nool, ka dibna uur-jiif nool, ka dibna mujuq nool, ka dibna aadami nool oo quud doon ah."

"Waan dhibbanahay, wadaayow!" Abshir ayaa si kedis ah ugu calaacalay, inta is-adkeeyey ayuu misna yiri: "Caawa qaad 'fareesh ah' xaggee ka helaa? Caleemahan xanshaqa ah ee aan wadanaa qaad ma aha. Waaba baarixi cun caawa, ciil weynaa!" Geele waa cabsaday goortuu maqlay calaacalka iyo mala-baqa ka soo yeeraya saaxiibkiis.

"Meelaha khamriga laga cabbo nagu leexi," Abshir ayaa codsaday. Waxay u laabteen dukaamada khamriga lagu iibiyo, iyagoo soo iibsaday laba kaartoon oo khamri adag ah, weliba nooca Foodkada Ruushka loo yaqaan iyo Maksikaan Takiila.

Saacadu waa saddexdii subaxnimo. Nafar aadami ah dhabaha xaafada laguma arko aan ka aheyn kurrayga wargeysyada subaxdii hore soo baxa u qaybiya aqalada. Iyagoo aamusnaan iyo walbahaar la dhakafaarsan, si qunyar ahna uu Geele gaariga ula caga-jiidayo bay ishoodu qabatay sawiradii Aragsan iyo Gorriile Keyd-aabbe oo ka muuqda qaar ka mid ah wargeysyada arroortii hore soo baxa. "Saygii Singal Maadarada oo Shil Gaari ku Geeriyooday," cinwaan waxaa uga dhigay mid ka mid ah wargeysyada aroortii soo baxa; wargeys kalana wuxuu qoray "Keyd-aabbe: Aabbihii Carruurta Singal Maadarada oo Shil ku Dhintay," halka wargeyska gellinlaha ah ee sayniska iyo dhaqanka ka hadla uu doorbiday: "Nafleydii ay Saynisyahanadu Unkumeen oo Shil Gaari ku Geeriyooday!" Mar qura ayey Geele iyo Abshir is-dhugteen, waxaana si kedis ah hal-bowlayaasha dhiigooda u dhex jibaaxay baqdin aan sidaas u baaxad weyneyn. War la filayey xiiso ma leh. Waa belo la failaayey, balse horay u foolatay.

Waa dhab Gorriile Keyd-aabbe iyo Singal Maadaradii Aragsan ma calfan in ay ku sii waaraan dunidan ibtileysan. Geele iyo Abshir waa u qaadan waayeen, waxaynna ku noqotay filan-waa iyo argaggax. Tin ilaa cirib qamandhaco daran ayaa Abshir wareentay, waxaanna oogadiisa ka dhex-dusaya dareen leh dhuuri wata danab xanuun-gubaya wadnahiisa taagta daran, beerkiisa xajiimeysan, calooshiisa murugeysan iyo mindhiciradiisa hadba doc u meer-meeraya, kuna qasbaya xanuun uu la rafto. Labadiisa indhood waxaa ku soo qubtay ilmo kulul. Ayaan daranaa Gambool, Haatuf, Hanad, iyo Libin, agoonimadii waxaa ugu korodhay rajaynimo. Gaarigii intuu Geele dhigay guriga gadaashiisa bay degdeg u galeen qolka jiifka, iyagoo aan dhowr daqiiqadood laba erey is-waydaarsan, indhahanna si daran isugu gubaya; midba midka kale ku eedaynayo dhibta dhacday. Intaas waxaa u sii dheer sarkhaan daran oo xiskooda murugeysan hiyi-kacshay. Abshir wuxuu ku waashay matag iyo cabsi muujineysa dareen gabood fal iyo gef ah in uu gaystay, waxaanna labadiisa indhooda ka soo qul-qulaya ilmo kulul oo aan kala g'o laheyn.

Waxaa ku dhuftay xanuun asiibay kurka iyo dhafoorada madaxa, wuxuuna ka dhididayaa afarta cad-cad. Dhambaal sidayaashaasha iyo xididada maskaxdiisa waxaa deg-deg ugu saaqay aalkoolka uu naftiisa kaga furdaaminayo dhibta uu tirsanayo, taasoo ku deeqday inuu maamuli waayo dareenkiisa. Wuxuu ku waashay qaylo, qoommameyn iyo oohin. In yar goortuu joogaba wuxuu habaar iyo inkaar u diraa qab-qablayaasha-dagaalka Soomaaliya, isagoo ku eedaynaya mas'uul in ay ka yihiin dhibta maanta ku habsatay naftiisa, xaaskiisa iyo dhallaankiisaba. Ka dibna wuxuu daba dhigaa shalleyto kulul: "Haddaan Aragsan iska qabi lahaa . . . ee . . . Carruutayda . . . Haddaan Soomaaliya iska joogi lahaa . . . Hadduusan dagaal sokeeye Somalia ka dhici laheyn . . . Hadday carruurtayda gaaloobaan aniga ayaa u qoolan . . . Aniga nin xun ma ahi ee naag xun baa . . ." Hadba ilmada ayuu iska masaxaa, ka dibna duufka kulul iyo dhafaaga afkiisa iyo sankiisa ka socda ayuu kolba mid iska sifeeyaa. Wuxuu Abshir si qaab daran oo is-dhaafsan dabada u qabtay aayado quraan ah oo uu ku asmaynayo dowladda Maraykanka iyo dagaal-oogayaasha Soomaaliya. In yar markuu aamusay ayuu haddana akhristay siiro iyo aayado xijaab ah, si aysan booliska u qaban ka hor inta aysan u baxsan Kanada, sida ay qorsheysteen Abshir iyo Geele.

"Waaqow . . . ," Abshir markuu baryadii Eebbe bilaabay, ayuu Geele oo cirkaa sarqaan ba'an la maraya la soo haaday: "Ilaahayow dheh! . . . Ma garatay . . ."

"Okay, Ilaahayow, waad u jeedaa, gaalada waa iga gardaran yihiin . . . Naagtaydii aan xalaasha ku qabay bay igu direen, igana fureen . . . ee . . . Aniga oo nool, oo weliba addoon Muslim ah bay igu beddeleen nin daanyeer ah oo dhaxlay xil iyo xoolo waxaan lahaa. Gurigaygii waa iga eryeen . . . Ilaahyow, caawa kaliya, waxaan kaa tuugayaa, garka iyo labada jilbood baan ku haystaa, Ilaahayow in aad iga indha-saabto booliska i raadinaya inta aan ka gudbayo xuduuda. Waaqow, Walaahay, mar kale wax ma ku weyddiisanayo, horay baa loo yiri: 'Baryo badan iyo bukaan badan waa la isku nacaa!' Caawa lee iga qallee! 'Please!' Aammiin. Waraa Geele, aammin dheh, aabbahaa cunee!" intuu khamriga mar kale cuntuugay Abshir.

"Kaas mar ha iga haro, 'dhoocishayda' ayaan uga maari waayey, laakiin degdeg baa hawsha loo fuliyey. Waan ka reebi waayey Suleekho, ma aqaan waxay ku aragtay . . . Muxuu siiyey oo ay ku raacday?" Geele oo aad u naxsan baa su'aalay.

"Arrintaa halkaas ku xir, yaan lagaa maqlin. Afkeena waa isu ammaano," Abshir baa cod sawaxan hooseeya ku yiri, oo hadalkii ku daray: "Qaad ma iman miyaa wiikandhigii (Sabtidii iyo Axadii la soo dhaafay)," si xaraarad leh isagoo u dhuuqaya sigaarka. "Rugta khamriga lagu iibiyo ayaan aadayaa, sidan saakay kuma seexan karo . . . Intaan waxba i tari mayso. Caleemahan engegan mugeyga iyo maankayga maran ma marqaamin karaan. Ma seexan karo caawa, waayo, dhib iyo dheefba, kaniiniyadii aan ku seexan jirayna 'baastaradii' Hufan aheyd baa iga daadisay . . . . Bal maxaan falaa?"

Midh sigaar ah mid kale ku daba qabo; in yar markay sigaarka nuugaanba way dansadaan, si ay u dhaqaalaystaan dhowrka xabadood ee baakatka yar ugu haray. Cabbida khamriga, dhuuqida sigaarka, iyo jaad-ruugidaba waxaa ku sii kordhiyey cabsida iyo welbahaarka geerida labada marxuun. Khal-khal iyo baqdin darteed gumadkii sigaarka oo aan weli bakhtin ayuu Abshir, isagoo aan is-ogeyn ku daba qabtaa mid kale. Wuxuu ku calaacalaa "Aragsan tagtay, Eebbow tu kale igu taageer!" Waxaa u muuqda wejigeedii . . . Dhoola-cadeynteedii bilicsaneyd.

"Geele adiga ayaa if iyo aakhiraba ka mas'uul ah dhimashada xaaskayga," Abshir baa ku cannaantay, oo baroor dheer daba dhigay hadalkii. "Illaahow u naxariiso . . . Laakiin soo tii sidaan ogaa ii gashay ma aha . . . Dhibka maanta i haysata . . . Injirta dharkayga iyo dhakadayda gashay iyada ayaa ka mas'uul ah! Xataa carruurtayda ima taqaan maanta, sidee uga naxaa . . . Caawa Qulhuwale ma u akhriyaa talow? . . . . Weligayba sujuuda dhulka ma dhigin, aqbal miyaa?"

Uma eka Geerida labada marxuum saameyn weyn inay ku yeelatay Geele naftiisa wareersan, balse laabta iyo wadnaha ayaa bel-belaya, isagoo aad isu adkeynaya. Waxaa Geele u shidan ruwaayad sheeko-baraleey ah oo ay maskaxdiisa jaah-wareersan hal-abuurtay, taasoo u muujineysa Suleekho iyo isaga oo aqal wada iibsaday, una wada nool sida afo iyo seygeeda. Ha yeeshee, si fiican waxaan ugu muuqan dhibta ka horeysa dheeftaas dhalanteedka ah. Geerida Aragsan waxaa Abshir uga daran dhalaankii uu dhalay. Caawa qoys qalaad bay gacanta ugu jiraan, asna Miniyaabulis ayuu catow iyo qoomammeyn la fadhiyaa. Caku iyo aabbe dantiis ma yaqaan ah! "Baadi weligeedba nin aan laheyn bay ag-fadhidaa," ayuu mar walba Abshir ku hadaaqaa inta madaxa kor iyo hoos u luxo.

God walaal ha qodin, haddaad qodana ha dheereen, ku dhici doontaanna lama ogee. Abshir geerida iyo tacsida u taala waxaaba uga daran asraarta ku xeeran sida ay u dhimatay xaaskiisii hore. Geele iyo Abshir hurdo ma ladin habeenkii oo dhan; naf iyo nolol kale waa kari waayeen, waxayna ku dhex wareegaan aqalka gudihiisa, iyagoo dhalooyin khamri ah gacanta ku sita. Dhalada dhuceyda ah ee qamriga, kolkay ka hiinsadeen gororkii ugu danbeeyey ee Foodkada, islamarkaanna idleysteen qaadkii garaabada ahaa bay hadba doc u dhex warfadaan ardaaga guriga, iyagoo midba midka kale eedeynayo, marna gacanta isula tagaya.

Aamusnaan yar ka bacdi, Abshir waxaa maskaxdiisa walacsan ka soo burqaday feker maankiisa la qumanaaday. Wuxuuu u soo jeediyey saaxiibkiis Geele inay saakay masjidka booqdaan, oo halkaas Eebbe ku baryaan, cafis iyo saamax iyo xijaabna weyddiistaan, islamar-ahaantaanna ay ka codsadaan dadka masjidka ku tukunaya in ay mowtida dhowr Qulhuwale u akhriyaan. Geele yaab ayaa lagu taagay markuu maqlay taladaas fadhiidka ula muuqatay ee ka soo gaaxatay maskaxda saaxiibkiis, balse waxay misna la noqotay fikrad garaad gal ah, oo si fudud loo fulin karo. Sarkhaanimo iyo jaah-wareer iyagoo aan la dhaqaaqi karin, cir iyo dhul jiho uu masjidka ka xigo aan war iyo wacaal buuxa ka haysan buu Geele yiri: "Jirkeena iyo dharkeena daahir ma ah.?"

Abshir in yar intuu shib yiri, madaxanna hoos u rogtay ayuu dabadeed dib u eegay Geele. Isagoo hingoonaya, khamri curdan ah iyo qaad garaabo ahna afka iyo sanka ka butaacinaya, hadalkana la jiitamaya ayuu yiri: "Nin qoyani biyo iskama dhowro . . . Mise nin qaawan biyo . . . ," hadalkiina raacshay: "Ma waysaa inoo dhowran? Dhurwaagu goortuu dabinka galo reer baadiyuhu way dhengadeeyaan. Waxaa haddaba la sheegay in dhurwaagu isu weeciyo, si uu beer-laxawsi uga helo, hadba qofkii uu ka dareemo wadne-nugeyl iyo beer-jileec, kuna hadaaqa: 'Alla war maskiinka usha ka daaya,' laakiin qofka sidaas yiraahda ee uu dhankiisa is-xijiyo baa uga sii dara, oo aad usha ula sii dhaca. Haatan haddaan annagu isu weecino ragga diin-dumiska ah ee masaajidka jooga, ma gef baan galnay? Kollee nooma aabba-yeelayaan, laakiin . . ." Quus iyo aamusnaan.

Geele iyo Abshir saakay waxay oogadooda iyo ruuxoodaba ula hayaameen masaajidka Ummada ee dhex qotoma Miniyaabulis. Halkaas waxaa ku sugan dad tiro yar, qaarkoodna ay sunaysanayaan, qaar kalana ay sugayaan salaada subax in mar loo sare joogsado. Markay Geele iyo Abshir galeen masjidka bay wadaaddadii garka waaweynaa mar qura hoos iska wada dhugteen, oo dhegaha iyo afka isu dhaweeyeen, iyagoo hadalo nux-nux ah iyo xan hoosta isaga sheegaya. Indho iyo dareen muujinaya "Maxaa idin keenay?" baa Geele iyo Abshir lagu guulay.

"Masjid lakala xigo, oo koox rag ah u gaar ah Ameerika ayaan ku arkay. Naadiga ragga miyaa meesha!" Abshir baa niyada isaga sheegay, kolkuu arkay jaleecada lala beegsanayo, isagoo weliba kabaha iska bixin kari l'a, mar walbana si tar-tiib ah gacanta iyo xariga kabaha ula luudaya.

"Waa labadii gododle ee Singal Maadrada iyo gabdhaha magaalada fadareeyey. Mid waaba kii inkaarnaa, oo weliba xaaskiisa iyo carruurtiisaba dayacay; kuna qasbay in ay aqalka keensato daanyeerka gorriilaha ah ee Yuhuuda u shaqeeya. Ma aadami bay abuuri karaan? been ku fara-weynaa? Ninkani waaba gaal, waa kii hadda ka hor afadiisa siiyey biyo tahaliil ah oo ay tufeen niman 'wadaado' sheegta, maadaama uurkeedu dhaafay xilligii ay ku dhali laheyd, bal muu isaga Ilaahay baryo yaa ka xiga?; kan kalana waa qowsaar dantii-ma-yaqaan ah; waa ma-dhalihii aan abedkiis guursan, soddonkiina kor u dhaafay. Waa labadii jaad-wadayaal," Mid ka mid ah wadaaddadii baa dhegta ugu sheegay iimaamkii masjidka.

"Maxaa saakay ku soo foofiyey masjidka, waaba yaabee? Ma soo hanuuneen? Dariiqul-mustaqiimka, miyaa talow lagu soo hanuuniyey?" Imaamkii baa dib u su'aalay.

Salaadii subax goortii la tukaday buu Abshir sare kacay, inta si qaab daran u haabtay cod-baahiyaha masjidka, isagoo ay ka muuqato diyeeysnaan iyo sarqaaimo islarmarkaanna la jiitamaya labada jeeni iyo tartiib ahna u luudaya. Bulshadii oo aan weli duceysan, imaamkii salaada tujinayeyna uu weli fadhiyo bartii uu salaada ku soo af-jaray, ayuu Abshir lakala baxay hadal soo koobaya nuxurka hadafkooda. Waxaa markiiba is-garab taagay Geele oo aad u dawakhsan, aanse si bayaan cad ah looga dareemeyn dhaqan iyo fikir tusaya kala daadsanaan jirkiisa iyo isku-daadsanaanta maskaxdiisa sida Abshir oo kale.

Dadkii salaada tukaday oo weli towxiidsanaya, is-taaqfuralaysanaya, faraha gacmaha iyo tusbaxanna, hadba horay iyo gadaal u tuuraya, qaarkoodna ay ku tusbaaxsanayaan "Subxaanallah, Istaaqfurulaah, . . . ," in kalana, "Ilaahow qabiil hebel jebi . . . Ilaahow reer hebel naga qabo," ay ku ducaysanayaan, ayuu Abshir hadal ku bilaabay: "Kolee waan ogahay masaajidkan rag baa . . ." Hingo iyo daaco qurmuun ayuu mar soo afuufay "Ee . . . Laakiin, aniguba Muslim baan ahay. Saakay waxaan halkan u soo istaagay . . . Waxaan aniga iyo saaxiibkay leenahay muraad gaar ah ee akhwaanayaalow fataaxada innoo soo mara in Eebbe noo sahlo muraadkeena gaarka ah. Muraadkaas haddaan helno, waxaan masaajidka ugu yabooheynaa kun doolar oo cadaan ah, weliba waxaan gowracaynaa dhowr neef oo ari 'xalaal' ah. Arrinta kale waxay tahay, waxaan rabaa in xaaskayga, oo ku dhimatay shil gaari loo tukudo salaada Jinaasada, loona akhriyo ayaado quraan ah." Shib!

"Aammiin dhaha, in muraadkeenna Ilaaheey innoo sahlo," Geele baa mar kale weyddiistay dadweynihii masjidka dhex fadhiyey.

Islamarkiiba waxaa hadalkii ka boobay, isagoo ay foolkiisa ka muuqato carro iyo ciil ballaaran iimaamkii masajidka, wuxuuna si xanaaq leh u buriyey, kana dhigay hadal aan wax-ka-soo-qaad laheyn codsigii Geele iyo Abshir; isagoo soo xigtay dalliilo uu ku cadaynayo in laga wanaagsan yahay codsigooda baryada ah. Imaamka oo aad isu cun-cunaya xanaaq awgii, inta is-heyn kari waayey ayuu, isagoo gacantiisa midig ku xoodinaya timaha garkiisa ballaaran cod sawaxan dheer leh ku yiri:

"Sheekh, Itaqullaah! Nin Eebbe aan ka xigno ma jiro. Halkan waa gurigii Eebbe, Eebbe ayaa lagu caabudaa ee ma aha goob siyaaro ama laga tuugsado."

Abshir oo dhug maqan, aadna uga xumaaday hadaladii iimaamka masaajidka baa inta mar kale soo tuuray daaco weyn, hadalkii ku margaday . . . Dabadeedna, wuxuu ku saxday candhuuftiisa, isagoo ku sigtay calyadii uu liqi lahaa in ay qaado marinka hunguriga cad ee loo qoondeeyey hawada in ay dhex jibaaxdo, taasoo ku deeqday Abshir inuu aad u qufaco ilaa dhowr il-biriqsi. Isagoo xabeeb tiranaya, codkiisana faseex ka dhigaya ayuu mar danbe yiri:

"Weli ma arag waddaad xag-jir ah oo dhibic naxariis ah lagu arko ama aqoon fog u leh diinteena karaameysan. Adeerkay Faahiye waxaa sanadkii 1993 lagu dhawaacay dagaaladii sokeeye ee Soomaaliya; dabadeed waxaa la dhigay isbitaal ku yaalay Kismaanyo. Adeerkay Faahiye caloosha ayaa soo dhacday, wuxuunna ahaa nin aad garaab u ah. Isbitalka adeerkay la dhigay waxaa xilligaas maamulayey wadaaddada diin-takoorka yaqaana ee isu haysta diinta in ay iyagu leeyihiin, dadka kalana ay ka xigaan. Maalintii danbe Faahiye oo ay naftu gubayso ayuu waddaadkii hor-moodka ka ahaa isbitalka amar ku bixiyey in isagoo sakaraad ah, oo ay naftu dhibeyso, si sandulle ah looga saaro isbitaalka. Intay qaadeen Faahiye oo aan nooleyn, dhimanna bay hor dhigeen kedinka isbitalka laga galo. Dhakhtarkii isbitalka ayaa mar danbe arkay Faahiye oo hor yaala albaabka isbitiaalka hortiisa, isagoo weliba xanuun la taahaya, kuna taahaya, 'Laa Illaaha Ilallaahu! . . .' Dhakhtarkii wuxuu su'aalay maamulihii isbitalka sababta bukaanka dibada loo dhigay. Waddaadkii Diin-dumiska ahaa ee maamulayey isbitalka wuxuu ku warceliyey: 'Ninkan ma tukado! Waa Ayuhul naar!' wuuna diiday in dib loogu celiyo isbitalka. Halkii ayuu adeerkay Faahiye ku naf waayey."

Abshir waxaa maskaxdiisa sarkhaansan taabtay, aadna uu uga qiirooday dhibta uu ka sheekaynayo. Labadiisa dhaban waxaa dul dareeraya ilmo kulul oo si kedis ah uga soo fatahay labadiisa indhood; sankiisa iyo gafuurkiisana waxaa dul qotoma diif ka soo butaacay labada dol ee sankiisa gaaban. Weli Abshir oo aan hadalkii dhameystirin ayuu iimaamkii masjidka wuxuu amar ku baxshay in degdeg Abshir iyo Geele looga saaro guriga Eebbe, ka hor inta aysan nijaaseyn, isagoo ugu hanjabay booliiska in loogu yeero. Abshir iyo Geele oo niyad xun baa cagaha wax ka dayey.

CUTUBKA 17NAAD

Siddeed iyo afartan saacadood ka bacdi, goor ay ku beegan tahay barqadii subaxnimo baa waxaa aqalka isku gaydaamay laba unug oo ka tirsan ciidanka la dagaalanka danbiyada iyo argaggixisada, kuwaasoo ku hubaysan qoryo fudud iyo sunta dadka kaga ilmaysiisa. Waxay islamarkaana xiran yihiin dhar gaashaamaan, oo qam looga dhigay oogadooda; fool-gashi wejigooda lagu daahay, si aan loo aqoonsan, af-shareer ka dhowrta gaaska, koofiyado bir ah iyo kabo culus oo buud ah. Albaabka waxaa si xoog badan u garaacay Joosaf Walaysa oo ka socda Hey'ad Danbi Baarist ee FBIda, isagoo ay daba safan yihiin ciidanka hubeysan. Geele oo dikana qaba ayaa qunyar u furay albaabkii.

"Magacayga waxaa la yiraahdaa Joosaf Walaysa, waxaana ka socdaa FBIda," indho tuhun muujinaya isagoo ku eegaya, una muujinaya Geele warqada aqoonsiga ayuu hadalkii raacshay: "Ma joogaan Abshir Hurre Warfaa iyo Geele Oday-waa Madax-kute?" Geele oo aan haleelin inuu ka warceliyo weyddiintaas bay ciidankii mar qura xoog ku qarda-jibaaxeen albaabkii, waxaynna qab-qabteen dadkii guriga joogay oo dhan. Joosaf wuxuu si wada jir ah ugu akhriyey Geele iyo Abshir, hadalo si quman aysan u fahmin, hase ahaatee, marar badan ay ka daawadeen aflaanta, looguna sheegay in ay tahay xuquuqdooda gaarka ah: ". . . Xaq waxaad u leedihiin in aad aamustaan, oo aydan hadlin inta qareen idin difaaca la idiinka qabanayo. Hadalada aad tiraahdaan hadhowto adinka ayaa la idiin adeegsan karaa . . ."

Iyagoo ka cabanaya kaarka iyo bel-belka ay gacmahooda iyo lugahooda dhuub-dhuuban ku hayso jeebada dhumucda ballaaran ayaa lagu gufeeyey gaariga booliiska, waxaana loola gurmaday xabsiga heynta iyo keydinta dadka tuhun danbi loo heysto, halkaasoo lagu kala haadiyo danbiilayaasha iyo dadka aan waxba galabsan. Qayb kale oo ka mid ah ciidanku waxay isla maalintaas soo qab-qabteen Suleekho, Halgan, iyo Ashkir, weerarnna waxay ku qaadeen cid kasta oo xiriir sokeeye iyo mid shisheeyaba la wadaagtay labada marxuun Aragsan iyo adeegaheedii Keyd-aabbe.

160

Gunta waxaa Abshir iyo Geele loo dhigay qol cariiri ah oo dusha ka awdan, jiqna isku ah. Qolka xabsiga wuxuu ku yaal gebiga webiga Misisiibi, waxaana halkaas kula xaraysan dad badan oo isugu jira Madow, Cadaan, Meksikaan iyo Quunle oo ah nin Soomaali ah oo ay degdeg isu barteen, isuna dhexgaleen, isagoo siiyey Abshir iyo Geele warbixin ku saabsan xabsiga iyo siday u dhaqmi lahaayeen inta ay xabsiga ku jiraan. Quunle wuxuu isugu sheegay maxaabiista cusub in loo haysto danbi ku salaysan tuhun ah inuu ku lug lahaa dagaal dhexmaray Soomaalida iyo daanyeerada gorriilayaasha loo farsameeyey Singal Maadarada iyo in loogu hanjabay Soomaaliya in lagu celin doono, haddii danbiga lagu helo.

Wax yar ka bacdi, Abshir iyo Geele waxaa mid walba isagoo sil-silad dhumuc wehy lagu jiidayo loo jiiday qol gaar ah ee loo qondeeyey qofka lagu tuhmayo gef dil ah inuu geystay. Mid walba waa keligiis iyo Allihiis. Hal-bowlaha wadnaha ayaa Abshir hadba kol gujinaya. Si xoog leh waxaa loo maqlayaa xowliga uu ku socdo qul-qulka dhiiga wadnaha. Aad waxaa isu garaacaya haniyaha iyo qolalka haamaha wadnaha baqdin iyo walhbahaar darteed. Labada gacmood iyo labada dhafoorba dhidid dhumuc waaweyn leh ayaa ka soo tixaya, isagoo iskula guurabaasaya: "Waxba ma galabsan . . . Baxarkan Geele ayaa ii keenay . . . Waa gabagebadii noloshayda. Caddaabtii adduunka ayaan tiinbaday. Xabsi Ameerika ku yaal ku dhac, waa naartii adduunka ku dhac!"

Naftiisa kurbaysan isagoo la doodaya baa waxaa u soo galay afar nin oo ciidanka asluubta ah. Waxay sitaan kabo buud ah oo tayo iyo tiiro isku darsaday, waxaana loogu deeqay murqo waaweyn iyo seedo googo'an oo lagu xuuxinayo dadka dambiyada loo haysto. Muruqyada labada mergi iyo labada cudud ayaa mar burqanaya, goortay afkooda iyo gacantooda isla saanqaadaan. Giirka dhakada ilaa dhafoorada ayaa u xiiran, waxayna xiran yihiin shaarar kaaki gacmo-gaab ah, iyagoo u muuqda in loo carbiyey, khal-khal gelinta maxaabiista la doonayo in laga hadalsiiyo. Ciidankii waxay Abshir u kaxeeyeen qolka weyddiimaha iyo war-ka-keenista, halkaasoo ay ku sugayaan Joosaf Walaysa iyo laba sargaal oo dhar cad ah.

Labada gacmood iyo labada lugood isagoo ka jeebaysan, surka iyo dhexdana ay ka lulato sil-silad dhumucda ballaarn ee ku meegaaran oogadiisa oo dhan baa la dul fariisiyey miis yar. "Miyey i dili doonaan? Qowleysato caddaan ah baan u gacan-galay maanta. Dadka 'Muslimka' ah waa neceb yihiin. Ma i kufsan doonaan, ragga xabsiyada ku jira way kufsadaan?" Abshir ayaa naftiisa kula faqay.

Isagoo ku fadhiya kursiga abaarsaday ee dhex qotoma qolka basaasay, aadna u naxsan ayaa wejiga, madaxa, ganaca bidix, iyo feeraha looga shiday shucaac dhumuc dhuuban, sida dun miiq ah oo kale, maqaarka oogadana si fudud uga dhex dusaya. Abshir isma rog-rogi karo. Dhanka uu damco inuu u digo rogtaba shucaaca ilayska ayaa raad-raacaya, kaasoo la shaqeeyaa dhiiga iyo dhaq-dhaqaaqa nafleyda. Jirkiisa waxaa dhex jibaaxaya fallaaraha xoogga korantada, kuwaas oo ku abuuray bel-bel iyo xanuun daran, kuna qasbay inuu baroorto, gacmaha iyo labada jeeni hadba dhan u tuuro, aadna ugu rafto kursiga lagu xir-xiray, isagoo weliba ku cabanaya "Laa Illaaha Illalaahu !" Cidi kama neefin. Saddex il-biriqsi ka bacdi ayaa ilayskii shucaaca laga hakiyey. Abshir oo dawakhsan, murqaha iyo maskaxda jirkiisana ay tamartii ka idlaatay baa weyddiistay askartii:

"Waxaan u baahanahay af-celiye; idin ma af-garanayo. Waxaan u baahanahay qareen i difaaca." Codsigii Abshir dheg-jalaq looma siin. Labada dhinac waxaa ka taagan laba sargaal oo ka baaraandegaya, una kuur-gelaya jir-ka-hadalka iyo ficilka Abshir. Waxay Abshir ku fiirinayaan jaleeco naftiisa qalbi-jab iyo baqdin gelisay.

"Waxaan kuugula talinayaa, wax dhib ah inta aadan la kulmin, in aad qirato danbiga aad gashay. Iska qiro in aad dishay xaaskaagii hore iyo ninkeedaba," mid ka mid ah danbi-baaryaashii baa ku dhiiriyey Abshir, isagoo u muujinaya beer-nugeyl aan dhab aheyn.

"Anigu ma dilin, cid dishayna ma aqaan," Abshir baa Af-Ingiriis maroorsan kaga warceliyey.

"Haddey naag wanaagsan tahay maxaa daba dhigay 'daanyeer?' Nin baa qaba oo ay ooridiisii tahay," ayuu Abshir hadalkii daba dhigay, goortuu in cabbaar ah aasmusnaa. Saraakiishii ciidanka danbi-baarista ayaa mar keliya is-dhugtay.

"Yaa haddaba dilay Aragsan iyo Keyd-aabbe?" Joosaf Walaysa baa weyddiiyey, oo hadalkii ku daray: "Waad ogtahay, wadankan annaga ayaa ku keenay. Qaxooti sabool ah, oo aan rug iyo raas, kab iyo karin, midkoodna aan lagu arag baad aheyd. Sida haad goob iyo geed uu cago dhigto waayey baad aheyd. Waxaan maanta kaa dhignay bina-aadan nool, oo tirsan, la tix-geliyo, lana xisaabsado. Waxaan kuu samaynay warqada-aqoonsiga; sida baabuurka loo wado ayaan ku barnay; af-keena hooyo ee qaaliga ah ayaan ku barnay, waana ku ilbixinay; sidaa awgeed, nagama caqli iyo aqoon badnid ee runta iska sheeg. Ameerika, waa wadan yaab leh, Abshir oo kale bay dad ka dhigtaa! Waxayba aheyd Ameerika in aad u mahad-naqdo, oo aad dhaqankeena iyo caadadeena suuban aad qaadato. Intaa waxaa ii dheer, Maraykanku waa dad *gob* ah, waana gun-ka-dheer, adba waad ogtahay, soo ma aha? Waa dad had iyo goor runta sheega. Haddaba waxaa hagaagsanaan laheyd in aad xataa naga barato dhaqankaas wanaagsan."

"Ma aqaan wax dilay Aragsan, daanyeerkii foosha xumaa baa malaha dilay, isaga ayaa waday baabuurka," Abshir oo aan si habboon uga soo kaban miyir-doorsankii naftiisa lagu caddibay ayaa isaga cataway.

"Muxuu kaa galabsaday marxuum Gorriille Keyd-aabbe oo aad sidaa ugu af-lagaadaynaysaa? Ma la socotaa horta nolosha in uu ka gaaray derejada "Gorriille"? Joosaf ayaa su'aalay, oo hadalkii ku daray: "I maqal . . . Waan ogahay in aad ka soo jeedo dhaqan aad u danbeeya, aadna loo xushmeeyo madax-adayga iyo macangagnimada, islamarkaana ragnimadu iyo qab-weynidu ay lagamammaarmaan yihiin, taas meel iska dhig. Dhib ma jiro ee noo sheeg sida ay wax u dhaceen."

Abshir oo aan weli war-celin bixin, aadna u xaraaradeysan ayuu Joosaf jeebkiisa ka soo saaray baakat sigaar ah, ka dibna u taagay Abshir, isagoo ku leh: "Iga qabo." Abshir oo jarcaynaya ayaa midhkii sigaarka ahaa laacay. Joosaf sigaarkii dib intuu ula noqday, isagoo farta murugsatada ee gacantiisa bidix hawada dhex welfinaya, hadba dhinac u tuuraya, una muujinaya diidmo may iyo nakataa ah ayuu u sheegay: "Xabadan sigaarka ah inta aadan ku xaraarad goyn, nidir ma ku galaysaa, runta in aad ii sheegeyso? Heshiis ma ku nahay sidaas?" Mar qura bay danbi-baarayaashii qosol la dhaceen.

"Weli qof taam ah baad u muuqataa, waxbana laguuma gaysan ee xaqiiqda ina waafaji. Waxaan heynaa cadaymo fara badan oo muujinaya dhagarta iyo hagar-daamada aad u maareyseen lammaanahaas is-doortay. Cidmaa dishay?" Abshir inta is-celin waayey ayuu mar qura soo ruqaansaday, waxaase fadhiga ku hakiyey kursiga birta ah ee lagu jeebeeyey. Qaylo iyo cabbaad ayuu afka kala furtay, isagoo iska ilmaynaya. Wuxuu ku adkaystay in uusan waxba kala socon arrintan, islamarkaanna ay si sharci daro ah ula dhaqmayaan.

"Ka feker xaaskaaga quruxda badan ee aqalka kuu joogta oo weliba uurka leh, calooshana ku sida ubadkaaga. Ma doonaysid baan filayaa ilmahaaga inuu dhasho adiga oo xabsi ku jira, oo aadan weligaa dib danbe u arkin?" Joosaf ayaa xasuusiyey Abshir.

"Diintee baad haysataa?" ayuu misna weyddiiyey, inta miiska doc uga fariistay, oo si aad ah indhaha ugu gubay.

"Muslim baan ahay," Abshir ayaa cod aad u hooseeya ku yiri; ka dibna Ashahaadada qabsaday, isagoo kor ugu dhawaaqaya.

"Muslim yaad ka sii tahay?" inoo sheeg dhaqso, waqti badan ma haysano. "Mise waxaad ka tirsan tahay Muslimiinta mayalka adag ee doonaya quwada adduunka ugu weyn in ay af-genbiyaan," Joosaf oo aad u kululaaday, jirkiisana ay ka kacday xajiin cun-cun ku abuurtay goortuu maqlay ereyga 'Muslim' baa cod dheer ku su'aalay. Abshir oo aan jawaab ka bixin su'aashaas, ayuu mar kale Joosaf hadalkii qaatay: "Saaxiibkaa Geele wuxuu cadeeyey inaad tahay gacan-ku-dhiiglaha ka danbeeya dilka labadaas marxuum, haddaba iska qiro danbiga, adiga oo aan wax dhib ah isu keenin. Maxay kula tahay taladan? Bal in yar ka feker oo ha ku degdeggin, ka dibna jawaab waafi ah naga sii: Xabsi muddo gaaban ah baa laguugu xukumayaa, adna nala shaqee, oo danbiga iska qiro. Waxaa lagu xirayaa shan sano ama xataa in ka yar, ka dibna nin madax-bannaan baad tahay, maxay kula tahay taladaas? Laakiin iska qiro gefka in aad gaysatay ama aad ku lug leedahay."

"Cid aan danbi ka galay ma leh, qof aan dilayna ma jiro. Waxaan u baahanay qareen," Abshir ayaa mar kale codsaday, isagoo isu sheegaya: "Ma iska yeelaa taladaas? Dhurwaayo aan dhowr maalmood oon afka saarin baan dhexda u galay. Digey! Dhul-shisheeye! Waa tol iyo talo la'aan!"

"Xasuusi xiskaaga, xaaskaagii hore ee quruxda badneyd Aragsan . . . Singal Maadaradii, aad dayacday, islamarkaana kuu dhashay carruurta quruxda badan ee baarriga kuu ah ee ku jeclaa, hubaashiina weli ku jecel . . . Iilka madow ee aakhiro bay maanta jiiftaa. Ma adigaaba nin ragga ah, hadaadan ogeyn xataa qofkii xaaskaagii hore dilay. Nimow naagees! Laga-roone waaxid! Nin ragaasay! Xaataa xaaskaagi ayaad ilaashan wayday." Hadaladaas Abshir aad buu uga danqaday, ilmo qoyan ayaa ku soo ururtay indhihiisa, isagoo qamuunyoonaya.

"Jeebbada xanuunkeeda iga fura, waan idiin sheegayaa," Abshir baa codsaday. Kolkuu intaas u sheegay bay askartii mar is-wada dhugteen. Madaxa ayuu kor iyo hoos u lulay Joosaf. Katiinadii labada gacmood uga xirneyd baa Abshir laga dabciyey, ha yeeshee weli labada lugood kaga xiran. Labada gacmood intuu sal-salaaxay ayuu kor u dhugtay ciidankii dhar cada ahaa, dabadeedna xoogaa yara aamusay. "Annagaa dilnay, ayuu ku ganuunacay . . . May annaga ma dilin . . . Qareen ayaan u baahanahay" ayuu misna daba dhigay. Joosaf wuxuu tusay gaar-hayayaashii la shaqaynayey astaan uu ku boorinayo jeebada in lagu celiyo Abshir. Ka dibna intuu soo tuuray neef xoog weyn ayuu yiri: "Toddobaadka soo socda ayaan ku kulmaynaa maxkamada adiga iyo qareenkaada," hadalkiina ku daray: "Soo dhaadhiciya xabsiilaha lambarkiisuna yahay 0023436709."

Sida awr hebed ah oo hoggaanka loo sido, isagoo la hagayo baa Geele oo aan qarsan karin baqdinta dhex maaxaysa wadnihiisa fuleynimada la dubaaxinaya ayaa la fariisyey kobtii uu saaxiibkiis Abshir ka kacay. Cidina juuq uma oran muddo ku dhow saddex iyo toban il-biriqsi. In yar ka bacdi, Joosaf intuu laab-laabtay gacmaha sharka uu sito, saacadana iska furay, ayuu bar-bar fariistay Geele, oo su'aalay:

"Yaa dilay Aragsan iyo Gorriile Keyd-aabbe?"

"Mmm . . . ma aqaan . . . Waxaan rabaa . . . afaf . . . af . . . af . . . af-celiye. Ma idin af-garanayo," Geele oo hadalka la shig-shigaya cabsi awgeed baa ku jawaabay.

"Waad fahmaysaa laakiin? Adigu haa ama maya ku jawaab. Saaxiibtaa Suleekho, gacanta ayaan ku heynaa, warbixin buuxda ayey noo sheegtay ee runta cadee. Yaa dilay Singal Maadarada iyo kal-kaaaliyaheedii Keyd-aabbe? Waxaan haynaa waxyaabo badan oo cadaynaya in aad ka qayb qaadatay mardabada lagu dilay Aragsan iyo 'adeegaheedii' Gorriillle Keyd-aabbe. Sidaa awgeed, waxaa habboon, adigoo aan waqtiga iska qaadin, dhib kalana aan naftaada u geysan inaad iska qirato. Saaxiibkaa Abshir wuxuu cadeeyey inaad ku lug leedihiin geerida labada marxuun. Adna ma qarinaysaa? Adiga miyaa dilay? Keligaa haddaadan dilin cidmaa kula fulisay?"

Geele kolkuu u adkaysan waayey shucaaca kulul ee jirkiisa gubaya iyo su'aalaha, hanjabaada, iyo handadaada sida bamka loola dhacayo naftiisa cadiban ayuu goortii danbe si fudud u yiri: "Haa, annaga ayaa dilnay . . . May, may annaga gacanteena kuma dilin . . . Turjubaan ayaan rabaa." Joosaf Walaysa wuxuu u sheegay ciidankii asluubta intaas in ay ku filan tahay, isagoo amar ku bixiyey Geele in lagu celiyo qolkiisa, waxaana loo sheegay toddobaadka soo socda in maxkamada gobalka Minasoota uu hor tegayo, inta ka horeysana uu qareen la kulmi doono.

CUTUBKA 18NAAD

Waa bishii Luuliyo kowdeeda, sanadkuna waa labada kun iyo afarta. Cimilada Minasoota ma noqon maanta mid sida kul lagu diirsado. Cirka iyo cadceedaba waxaa hardheeyey cadar ku dheehay gudcur niyad-jab ku abuuray khalqiga ku dhaqan Minasoota. Waa maalintii dabbaaldagga gobannimada iyo midnimmada gobalada waqooyi iyo koonfureed ee Soomaaliya. Waxaa Miniyaabulis ka socda qaban-qaabada xaflado ballaaran iyo fantisiyo lagu qiimaynayo maalinta xornimada iyo midnimmada Soomaaliya ee kowda Luuliyo. Ha yeeshee, Abshir iyo Geele waxay maalintaas u aheyd maalintii xiddigoodu dhacay. Siddeedii subaxnimo, 1dii Luuliyo sanadkii 2004 waxaa Abshir iyo Geele la hor keenay maxkamada gobalka Minasoota, si aad ah iyagoo loo waardiyeeynayo. Hareeraha waxaa ka socda ciidan hubaysan iyo kuwa dhar cad ah, waxaana dhageysiga dacwadooda isugu soo baxay dadweyne aad u tira badan iyo qaar ka tirsan beesha Gorriillayaasha la farsameeyey.

Gar-soore Edward Mohamed wuxuu ka codsaday qareen Bile Warsame iyo Maykal Kenadi in ay u soo bandhigaan maxkamada hawraar kooban oo ay ugu gogol-xaarayaan difaaca Abshir Hurre Warfaa iyo Geele Oday-waa Madax-kuti, maadaama ay raageen xeer-ilaalayaashii matalayey Aragsan iyo Gorriile Keyd-aabbe. Bile Warsame waa qareenka keliya ee ku hadla Af-soomaali, dhalasho ahaana ku isir-tirsada bahda Soomaali weyn. Maxkamadu waxay Abshir iyo Geele ka codsatay in ay sare kacaan, ka dibna, waxaa si hufan loogu dhaariyey kitaabka Nebi Ciise. Si cad waxay u beeniyeen danbigii lagu soo oogay.

Gar-soorka maxkamada iyo golaha dacwada go'aaminayaba waxay u sheegeen in si qasab ah afkooda looga soo dhalaaliyey hadaladii ay kula hadleen booliska iyo in nafta looga qaaday hanjabaad iyo goodin, loona gaystay jir iyo maskax dil, islamar ahaantaana, aan loo ogolaan wax qareen ah iyo af-celiye u kala turjuma.

In yar ka dib, hadalkii waxaa qaatay xeer-ilaaliyaasha kala ah Saara Arlinda iyo Wilyam Rashid. Xeer-ilaaliso Saara Arlinda waxay u muduceysaa Aragsan Bulxan Xays, meesha xeer-ilaaliye Wilyam Rashiid uu matelayo Keyd-aabbe Kor-dheere iyo shirkada Sayniska iyo Isir-Rogga ee marka la soo gaabiyo loo qoro SIR, waxayna, labadoodaba dacwad wada-jir ah ku oogayaan Abshir iyo Geele. SIR waa shirkad ku takhasuustay maareynta firka iyo dhaxalka nafleyda, siiba fir-roga daanyeerada iyo gorriilayaasha, waxayna awood u yeelatay in ay koromosoomada gorriillaha u rogto koromosoomo bina-aadam, in jeneetikada gorriilaha ay u rogto bina-aadan, taasoo horseeday in gorriilayaasha qaarkood loo beddeli karo aadami nool.

"Mudane Gar-soore," waxaa hadalkiisa ku bilaabay xeer-ilaaliye Wilyam Rashiid, "Waxaan marka hore jeclaan lahaa in aan maxkamada sharafta mudan u soo bandhigno waxyaabo cadaynaya dacwada lagu soo oogay la-dacweeyayaasha. Marka hore waxaan u yeerayaa dhakhtarka ku takhasuusay baarista meydka, islamarkaana ah dhakhtarkii ugu horeeyey ee baara meydka labada dhibane, si uu maxkamada ugu cadeeyo sababta keentay geerida. Waa dhakhtar Biyoorn Eriksoon." Goortii la dhaariyey ka dib baa dhakhtarkii la hor fariisiyey maxkamada, wuxuuna yiri:

"Bishii Abriil 30keedii, 2004, saacadu markay aheyd siddeedii subaxnimo aniga iyo dhakhtar Israa'iil, oo haatan xijaabtay, waxaan baaris ku samaynay meydadka Aragsan iyo Gorriile Keyd-aabbe, si aan u cadayno wacaalka keenay geerida labada marxuum. Marxuumada Aragsan waxaa gebi ahaanba bur-buray in badan oo ka mid ah lafaha jirkeeda. Waxaa hoolmay carjawyada isku haya xubnaha iyo lafaha jirka, taasi oo iila muuqatay shil aan caadi aheyn, iguna dhalisay in aan is-weyddiiyo weyddiimo badan. Waxaan sidoo kale ka dareemay oogada labada dhibane dhiig-bax aan caadi aheyn; marinada neefta oo si qaab daran isu owday, taasoo cadeyn u ah nafta in aysan jirkooda uga bixin hab caadi ah, ha yeeshee, ay jireen walax kale oo u sabab noqday naftu si sandulle ah in ay labada marxuum oogadooda uga xaluulatay. Carjawada laf-dhabarta iyo xididka dhuux-dheer waa dhilmeen; af-weynta tunkeedana soddon xubnood ayey ka jabtay. Xubnaha uur-ku-jirta qaarkood waxaa ku dhacay sal-guur iyo isku-shuuq runtii yaab igu abuuray.

Baaris mar danbe lagu eegay saami laga qaaday labada dhibane, waxaa laga helay dhibco yaryar oo tusaya curiyaha dilaaga ah ee loo yaqaan Sarin, oo ay sumadiisa kiimikadu tahay $C_4H_{10}FO_2P$. Waxaan ka afeefanayaa, anigu ma ahi nin kiimikada ku takhasuusay, balse hawraarteydu waxay arar u tahay baaristii aan meydka labada marxuun ku sameeyey. Inta badan Sarin waxaa adeegsada militeriga, iyadoo loo arko sun khatar ah. Tusaale ahaan gaashaanbuurta Nato waxay gaaskan Sarin ee sunta ah ugu yeeraan magaca

dahsoon ee GB, oo ah hawraarta ciidanka isku af-garto. Sarin waa gaas sun
ah, halisna ah, islamarkaana isticmaalkiisa iyo soo-saaristiisaba dunida laga
mamnuucay. Haddii dhibic keliya oo ka mid ah Sarin lagu buufiyo qolkan
aan ku jirno ama xataa ay na soo gaarto in yar oo ka mid ah, waxay u badan
tahay in badan oo ka mid ah inteenna halkan fadhida in aan naf lagu soo
gaareen ama nolol gabaabsi ah lagu soo gaari karo.

Gaaska Sarin, waa gaas aan midab, ur, iyo dhadhan midna toona laheyn,
islamarkaasna awood u leh inuu si dhaqso ah aadamiga jirkiisa uga dhex-duso
ama u dhex-jibaaxo, taas oo keenta inuu degdeg ugu saaqo jirka, qofkana aan
naf loogu iman.

Dagaalkii labaad ee dunida waxaa Sarin adeegsaday qowleysatadii Jarmalka
ee dagaalka lagu jabiyey oo uu weliba hoggaminayey dilaagii weynaa ee Hitleer.
Maanta waxaa muuqata in suntaas ay si fudud gacanta ugu gashay dad u
isticmaalaya inay ku dilaan dhibanayaal aan waxba galabsan. Isticmaalka Sarin
waxay hor iyo horaanba lid ku tahay shuruucda, qawaaniinta, iyo dastuurka
Ameerka, Qaramada Midoobay iyo sharciyada gundhiga u ah xuquuqda
bina-aadamka. Ma aha oo kaliya gaaska sunta ah ee Sarin, waxaa iyadana jirta
dabcinta taayarada gaariga in aysan ka marneyn daba-tirka ku dhacay xubnaha
oogada labada dhibane. Waxaa i galay dareen igu muquunshay shilku inuu u
dhacay hab ka duwan shilalkii aan khibrada u lahaa.

Warbixinteenii ku salaysneyd baaristii aan ku samaynay labada meyd
waxaan u gudbinay booliiska, iyagoo markiiba baaris farsamo ee ku xeeran
asraarta shilka gaariga iyo geerida labada marxuunba ku dhaqaaqay," isagoo
Dr. Biyoorn Eriksoon tusaya gar-soorka maxkamada iyo golaha gar-goynta
ashtikada sawiro muujinaya xubnaha oogada labada marxuum; waxaana aad
uga danqaday in ka mid ah golaha gar-soorka dacwada iyo dhageysatayaashii
maxkamada. Waxa kale oo uu Dr. Biyoorn maxkamada u soo bandhigay abla-
ableynta, fala-galka iyo kala fur-furka curiyaha Sarin, si golaha ashtakadu u
fahmaan sida Sarin ay u shaqeyso iyo habka ay u waxyeeleyso nafleyda. Waxaa,
dabadeed, sare kacay qareen Wilyam Rahid isagoo u yeeray gashaanle sare Joon
Rijard, ahna madaxa sare ee shaybaarka ciidanka abniga, qaybta farsamada,
kana codsaday inuu uga waramo maxkamda baaritaankii ay ku sameeyen
gaariga shilka lagu galay iyo natiijadii ka so baxday.

"Baaris farsamo oo qaadatay in ka badan saddex toddobaad markaan
ku baarnay baabuurkii shilka lagu galay, waxaa inoo cadaatay in labada
marxuum aysan gelin shil gaari oo caadi ah, hase ahaatee, uu ahaa shirqool
loo maldahay. Shaybaarku wuxuu sal iyo baar u baaray gaariga noociisu yahay
Tooyooto Kamri, lana sameeyey sanadkii 1996, oo ay leedahay Suleekho
Caagane Muumin. Waxaana si gaar ah u baarnay afarta shaag ee gaariga,

xawaare-cabbiraha, joojiyaha, iyo gaas-nuujiyaha gaariga iyo qaybo kale. Tijaabooyinkii iyo baaritaankii aan samaynay waxaa inoo cadaatay in gaarigu ku socday xawli aan dhaafsiisneyn inta u dhaxeysa 35-45km/saacadiiba. Cel-celis ahaan markaan xisaabinay waxaa inoo soo baxday 35km/saacadiiba. Kolkaan haddana dib u eegnay afarta shaag ee baabuurka waxaa si cad noogu soo baxay in bottonada isku xira shaagagga gaariga ay dabacsanaayeen, laguna subkay maadooyin kiimika ah ee gebi ahaanba kala daadiyey. Kiimikooyinkaas waxay calaliyeen biraha iyo xargaha isku haya shaagaga iyo baabuurka intiisa kale, taasoo keentay inuu baabuurku rogmado.

Shaybaarka farsamada ma cadeyn karo in labada dhibane ay u dhinteen dhaawac ka soo gaaray shilka gaariga iyo in ay u dhinteen sunta baabuurka laga helay, taas waxaan u daynayaa takhtarada meydka baara, balse annaga cilmi-baaristayadu waxay ku kooban tahay farsamada baabuurka iyo siduu u gadoomay. Waxaan haddaba cadaynayaa, anigoo la kaashanaya farsamada sheybaarka, kolkuu gaarigu dhaqaaqay afarta shaag in aysan si habboon isu-surneyn ama isu heysan. Arrinkani wuxuu sabab u noqday baabuurka inuu si fudud u rogmado. Waxaa cad oo kale, shilka gaariga in aysan u sabab aheyn xawaaraha uu gaarigu ku socday ee waxaa u wacaal ah biraha isku haya afarta shaag oo si dhagarnimo leh loo dabciyey, iyadoo la adeegsaday maadooyin kiimiko ah.

Sida ku cad baarista laga qaaday gaariga, dabcinta boolasha shaagagga baabuurka kama soo jeedo sancada warshadii baabuurka samaysay ee waa mid si ula-kac ah loo qorsheeyey, waxayna aheyd shirqool loo qondeeyey in lagu naf-gooyo wadaha iyo rakuubka gaariga. Waxa kale oo uu shaybaarku baaris cilmiyeeysan, oo ku salaysan DNA *(deoxyribo nucleic acid),* ku sameeyey raadka farta murugsatada ah ee gacanta bidix oo laga helay dhowr meelood oo ka mid ah afarta shaag ee gaariga.

Danbiiluhu, inkastuu gashanaa gacmo-gashi ka dhowra farihiisa iyo gacmahiisaba in raadkooda laga dheehdo shaaga, misna mar-mar wuxuu seegay inuu gacmo-gashiga u adeegsado farta murugsatada ee gacanta bidix; tani waxay daliil cad u noqon kartaa, danbiilihii gefkan gaystay inuu ahaa qof adeegsada gacanta midig ee uusan aheyn qof guran ama isticmaala gacanta bidix, waayo waxaa gacanta midig ugu jirtay danbiilihii dhibkan gaystay gacmo-gashi uu si qurux badan ugu fuliyey hawshii uu ku dabcaniyey lugaha baabuurka, ha, yeeshee, gacanta bidix inuu u isticmaalo gacmo-gashi waa ku adkeyd, waxaana qasab ku noqotay mararka qaarkood faraha gacanta bidix, weliba farta murugsatada oo maran inuu adeegsado.

Waxa kale oo aan ka helnay shaaga lugta bidix ee gaariga bartamahiis miiq tin yar oo la mala-awaalayo in ay ka timid gacan-ku-dhiiglihii dilay labada dhibane amaba ku lug lahaa dilkooda. Goortaan baarnay tintii yareyd, laguna eegay weyneyso tankeedu aad u sareeyo, islamarkaana laga qaaday saami DNA ah, waxaa cad in timahan aysan ka iman qof Soomaali ah amaba aan iraahdo qof Afrikaan ah. Timahan waxaa iska leh qof sinjigiisu yahay Cadaan ama Yurubiyaan. Hase ahaatee, weli gacanta kuma hayno cida iska leh timaha noocan ah." Joon Rijard intuu sare kacay ayuu maxkamada u soo bandhigay sawiro muujinaya burburkii gaariga iyo goobtii uu yaalay ka hor intuusan gorriille Keyd-aabbe kaxeysan. Waxa kale ee uu Joon ka dhaa-dhiciyey maxkamada bur-burka ku dhacay gaariga iyo bur-burka ku dhacay oogada labada marxuun iyo xawligii uu ku socday gaariga in aysan isu qalmin.

"Sida ku cad tusaha xawliga gaariga, waduhu wuxuu baabuurka ku waday inta u dhaxaysa 30km/saacadiiba ilaa 45km/saacadiiba, taasi ma aha xawaare aad u dheer, suurtagal haddaba ma noqon kartaa, dhaawac iyo dhib sidaas u xoog badan in uu gaaro gaariga iyo qofkii sarnaa, haddaan shaagagga gaariga lagu dhayin kiimikooyin kala daadiya, islamarkaana aan la dabcin boolasha isu haya? Kaba soo qaad gaarigu inuu u rogmay xil-kasnimo daro ka timid wadaha; haddaba, garaadka aadamigu waa ka sareeyaa in gaari ku socday xawaarahaas hooseeya uu iska qalibmay, iyadoo aysan ku lug laheyn gacan kale. Haddii xataa gaarigu la gadoomay feejignaan daro, dhaawaca ka muuqda jirka labada marxuum waa mid xadka dhaafay." Isagoo weli tusaya sawiro kale ayuu u sheegay maxkamada in ay soo ururiyeen dhammaan wixii raad ahaa ee laga helay goobtii uu gaarigu yaalay maalintii shilku dhacay ka hor iyo ka dib, si ay u baaran dadkii goobtaas maray maalmahaas oo dhan. Warbixintii markuu dhameeyey ayuu gashaanle sare Joon dib u fariistay kobtii uu ka soo kacay.

Mar keliya ayaa shib lawada yiri. Dhegaystayaashii dacwada waxay dhegahooda iyo dhugoodaba u jan-jeeriyeen doodaha miisaaman oo weliba sal looga dhigay sharciga, qawaaniinta, aqoonta sayniska iyo farsmada oo ay is-weydaarsanayaan qareenada iyo dhakhtarada. Maxkamada afka ayey heysaa. Waa dacwad ugub ah, kuna cusub dadweynaha reer Minasoota. Dheganna laguma maqal, dhaayanna laguma arag dacwad noocan oo kale ah, aad baana loo xiisaynayaa, weliba arrinta ku xeeran dilka daanyeerka aadamigu sinji-abuuray iyo Singal Maadarada dunida ka caan-baxday. Hadal jeedintii dacwada misna waxaa la wareegay qareen Bile Warsame, oo ka mid ah qareenada difaacaya Abshir iyo Geele. Waraaqaha dacwada isha isagoo la raacaya ayuu u yeeray dhakhtar Warmooge Goonjab, oo ah dhakhtar Soomaali ah, kuna takhasuusay aqoonta baarista meydka iyo cudurada keena geerida, wuxuuna hadalkiisa ku bilaabay:

"Daaha si looga rogo sababta keentay dhimashada qofka aadamiga ah, waxaa lagama-maarmaan ah in baarista meydka sal looga dhigo qaacidooyinka iyo qawaaniinta gundhigga u ah wacaalka geerida iyo baarista meydka. Laakiin, tixda miisaaman ee ka soo aroortay Dr. Biyoorn maskaxdiisa, kuna salaysan oddoros aan cilmi qoto dheer ku fadhiyin ma waafaqsana sharciyada iyo qawaaniinta baarista meydka.

Qof bina-aadam ah oo dhintay jirkiisa marnaba lagama garan karo sababta uu qofkaas u dhintay in ay ugu wacan tahay shil gaari oo si ula kac ah loogu dilay iyo in aan si ula kac ah loogu dilin. Soddon iyo shan sano ayaan soo ahaa dhakhtar ku takhasuusay baarista meydka iyo cudurada keena geerida, mana arag arrintan la leeyahay 'shil ula kac' baa ka muuqda oogada labada maraxuum. Waan baaray meydkii labada marxuumba., arrintani waa ii i ugub. Wax haba-yaraatee ii muujinaya in geerida labada marxuun ay u sabab tahay shil ula-kac ah ma hayo. Dhaawaca ka muuqday oogada labada marxuun waa mid aan waxba ka gedisneyn dhaawaca ka dhasha shilalka caadiga ah," ayuu takhtar Warmooge Goonjab hadalkiisa ku soo gunaanaday.

Maykal Kenadi, qareenka labaad ee difaacaya Abshir iyo Geele ayaa asna is-hortaagay garsoorka iyo golaha gar-goeynta maxkamada, una sheegay golaha go'aaminaya garta kama dabaysta ah ee dacwada: "Aragsan waxay aheyd qof maskaxda ka bugta, sida ku cad galka isbitaalka dhimirka, waxayna u badan tahay cudurkaas inuu soo hayey muddo dheer ka hor inta aan isbitalka dhimirka lagu takoorin. Waxaan, sidoo kale, hadda haynaa cadeymo muujinaya in Gorriille Keyd-aabbe uu aad u murugeysnaa xilligii uu shilka galay, wuxuuna ka wel-welsanaa xaaladiisa caafimaad. Keyd-aabbe wuxuu qaaday cuqdad nafsadeed ka dhalatay sinji roga lala beegsaday naftiisa; isagoo xayawaan qabweyn ah baa mar qura sinjigiisa iyo faciisaba loo rogay aadami. Wuxuu ka xumaaday qiime dilka loo gaystay xayawaanimadiisa, loona rogay aadami uu iskala weynaa. Hadduu xataa noqday aadami run ah amaba uu isagaba isu arkay bina-aadam dhab ah, bulshada Maraykanku uma aqoonsaneyn, umana xaq-dhowri jirin sida aadami la siman, lana xuquuq ah. Haddaba, waa wax iska cad in wadaha gaarigu, Keyd-aabbe Kor-dheere iyo rakuubkii la saarnaaba, Aragsan Bulxan, aysan xilligaas maskaxdoodu ku sugneyn xaalad fiyoobi-qab, taasoo u horseeday in ay galaan shil ba'an oo naftooda la dheelmaday."

"Intaas waxaan ku darsanayaa," Maykal Kenadi oo hadalkiisa sii anbaqaadaya: "Gorriille Keyd-aabbe waxaa dhiigiisa laga helay laba maado oo kala ah: maado marka la isticmaalo shabahda maan-dooriyayaasha kala ah Amfitamin ama Horowiin, inkastoo ay ka quwad yar tahay. Maadadaasi waa dhirta sinjigeedu yahay *catha edulis* oo ay Soomaalidu u taqaan 'qaad ama jaad.'

Walax kale oo laga helay dhiiga Gorriille Keyd-aabbe, waa maado iyadana
fir-fircooni gelisa maskaxda, kuna abuurta maskaxda reynreyn iyo riyaaq la
mid ah ama le'eg tan uu aalkoolku ku abuuro maskaxda. Weli lama yaqaan
waxay maadadaasi tahay iyo sida uu Keyd-aabbe ku helay; waxaase la mala-
awaalayaa in ay tahay 'shalaboow,' oo ah walax dareere ah ee lagu sarkhaamo,
lagana helo Koonfurta Soomaaliya. Intaas waxaa dheer, waxaa oogadiisa laga
helay kaniiniga lagu daweeyo wel-welka iyo walbahaarka khiyaaliga ah ee uu
qofka murugeysan iska dareemo.

Arrintani waxay muujinaysaa in Gorriille Keyd-aabbe uu miyir doorsanaa
ama uu ku sugnaa xaalad 'quus iyo rajo go' ah,' goortii uu gaariga waday.
Waxaa cad in Abshir iyo Geele aysan falkan ku lug laheyn. Wuxuu ahaa shil
ku dhacay feejignaan daro iyo tixgelin la'aan ka dhalatay digtoonaan la'aanta
labada marxuum. Iska daa maalmihii uu shilku dhacay iyo maalmo ku dhow
Abshir iyo Geele midkoodna ma booqan xaafada uu gorriille Keyd-aabbe
degenaa amaba degmada ay Suleekho ku nooshahay. Waa suurtagal in Gorriille
Keyd-aabbe, oo xilligaas ku jiray xaalad walacsan inuu malaha qorsheystay
naftiisa ayaanka daran ee marna xanuunka la gubaneysay, marna heyb-sooca ay
bulshadu ku hayso la buktay, marna murugada iyo qalbi-jabka la gooheysay si
fudud mar un inuu dunidan isu dhaafinayey, isla-mar-ahaantaanna uu horay
u galooftay Singal Maadarada Aragsan Bulxan.

CUTUBKA 19NAAD

"Ii oggolaada in aan u yeero marag-furto Hufan Jaamac Xaad, oo ah *afada* Abshir u dhaxda," Maykal Kenadi baa garsoorka maxkamada u jeediyey, inta muraayada si habboon ugu hubsaday kamasta godan ee ku naban sankiisa ballaaran. Kabaha i-taageerka ah ee lagu cariirshay cirbaha cagaheeda bal-ballaaran, iyadoo ka kabash-kabash siineysa, taftanna haysata diraca joogeeda ka dheer bay Hufan nafteeda u qaaday masraxa maxkamada. Waxaaba uga daran dacwada, foosha ilmaha ay uurka ku sido iyo in ay foolan doonto ilmo oday-waa ah, siday nafteeda walbahaarsan u sheegeyso. Hufan oo ay ka muuqato tabar darida ka timid uurka ay sido baa si qunyar ah salka u dhigtay kursiga markhaatida. Qareen Bile Warsame baa dabadeed su'aalay:

"Intii u dhaxaysay 20kii ilaa 30kii bishii Abriil, 2004, xaggee adiga iyo *ninkaaga* joogteen?"

"Maalmahaas intooda badan waxaan joognay guriga. Waxaa quraan la saarayey Abshir iyo anigaba, si uu Ilaahay iigu fududeyo foosha iyo in aan ka xijaabano isha aadamiga, marka laga reebo Arbacadii oo aan tagnay dukaanka Hilib Xalaalka, ka dibna guriga ayaan ku soo noqonay. Midkeenna cagta-cad dibada ma qotomin. Boqol iyo afar iyo tobanka Quraanka Kariimka ah, Burddaha, iyo Salliga Nebigeenna suuban (korkiisa naxariisi ha ahaatee) baa sida roob mahiigan ah oo kale shuxda nala kaga dhigay. Alxamdullilaah! Fadligii iyo dawadii quraanka aad baan ugu fiicnaanay. Waxaa markhaati cad noo ah wadaaddada Ahlu Sunnaha ah ee quraanka nagu akhrinayey, oo cadaynaya in Abshir uu aqalka joogay maalmahaas oo dhan," Hufan oo aad u xaraaradeysan baa maxkamada u sharaxday, iyadoo hadba isha ku xadaysa Abshir, oo ay ka dareemayso indho gurmay oo weliba god aakhiro ka soo bildhaya. Bile ayaa misna su'aalay Hufan:

"Weligaa ma la kulantay Gorriille Keyd-aabbe?"

"May. Ninkayga waa nin maskiin ah oo weliba naxariis badan. Ma aha gacan-ku-dhiigle sida kuwa Soomaaliya bur-buriyey; ma aha af-ku-dhiigle

173

dadka isku dhibaateeya; mana aha qalin-ku-dhiigle iyo laab-ku-dhiigle midna toona," Hufan baa isaga dal-dalantay, iyadoo jaleeco naxariis leh ku eegaysa Abshir, oo madaxa loo dhukuray; gacmaha, lugaha, iyo surkanna ay katiinad dhumuc weyn kaga jeeban tahay, loona gelshay dhar alliindi bafte ah, oo weliba isku joog ah, takhna looga dhigay midab huruud ah; waxaana dharka noocaas oo kale ah loo geliyaa, sida ay Hufan ka aragtay taleefishinka, gacan-ku-dhiiglayaasha la doonayo in dil-toogasho lagu xukumo.

Qareen Bile misna wuxuu u yeeray marag-fure Gardaro Cali Iidaan, isagoo su'aalay weyddiimo ku lug leh dhaqanka Abshir iyo macruufada ka dhaxeysay sanadihii la soo dhaafay, wuxuuna Gardaro si kooban ugu jawaabay: "Abshir waa nin edeb badan oo af-gaaban. Ma aha nin ay ka suurtoobi karto qof kale inuu dhibaato u geysto, waana nin nabada ku hiirta." Garsoore Edward Mohamed wuxuu ka codsaday xeer-ilaaliso Saara Arlinda hadday u jeedineyso wax su'aal ah marag-furaha, islamarkaanna ay u yeerto markhaatida ay hayso.

Kolkay Saara Arlinda istaagtay waxaa gacanteeda ka fara-baxsaday qalin-qori lagu xardhay midabka calanka Maraykanka. Goortay u foorarsatay qalinkii bay Abshir iyo Geele mar bikaacsadeen horraadada xeer-ilaaliso Saara, oo labisan shaar cad oo in yar kala balaqan, badhanka korana uu u furan yahay. Abshir waa diday, isagoo niyada ka leh: "Shaydaamad! Annaga ayey na jaah-wareerinaysaa, si aan u khal-khalno!" Xeer-ilaaliso Saara Arlinda oo goortay hadlayso la moodo in ay dhoola cadeynayso, dadkana inta badan ay ku qatasho ilka-cadeenteeda aan dhabta aheyn baa ku war-celisay: "Wax weyddiin ah ma qabo, ha yeeshee, waxaan u yeerayaa Suleekho Caagane Muumin." Suleekho sidii looga soo daayey xabsiga heynta iyo hadal-ka-keenista oo ay muddo gaaban ku soo cimri qaadatay, isbeddel weyn ayaa ku dhacay. Isbedel laga il-waadsan karo fikerkeeda iyo ficilkeedaba. Waxa kale oo aad u saameeyey Suleekho geeridii Keyd-aabbe, isagoo weliba shil ku galay gaarigeeda.

Maalmihii tegay waxay bilowday tin ilaa cirib korkeeda in ay ku daboosho jilbaab weyn oo culus iyo indho-shareer gafuurka ilaa indhaha ay jiq uga dhigtay, waxayna iska fogeysay dharkii ay xiran jirtay oo idil. Ka hor inta aysan madaxa soo gelin qolka maxkamada bay ciidanka asluubtu ka xayuubiyeen Suleekho jilbaabkii iyo indho-shareertii ay xirneyd, waxayna la jarcayneysaa ciil ay u qabto ciidanka iyo dowaladda Maraykanka. Inkastoo ay Suleekho ka dhiidhisay in lagu dhaariyo kitaabka Injiil, misna hanjabaad dheer ka dib way iska yeeshay. Niyada iyadoo ka leh: "Ilaahow iga cafi!"

"Maxkamada uga sheekee xiriirka idinka dhaxeeyey adiga iyo Gorriille Keyd-aabbe? Saara Arlinda ayaa ka codsatay. Suleekho oo ilmaynaysa baa hadal ku bilowday:

"Gorriille Keyd-aabbe waxaa naga dhaxeeyey xiriir ku saleysan bina-aadanimo iyo is-ixtiraam. Ujeeddada ugu weyn oo aan ula xiriiri jiray, gaarigayganna aan ugu aaminay addoonkaas Ilaahey abuurtay waxay aheyd, anigoo rabay in uu Muslimo, oo ku soo biiro diinta Islaamka ee xaqa ah, laakiin Ilaah baa oofsaday maanta. Keyd-aabbe wuxuu ahaa addoon Eebbe abuurtay, inkastoo ay niman isku sheega *Saynisyahanno* ay ku andacoodaan in ay gacantooda ku farsameeyeen, arrintaasi waxba kama jiraan. Taasi waxay la mid tahay ragga noogu sheekeeya dayaxa ayaan tagnay oo sawiro been-been ah inna tusa. Waa wax kama jiraan. Arrintaas waxay la mid tahay calaacasha oo ay timo ka so baxeen. Kolkay Aragsan dhimatay . . . Iga raalli noqda . . . Waxaan ka wadaa kolkay Aragsan isbitalka dhimirka gashay ayuu iga codsaday gaariga inuu amaahdo, si uu Aragsan u soo booqdo. Dhowr jeer buu i weyddiistay, balse waa ii suurtoobi wayday. Wuxuu mar danbe ii sheegay inuu gaarigga u baahan doono inta u dhaxeysa 20ka bishii Abriil ilaa 30ka . . ."

"Sanadkii 2004?," Saara baa u jeedisay

"Haa "Sanadkii 2004, bishii afaraad," bay Suleekho ku warcelisay.

"Maxkamada uga sheekee xiriirkii idinka dhaxeyn jiray adiga iyo Geele."

"Geele waa nin dhib badan oo raba wax walba qasab in uu ku socod siiyo."

"Maxaad ula jeedaa 'qasab ku socodsiiyo?' Saara baa dib u su'aashay.

"Macnaha . . . Wuxuu rabaa wax kasta xoog in uu ku fuliyo."

"Mudadii aad wada socoteen Geele wuu kuu gacan-qaadi jiray, sow ma aha?

"Abedkiis iima gacan qaadin, waxna iima geysan. Laakiin dowladda iyo dadka Maraykankaba ixtiraam iyo sharaf uma hayaan haweenka, maxaa ragga Soomaalida oo keliya loo haystaa? Xuquuqda ay naagta Maraykanku leedahay maxay tahay?" Suleekho ayaa si xanaaq leh ugu jawaabtay. Saara fajaciso ayey ku noqtay hadalada aan xisaabta ugu jirin oo ay Suleekho ku qarxisay garsoorka maxkamada hortiisa, hadalkeedanna waxay ku soo koobtay: "Su'aal kale ma qabo."

Saara Arlinda oo niyada iska su'aalaysa waxa beddelay fikirka Suleekho baa intay u dhaqaaqday miiskii ay ka soo kacday soo dhifatay warqad kale, iyadoo maxkamada u sheegaysa in ay u yeerayso marag-fure si tifa-tiran u cadeyn kara dibin-daabyadii uu Abshir ku hayey xaakiisii hore. Ha, yeeshee, maadaama ay da'diisu aad u yar tahay waxaan jeclaan lahaa in war-lalliyaha taleefishinka lagu wareysto isagoo ku sugan gayaan aan la garaneyn.

"Waa kuma markhaatidan cusub oo ay Saara sheegayso? Waa markhaati nalaga qariyey oo aan ku jirin liiska dadka markhaatida ah," Bile baa su'aalay Maykal Kenadi.

Waxaa kaamirada iyo war lalliyaha fidiyowga maxkamada lala beegsaday qadka dhisme qarsoodi ah oo aan la garaneyn, goobta iyo geyiga uu ku yaalo. Halkaas waxaa fadhiya Gambool Abshir Hurre Warfaa. Kolkuu Gambool ka warcelinayo weyddimaha la su'aalayo, si ula-kac ah baa kaamirada foolkiisa looga weeciyaa, waxaana lagu beegaa qareenadiisa iyo garsoorka maxkmada. Waxaa Gambool garab fadhiya qareenkiisa, wakiil ka socda Hey'ada Adeegga Bulshada, wadaad ka socda kaniisada iyo wadaad ula muuqday Abshir Muslim ka socda diinta Gambool lagu dhalay. Xeer-ilaaliso Saara Arlinda, waxay si toos ah Gambool u weyddiisay, isagoo naftiisa ku mashquulsan:

"Gambool, bal ka waran aabbahaa Abshir, ma garaaci jiray hooyadaa Aragsan?"

"Taasi, weyddiin ma aha, waa af-ugu shub!" Maykal Kenadi, baa si kulul ugu jeediyey Saara. Gar-soore Edward waa ku gacan-sayray codsigaas, wuxuuna Saara weyddiistay halkaa in ay ka sii miisto weyddiimaheeda. Gambool madaxa ayuu kor iyo hoos u lulay, isagoo farta afka kula jira, lana fajacsan dadka faraha badan ee maxkamada fadhiya iyo kaamirada iyo sawirada hadba lala daba taagan yahay . . . Farta iyo suulka oo wada jira ayuu aabbihii ku beegay goortuu fidiyowga ka dhex arkay, isagoo aad u calool-xun.

Tin ilaa cirib Abshir jirkiisa waxaa dhex saaqay xanuun qabad ah oo asiibay ubucda iyo xubnaha uur-ku-jirta. Laxaw ka keenay dhidid iyo sawaxan, isagoo ku dul rafanaya kursiga uu ku fadhiyo; inta is-heyn kari waayey ayuu la foorarsaday baroor weyn, oo qolka maxkamada gil-gishay, goortuu maqlay codkii curradkiisa oo uusan arag laba sano iyo coor-coor, islamarkaanna, siday la tahay, laga dhigtay aalad naftiisa iyo noloshiisa lagu halaagayo. Maxkamadu waxay amartay in dibada loo dandeemiyo Abshir, lana soo celiyo goortuu miyir fiyoobaado. Hase yeeshee, wuxuu ballan qaaday inuu hakinayo baroorta iyo naqsiga xad-dhaafka ah.

"Haddaan ogahay cadow inuu ii noqonayo, maba dhaleen 'Belaayadan!', mana guursadeen! Waa ilmo ay dhaqan-guuriyeen. Bal fiiri, sidooda oo kale ayuu u fekerayaa, u hadlayaa. Xataa markuu hadlayo wuxuu isticmaalayaa weeraha, ereyada, xarfaha lugooyada iyo qaa'inimada ee gaalada lagu yaqaano. Waa ereyo lagu dhagro dadk, weliba dadka Muslimiinta macne gaar ahna gaalada u leh bal fiiri maanta curradkaygii, afka markuu kala furaba marna hadalkiisa lagama waynayo hadalada ama weedhaha dhagarta sida:'*Probably, May be, Democracy, If you want, I wish, Excuse me, Forgive me, God bless you, Good for you, Sorry, Congratulations, Nice weather, Freedom of speech, Human rights . . . Thank you!*' waa ereyada ay gaaladu nagu halaageen, ereyada khaa'inimada! Mar hore ayuuba gaaladii dhaqan bartay, waxayna bareen sida wax loo dhagro, wax la isu-daba mariyo. Waa kaa maanta sidaas u hadlaya. Talow, beri muxuu noqon doonaa, ma af-gaalo ayuu ku hadli doonaa mise af-Muslim?" Abshir ayaa naftiisa walacsan kula hadlay, isagoo dhex fadhiya qolka ashtakada.

Inta ay dooda maxkamada socoto, Abshir waxaa maskaxdiisa iyo maankiisaba ka socda dabbuub aan kala g'o laheyn; isagoo dareemaya danbi naftiisa iyo carruurtiisaba inuu ka galay. Maxkamada wuxuu ka hor akhriyey Gambool hawraaar Abshir ula muuqatay in la soo xafidsiiyey wiilkiisa Gambool.

Garsoore Edward Maxamed wuxuu maxkamada amray biririf gaaban iyo dib in la isugu soo laabto gelinka danbe. Halkii ayaa lagu kala dareeray, waxayna qola walba wada-tashi isugu jira, xeelad iyo xal-doon ula noqotay kooxdeeda. Wilyam Rashiid iyo Saara Arlanda oo ku nasanaya qolka nasashada, kana doodaya sidii ay u kala fur-furi lahaayeen xargaha isku sirqan ee ku xeeran geerida labada marxuum baa waxaa qolka nasashada degdeg ku soo gashay, iyadoo hinraageysa, gacantanna ku sida bashqad weyn oo midab jaale ah lagu nashqaday xogeheyntii Wilyam Rashiid.

"Waa jawaabtii aan sugaynay," xogheyntii ayaa u sheegtay Wilyam; waxayna farta ka saartay bashqadii weyneyd. Wilyam Rashiid deg-deg ayuu u furay bashqadii sacfaraanka aheyd, isagoo hiyi-kacsan, aadna u gariiraya sidii eey uu kud daran wareemay oo kale. Si degdeg ah wuxuu u soo saaray warqado iyo sawiro yaryar oo fara badan. In yar intuu dul maray waraaqihii iyo sawiradii ayuu la soo haaday: "Gacanta ayaan ku heynaa. Waa iyaga naftooda! . . . Baastaris! (wacelo dheh!) Saacadaas laga bilaabo waa "Eedeesanayaal . . . Gacan-ku-dhiiglayaal . . . Danbiilayaal!" wuxuuna warqadii u gudbiyey Saara Arlinda. Mar qura bay Wilyam iyo Saara is-gacan qaadeen, misna dib isu majiireen, oo mar kale u mahad-naqeen xogheyntii.

Harkii duhurnimo Miniyaabulis goortuu ku habsaday ayey Wilyam iyo Saara ku laabteen qolka dacwada oo ay ku soo qul-qulayaan dhegaystayaashii, qareenadii iyo gar-soorayaashii maxkamada. Garsoore Edward Maxamed wuxuu ka codsaday xeer-ilaalayaasha Wilyam iyo Saara in ay sii wadaan meerinta ashtakada. Xeer-ilaaliye Wilyam Rashiid oo foolkiisa laga akhrisan karo farxad baaxad-weyn leh ayaa maxkamada hor istaagay, isagoo gacanta midig ku haya warqadihii loo keenay, gacanta bidixna jeebka sulwaalka kula jira, wuxuuna hadalkiisa ku furay: "Waxaan halkan ku hayaa natiijadii shaybaarka.," kor intuu u taagay bashqadii uu siday.

"Waa cadeymo muujinaya baaritaankii lagu sameeyey raadadkii laga qaaday goobtii uu yaalay gaariga noociisu yahay Tooyoto Kamri 1996. Haddaba, sida iska cad, markii la baaray sawiradii laga qaaday raadadkii kabaha ee laga helay halkii uu yaalay baabuurka, weliba ilaa meel u jirta boqol meter oo laba jibaaran oo dhan walba ah, waxaa halkaas laga helay raadka laba kaboood oo kala duwan, mid walbana raad gooni ah ayuu ku reebay kobtii uu gaarigu yaalay. Raad muujinaya kabo noocoodu yahay buud iyo raad kale oo tusaya kabo saandal ah. Kaabaha saandalka ah raadkooda in ka badan labaatan mar ayuu goobtaas ku soo noq-noqday, sida ku cad natiijada shaybaarka.

Si fudud, waxaa, sidoo kale, daaha looga rogay lambarka dahsoon ee ku nin-gaxan cirribta kabaha saandalka. Sidaad ogtihiin, wadankan wax kastaba lambar bay leeyihiin, xataa aadamigu lambar buu lyeehay. Waa sumad gaar ah oo qofba qofka kale looga sooco. Waa sida qowsaarka l'oda ku raaca dhulka saxaraha ah ee gobalka Taksis ay lambarka ugu sumadeeyeen l'odooda si la mid ah. Xataa shimbiraha, eeyda, dumada, hangarlaha, injirta, dhiqlaha iwm lambar bay wadankan leeyihiin, si dowladu ay ula socoto nolosheena iyo nolosha xaywaanka hoosaba.

Ka dib, waxaa dabagal dheer lagu sameeyey labada raad ee halkaas laga helay, waxaanse annagu xiisaynaynaa kabaha saandalka ah ee innoo hogaamiyey runta aan dooneyno in aan maanta ka sal gaarno. Xaqiiqdu waxay tahay ujeedada gar-soorka maxkamadu waxa waaye in laga sal gaaro runta, lana soo bandhigo sida dhabta ah oo ay wax u dhaceen. Ma aha ujeedada gar-soorka maxkamadu, sida ay aqoonyahanada qaarkood ku doodaan, in wax la qod-qodo oo runta la soo taabto, ka dibna maxkamadu xoogga saarto sidii loo sameyn lahaa heshiisiin iyo xal u helid dhibaatadii dhacday ama laysku haystay. Annagu, xal keliya ma rabno ee runta in laga gun gaaro ayaan rabnaa.

Kab saandal ah oo cusub intuu Wilyam Rashiid ka soo saaray bashqadii uu sitay, oo kor u taagay kabtii isagoo tusaya golaha ashtakada go'aaimnaya iyo gar-soorka maxkamadaba ayuu u sheegay: "Kabtan saandalka ah waa nooca raadkeeda laga helay goobtii uu gaariga Tooyootada ah yaalay, waxaana lagu soo sameeyey dalka Shiinaha. Warshadaha kabaha saandalka tola waxaa inta badan iska leh shirkado Maraykan ah, waxaase lagu far-sameeyaa dalka Shiinaha, iyadoo ay ka shaqeeyaan muruq-maal aad u jaban oo u dhashay Shiineys. Dabadeed, sida ku cad baarista shaybaarka, waxaa la raad-raacay lambarka dahsoon ee ku qoran kabaha cirribtooda hoose, islamarkaana ah lambar aan tir-tirmeen, isha oo qaawaana aan lagu arki karin.

Kabahaas waxaa markab looga soo qaaday magaalada Shangaay, oo ku taala dalka Shiinaha., waxaana la keenay magaalada Jikaako. Dabadeed Jikaako ayaa laga soo qaaday, oo waxaa la keenay Minasoota, gaar ahaan magaalada Miniyaabulis. Goortii kabahaas sandalka ah la keenay Minasoota, waxaa jumlo ahaan u soo gatay dukaanka kabaha iibiya ee loo yaqaan Payless. Dabayaaqadii bishii Maarso sanadkii 2004ta, waxaa kabahaas dukaanka Payless ka soo gatay qof dheddig ah, magaceeduna yahay Aragsan Bulxan Xays, waxayna adeegsatay kaarka-badeecada ee VisaCard la yiraahdo, taasoo fududeysay in si sahal ah loo raad-raaco, loona qeexo qofka ay tahay.

Dhab ahaantii, iskaba dhaaf kaar-badeecad oo ay Aragsan yeelato ee xataa weligeedba bangiga kama furan xisaab qasnadeed oo ay lacagteeda dhigato; waxaase kaarkan u suurtagaliyey inay furato eedaysanaha gaystay danbiga oo ka mas'uul ah sida ay u badan tahay dilka labada marxuun. Waan ognahay Aragsan ninkeedii hore uma ogoleyn qasnad bangi in ay furato, mana aheyn Aragsan qof wax kala og, waxayna ku hoos jirtay maamulka iyo maareynta hadba ninkii qabi jiray ama ninkii ay la socon jirtay xilligaas.

Weyddiintu waxay tahay haddaba, saandalku waa kabo loogu talagalay labka, maxay Aragsan ku fashay kabo raggeed? Waxaan ogsoonahay in marxuumada Aragsan Bulxan ay xiriir la laheyd rag kale, waxaana hubaal ah kabahaas in ay u soo iibisay mid ka mid ah raggaas; ninkaasna uu yahay ama uu noqon karo dilaaga Aragsan iyo gorriille Keyd-aabbe. Ninkaas wuxuu ahaa Mucaawiye Alekis. Mucaawiye waa nin cadaan ah, toddoba iyo afartan jir ah, oo qaatay diinta Islaamka, lana socon jiray Aragsan intii u dhaxaysay sanadihii 2003dii ilaa horaantii 2004dii.

Wuxuu Mucaawiye Alekis isticmaali jiray maan-dooriyayaal kala gedisan sida qaadka oo kale, xashiishada, taasoo u horseeday inuu caan ka noqdo sal-dhigyada booliska, ciidanka mukhaadaraadka baara iyo maxkmadaha gobalka Minasoota. Mucaawiye Alekis, wuxuu Abshir iyo Geelle la cuni jiray maan-dooriyaha qaadka, sidaas bayna isku barteen, kuna saaxiibeen, iyagoo aan weliba war iyo wacaal u heyn inuu jiray xiriir guun ah oo u dhaxeeyey Aragsan iyo Gibson Istaaf, oo run ahaantii ah magaca dhabta ah ee loogu wal-qalay ninka la baxay Mucaawiye Alekis.

Gibson Istaaf waa danbiile la yaqaan, oo caan-baxay, adeegsan jirayna magacyo iyo diimo fara badan oo kala du-duwan. Wuxuu ballan qaaday fullinta hawsha lagu dilay labada marxuun Aragsan iyo Keyd-aabbe; waxaana qarashka ku baxaya fulinta shir-qoolkaas dhabarka u ritay Geele iyo Abshir, iyagoo kula heeshiyey lacag dhan saddex kun oo doolar, balse u sii hormariyey lacag dhan kun doolar, sida ay labadoodaba u qirteen sargaal ka tirsan ciidanka sir-doonka gobalka aanse maxkamada si toos ah magaciisa iyo meeqaankiisaba toos loogu soo bandhigi karin, balse sita sumada fulinta XWS. Sargaalkaasi wuxuu si qarsoodi ah xabsiga ugula xirnaa labada eedeysane.

Waxaan qareenada Abshir iyo Geele, garsoorka maxkamada, iyo golaha go'aaminaya ashtakada aan u sheegayaa in ay heli karaan warbixin dheeraad ah oo ku saabsan XWS, haddaad u baahataan. Waxaan heynaa cadeymo ka kooban maqal iyo muuqaal, waana idiin soo bandhingeynaa. Geele iyo Abshir ayaa la qorsheeyey gacan-ku-dhiigle Gibson Istaaf dilka Aragsan Bulxan iyo gorriille Keyd-aabbe Kor-dheere.

Waxaa, sidoo kale, arrintan cadaynaya, oo weliba qiranaya Cabdikhaaliq nafsad ahaantiisa. Magaca Cabdikhaaliq oo hadba siyaabo kala duwan loo qoro, Cabdikhaaliq, Cabdiqaaliq, Cabdulkhaaliq, Cabdulqaaliq, Abdilkalik, Abdulkalig, Abdulkhaaliq, Abdulqaaliq, Abdulkalik . . . Haddaan sii tifatiro, waa magaca beesha Afka-Soomaaliga ku hadasha ay u taqaanay, welina u taqaano ninka la yiraahdo Gibsan istaaf. Sidoo kale masjiyada ay ku kala tukadaan Soomaalida, waxaa qaarkood looga yaqaanaa "Shariif Mucaawiye ama Imaam Cabdulkhaaliq," iyadoo hadba ku xiran masjidka uu ku tukado iyo firqada masjidkaas sutida u haysa; wuxuuna ahaa iimaamka ugu sareeya mid ka mid masjidyada beesha Soomaalida, taasoo ku deeqday in dadka Af-Soomaaliga ku hadlaa ay aad u xushmeeyaan Gibson, islamarkaana ay garawsan la'yihiin eeda loo jeediyey iimaamkoodii hore, una arkaan talaabadan heyb iyo diin sooc lala beegsanayo dadka Soomaalida ah ee Muslimka ah. Laakiin taasi waxba kama jiraan.

Maadaama uu Mucaawiye Alekis ama aan iraahdo Gibson Istaaf uu ahaa, welina yahay nin cadaan ah, wuxuu dalka Maraykanka soo gelin jiray maandooriyaha qaadka, isagoo ka soo qaadi jiray dalalka Ingiriiska iyo Hooland, adeegsanayana awooda midabkiisa, islamar-ahaantaanna ka sameyn jiray lacag fara badan oo sharci daro ah. Mucaawiye Alekis wuxuu falkani ka helay fursad uu ku barto dad badan oo ku hadla Af-soomaaliga, lab iyo dheddigba," xeer-ilaaliye Wilyam Rashiid oo aad u qiirooday farxad aawgeed ayaa madasha maxkamada ka akhriyey. Isagoo hadalkii wata ayuu yiri:

"Tinta laga helay giraanta ku meegaaran shaagga bidix ee baabuurka, waxaa haatan la cadeeyey inay ka soo jeedo timaha Gibson Istaaf, sida lagu cadeeyey shaybaarka, ka dib markii la bar-bardhigay saami timo ah oo horay looga hayey eedaysanaha, laguna kaydiyey Bangigga Keydka Dhiigga, Dhecaanka, iyo Shahwada Danbiilayaasha gaysta gefefka cul-culus ama gala gefef taxane ah. Haddaba, tintii laga helay gudaha garaan-garta shaaga gaariga iyo fartii raadkeeda laga helay shaaga baabuurka waxay si cad oo aan mugdi saarneyn u muujiyeen Gibson Istaaf inuu ahaa ninkii dabciyey shaagaga baabuurka Toyoto Kamriga, si gaarigu u rogmo, una adeegsaday kiimikooyin sahla bur-burka lugaha baabuurka, islamarkaana ay Aragsan iyo Keyd-aabbe naftooda qaaliga ah ku waayeen. Sidaa darteed, waxaa cad in Gibson Istaaf yahay ninkii gaystay dilkii labada marxuun, waxaana sidaas kula heshiiyey, una suurta-geliyey Geele iyo Abshir oo baxshay qaan gaaraysa kun doolar, inta kalana malaha dib ka bixin lahaa, sida ay ku heshiyeen qowlaysatadan.

Siduu Gibson u qirtay ciidanka sirta, Geele iyo Abshir waxay labada marxuum u maldaheen dabin nafta lagaga jaray, sababta ay uga takhaluuseen labada marxuumna waa iska cadahay: hunguri, damac, maseyr, xaasadnimo,

hinaas, iyo weliba naceyb ku saleysan heyb-sooc ay kaga soo horjeedaan
Gorriille Keyd-aabbe. Naceyb ay u hayaan horumarka sayniska iyo farsamada,
iyadana kama marna meesha; intaas waxaa dheer naceyb ay u hayaan
dimuqraadiyada iyo madax-bannaanida haweenka, siiba Aragsan Bulxan
oo malaha door biday dhaqanka hagaagsan ee Maraykanka in ay qaadato,
ku dhaqanto, kuna hirato, kuna dhimato, kuna ababbiso dhalaankeeda
Maraykanka ah.

Abshir waxaa dilooday maseyr aan soohdin lagu arag, isagoo ka xumaaday
madax-bannaanida dhibane Aragsan iyo in ay ka maarantay naftiisa,
islamar-ahaantaanna awood u yeelatay hagida iyo maareynta aqalkeeda iyo
carruurteedaba, iyadoo aan waxba uga baahan La-dacweeyaha. Waxay awood
u yeelatay in ay masruufato hooyadeed iyo reerka ay ka dhalatay oo ku sugan
xeryaha qaxootiga ee Keenya. Waxay awood u yeelatay in ay xafiiska Adeega
Bulshada taleefan kula xiriirto, in ay fahamto wadanka siduu u kala shaqanayo.
Way il-baxday marxuumada Aragsan Bulxan, sida ay la-dacweeye Abshir la
aheyd, welina la tahay. Waxay bilowday in ay Afka-Ingiriiska barato goortay
iska furtay Abshir.

Waxay bilowday aqalka in ay ka baxdo, oo la soo waqti qaadato rag kale
iyo weliba dumarka kale ee la da'da ah, gaar ahaan Singal Maadarada ku sugan
xaaladeeda oo kale, kuna soo laabato gurigeeda aminta ay doonto, iyadoo aan
wax baqdin iyo wel-wel ah ka qabin ninkeedii hore. Waxay xiriir ku salaysan
sinnaan iyo is-ixtiraam la yeelatay rag geyaankeed ah, Aragsan waxay yeelatay
saaxiibo Maraykan ah goortay Abshir kala tageen, isagoo markii hore ka
hor joogsaday in ay barato dad kale, una tusi jiray dadka Maraykanka ah in
ay yihiin *gaalo* cawaan ah oo lid ku ah Muslimiinta. Intaas oo dhan waxaa
Aragsan u suurtageliyey Gorriille Keyd-aabbe, oo aqalka u joogay, carruurtana
la korinayey.

Hinaaska iyo maseyrka eedaysane Abshir Hurre Warfaa wuxuu heerka
ugu sareeyo gaaray kolkay dhibane Aragsan Bulxan Xays ay aqalka keensatay
Gorrille Keyd-aabbe. Waxaan xasuusinayaa maxkamada sharafta leh iyo weliba
golaha garta ashatakada goynaya in Abshir Hurre uu ka soo jeedo dhaqan
dumarka si kale u arka; sidaa darteed, Aragsan Bulxan nafteeda qaaliga ah
waxay u hurtay madax-bannaanida haweenka Soomaalida ee ku hoos jira
caddaadis dabka naarta la bar-bardhigi karo, hadduusan kaba kululeyn.
Aragsan waa dhibane shahiiday! Geele waxaa isna qalbi jab ku riday horumarka
iyo nolosha wadankan. Xiriirkii xumaaday ee u dhaxeeyey isaga iyo Suleekho,
wuxuu sal uga dhigay in ay dowladda iyo dadweynaha Maraykanku ka mas'uul
yihiin. Waxaa naftiisa caqabad ku noqday madax-bannaanida ka kooban:
madax-bannaanida hadalka, diinta, dhaqanka, iyo nolosha ay hiigsadaan

haweenka casriga ah ee Maraykanka oo ay la jaan-qaaday Suleekho Caagane Muumin ee uu cishqiga basaasay u hayey.

Waan ka xunahay Gibson Istaaf ama Mucaawiye Alekis ama Cabdikhaaliq in uusan maxkamada maanta hor iman karin, si uu ugu marqaati furo labada eedaysane, iyadoo ay u sabab tahay Gibson oo ku jira xabsi adag oo qam ah, aadna loo dhowro, taas oo aan u saamaxeyn in dibada loo sii daayo dhowr saacadood oo isku xiga. Balse waxaan maxkamada sharafta leh ka codsanayaa in la shido fidiyowga uu Gibson Istaaf ku qiranayo danbiga ay Abshir iyo Geele u maleegeen labada dhibane, isagoo weliba isugu yeeraya magaca "Imaam Cabdikhaaliq." Waxa kale ee uu Gibson qiranyaan in danbigan uu fuliyey xilli uu maxkamad-suge ahaa, isagoo gurigiisa lagu ilaalin jiray.

Goortii la dhageystay marqaati furkii Gibson Istaaf ayey qareenada Bile Warsame iyo Maykal Kenadi hadalkii si kooban u qaateen, waxayna ka codsadeen golaha gar-soorka in tixgelin gaar ah la siiyo: "Xaalada dhaqan-dhaqaale, diineed, iyo bulsho oo ay labada eedaysane ka soo jeedaan iyo in weliba si gooni loo tixgeliyo xaalada caafimaad ee Geele, oo bilihii tegay ay dhaqtaradu cadeeyeen inuu isku yara buuqay, isagoo u arka cadow qof kasta oo cadaan ah ama madow ah iyo in la daba-galay, xaaladiisana ay si qun yar ah u sii xumaaneysay. In labada eedaysanayaal aysan horay u gelin danbi weyn iyo gef khatar ku ah dadka iyo dalka Maraykanka." Ka dibna, gar-soore Edward Maxamed wuxuu amray guurtida gar-goynta dacwada go'aan dhaqso ah in ay ka gaaraan dacwadan gurrucan.

Toban saacadood ka bacdi, kuna beegneyd kow iyo tobankii habeenimo ayaa maxkamada la isugu soo laabtay. Qolkii maxkamada kolkii lagu soo ururay bay af-hayeenadii guurtida gar-goynta ashtakada sare-kacday, iyadoo lakala baxday warqad dheer oo ay ku xusan yihiin go'aamadii golaha: "Anigoo ku hadlaya magaca maxkamada sharafta leh ee Minasoota, magaca guurtida go'aaminaysa dacwada lagu soo oogay Abshir Hurre Warfaa iyo Geele Oday-waa Madax-kuti, iyagoo lagu soo eedeeyey dilkii loo gaystay marxuumada koowaad Aragsan Bulxan Xays iyo marxuunka labaad gorriille Keyd-aabbe Kor-dheere Harag-weyne, waxaannu go'aansanay, guurtida gar-goynta dacwada ay ku kala jabtay go'aankan, hadanna waxaa loo yara batay, oo la isku raacaay in Abshir Hurre Warfaa iyo Geele Oday-waa Madax-kute ay galeen dhammaan qodobadii lagu soo eedeeyey. In ay abaabuleen, qorsheeyeen, maal-geliyeen, islamarkaanna amar ku baxsheen dilka labada marxuun. Ugu danbeyntii, eedeysanayaasha kala ah Abshir Hurre Warfaa iyo Geele Odaywaa Madax-kuti waxay maxkamadu ku qaaday xukun dil darajada labaad ah, waxaana lagu xukumay midkiiba shan iyo labaatan sano oo xarig ah iyo in ay bixiyaan mag-dhow lagu taakulaynayo carruurta rajayda iyo agoontaba noqotay. Waxa kale oo lagu xukumay in ay baxshaan qaan lagu taageerayo carruurta aayatiinka u dhalan doonta dhibane Keyd-aabbe Kordheere.

Marxuumka Gorriille Keyd-aabbe Kor-dheere, waxaa sanad iyo bar ka hor laga reebay shahwo ku keydsan Bangigga Keydka Shahwada iyo Ugxanta ee shirkada SIR, Shahwadaas keydka ah, waxaa dib loogu bacrimin doonaa dheddig gorriille ah ama dheddig bar gorriile ah barna aadami ah, halkaasnna la filayo inuu ka dhalan doono ubadka qura ee uu marxuum Keyd-aabbe dunida uga tegay. Waxaa sidoo kale dusha laga saaray labada eedeysanayaal in ay bixiyaan dhammaan qarashka ku baxay dacwadan kisiga ah ee maxkamada iyo taakuleynta santuuqa lagu gar-gaarayo haweenka la silic-dilyeeyo."

Qareenada Bile Warsame iyo Maykal Kenadi ee difaacaya Abshir iyo Geele, waxay ku adkesyteen in ay qaadanayaan codsi rafcaan ah, oo ay ku codsanayaan in dacwada labada eedeysane dib loo eego, iyadoo la tixgelinayo qaladaadka ka dhashay dayacaad ka timid habka booliska u baaray dacwada, iyagoo isticmaalay habab aan waafqsaneyn sharciga Minasoota u yaala. Intaas waxaa dheer weliba, in guurtida go'aamiyey ashtakada ay ku kala qaybsanaayeen, oo aysan si buuxda isugu raacin xukunka lagu riday Abshir iyo Geele; sidaa darteed, waxay Bile iyo Kenadi ku dhaqaaqeen in ay qoraan codsi rafcaan ah oo ay u gudbinayaan maxkamada Sare ee gobalka Minasoota.